ro
ro
ro

«Sky du Mont präsentiert einen richtig flotten Society-Roman.» (Madame)

«Witzig und spannend.» (Frau im Spiegel)

SKY DU MONT (eigentlich Cayetano Neven du Mont), geboren 1947 in Buenos Aires, verbrachte seine Schulzeit in England und der Schweiz. Erste Rollen am Theater und beim Fernsehen übernahm er 1970 gleich nach seiner Schauspielausbildung. Seitdem machte er international Karriere und spielte zum Beispiel in Stanley Kubricks «Eyes Wide Shut» und in dem erfolgreichsten deutschen Film überhaupt, «Der Schuh des Manitu». Knapp zwei Jahre moderierte er das VIP-Journal SKY LIGHTS. Sein schriftstellerisches Talent entdeckte Sky du Mont, als er begann, für seinen kleinen Sohn Geschichten zu schreiben. «Prinz und Paparazzi» ist sein erster Roman.

Jörg Mehrwald schrieb mehrere Bücher, unter anderem «Bloß gut, dass es uns noch gibt», «Jetzt wird ausgepackt» und «Ach, du lieber Weihnachtsmann». Er lebt im Badischen.

Sky du Mont

mit Jörg Mehrwald

PRINZ UND PAPARAZZI

Roman

Rowohlt Taschenbuch Verlag

Veröffentlicht im Rowohlt Taschenbuch Verlag,
Reinbek bei Hamburg, Dezember 2003

Ein Projekt der Montasser Medienagentur

Umschlagfoto Franz Killmeyer
Druck und Bindung Druckerei C.H.Beck, Nördlingen
Printed in Germany
ISBN 3 499 23318 5

Die Schreibweise entspricht den Regeln
der neuen Rechtschreibung.

Für meinen Sohn Justin,
der mich lehrte, Geschichten zu erzählen,
und meine Frau Mirja,
die mir die Stärke und Kraft gab,
an mich zu glauben.

«Beginnen können ist Stärke.
Vollenden können ist Kraft.»
Laotse

Prolog

Nichts konnte es ablenken. Starr blickte das Auge durch das Teleobjektiv der Kamera. Endlich schien sich die Geduld des Paparazzo auszuzahlen. Der teuer bezahlte Tipp erwies sich als Volltreffer: Fotos vom berühmt-berüchtigten Prinzen beim Fremdgehen im abgelegenen Waldhotel. Grandios! Jeden Moment würde der Finger auf den Auslöser drücken und die Automatik losschnurren wie eine Geldzählmaschine.

Vorsichtig suchte der rechte Fuß auf der gefährlich auf und ab schwingenden Astgabel der alten Ulme nach Halt. Alle Muskeln spannten sich, um im entscheidenden Moment der Kamera die ruhige Lage zu bieten, die für Präzisionsbilder nötig war. Ärgerlich, denn es wurde immer dunkler, und er hatte seine Digitalkamera im Wagen liegen lassen. So musste der herkömmliche Fotoapparat genügen, der zwar schönere Fotos versprach, aber eben auch mehr Licht benötigte. Nervös zuckte das Auge, ungeduldig – fast fordernd, der Prinz sollte jetzt endlich zur Sache kommen. Aber der schien noch an der Champagner-Flasche herumzudrehen. Wahrscheinlich hatte er sich seine Hausmarke mitgebracht, denn eine ähnliche Qualität konnte die Karte des Hotels *Zum alten Kutscher* wohl kaum vorweisen.

Umgeben von Wald und nur auf einer verwinkelten Zufahrtsstraße erreichbar, versprühte das Haus den Charme einer gemütlichen Schwarzwaldpension. Bemooste Dachschindeln, die verwitterte gräuliche Farbe der Wände und das unspektakuläre Design des Hauses ließen eher darauf schließen, dass allenfalls Wandergruppen zum deftigen Mittagstisch oder Wochenendurlauber hier einkehrten. Alt schien an diesem Haus alles zu sein, sogar der Portier, der sich die Langeweile mit ausgedehnter Wetterbeobachtung vor der offenen Portaltür vertrieb. Niemand käme auf die Idee, das Liebesnest Karl-Friedrichs im *Alten Kutscher* zu vermuten, auch weil er allenfalls einige Stunden anwesend war und garantiert nicht selbst gebucht hatte.

Plötzlich verschwand der Prinz, und das Auge blinzelte noch nervöser. Der Paparazzo bemerkte das leise Rascheln unter sich gar nicht. Jetzt kam die Geliebte ins Bild, aber nur von der Seite – es schien, als wolle sie einfach nicht ihr Gesicht zeigen und als würde sie sich geradezu winden, um dem Objektiv zu entgehen. Und doch würde ein Teil ihres Körpers der Belichtung nicht entfliehen können.

Das Auge schaute gespannt und konzentriert. Wenn der Prinz nur endlich zur Sache käme – am besten an den Brüsten, denn dann wären beide Köpfe auf dem Foto. Alles, was unterhalb des Fensterbretts lag, konnte die Kamera ohnehin nicht mehr einfangen. Vor dem Fenster des Hotels rankte sich üppiger Efeu an der Wand empor bis unter das Dach. Teilweise überwucherte er noch das Fensterbrett und verengte so die Perspektive für das Teleobjektiv.

Der Prinz begann, die Unbekannte zu liebkosen. Für diese Fotos wären hunderttausend drin, mit weltweiten Verwertungsrechten, überschlug der Paparazzo kurz. Schließlich kannte ganz Europa den adligen Rüpel, und Ehebruch verkaufte sich zurzeit besonders gut.

Endlich! Prinz Karl-Friedrich öffnete den BH seiner Geliebten. Die Automatik ratterte los, leise, zuverlässig und vom Geräusch her dem Wedeln der Geldscheine im Zählautomaten ähnlich. Ein lautes Knacken ließ das Auge einen Wimpernschlag lang zusammenzucken. Aber die Gewissheit, dass es in einem Baum bei leichtem Wind auch mal knacken konnte, wiegte den Paparazzo in trügerischer Sicherheit. Noch einmal wollte der Finger den Auslöser drücken, als die Geliebte innehielt und den Prinzen zum Fenster schickte. Die letzten Fotos würden den Prinzen zeigen, wie er die Gardine zuzog.

Wieder ein Knacken im Geäst – genervt löste sich der Blick vom Objektiv und versuchte, den Verursacher des Geräuschs auszumachen. Nichts! Es war nichts und niemand zu sehen.

Sorgfältig verstaute der Paparazzo seine Kamera und stieg vorsichtig vom Baum. Er warf einen letzten Blick auf das Hotel und grinste voller Siegesfreude, als ihn ein dumpfer Schlag am Hinterkopf traf. Wie ein Blitz breitete sich der Schmerz im Kopf aus. Sein Blick suchte den Täter, doch der Kopf war nicht mehr imstande, sich herumzudrehen. Ein zweiter Schlag streckte den Paparazzo endgültig nieder. Als ob jemand den Lichtschalter umgelegt hätte, so schnell wurde es von einem Moment auf den anderen dunkel in seinem Kopf. Die Augen schlossen sich langsam …

Eins

Christian Graf von Landsburg studierte die Quoten der Pferderennen in Iffezheim und notierte sich zwei Namen auf dem Rand der Zeitung. Der grau melierte, sportlich wirkende Graf ritt selbst einmal täglich aus und verstand von Pferden mehr als mancher Jockey. Aber selbst wenn er es gewollt hätte – Jockey hätte er schon aus Standesgründen nicht werden können. Und auch seine stattliche Körpergröße von ein Meter neunzig wäre nicht geeignet gewesen, einen zweiten Lester Piggott abzugeben.

Seine Gesichtszüge verrieten eine leichte Verwunderung über die Ergebnisse der letzten Rennen. Graf Christian neigte den schmalen Kopf kurz anerkennend zur Seite, und mit einem verschmitzten Lächeln fuhr er sich durch das nach hinten gekämmte Haar. Die schmalen dunklen Augenbrauen zogen sich für einen Moment der Konzentration zusammen, bevor er mit einem leisen «Tja» ein Häkchen an den Namen des von ihm favorisierten Pferdes machte.

Fast etwas gedankenabwesend legte er dann einen Moment die Zeitung weg, seine Gesichtszüge entspannten sich zu jenem leicht ironischen Ausdruck, der seinem innersten Wesen am nächsten kam und seine

Gegner von einem Moment zum anderen in tiefe Unsicherheit stürzen konnte.

Im Kleinen Salon des Ostflügels sitzend, hörte der Graf nun schon seit geraumer Zeit seine Tochter aus ihrem Zimmer heraus über den Flur hinweg lamentieren.

«Ich habe nichts anzuziehen!», rief Leonie, vor ihrem Kleiderschrank stehend. Dramatisch hob sie ihre Arme immer wieder wie zur Anklage hoch und ließ sie mit einem hilflosen Seufzer wieder sinken. Ihr übertriebenes Getue wurde verstärkt durch ihre schlechte Laune, ausgelöst durch die Entdeckung ihrer ersten Stirnfältchen. Enttäuschung über die mangelnde Auswahl im prall gefüllten Kleiderschrank – Enttäuschung über die Ungerechtigkeiten in ihrem so jungen Leben.

Nur mit einem Schlabbershirt und einer verwaschenen Jeans voller modisch angebrachter Risse bekleidet, stürmte sie barfuß in den Salon und schnappte nach Luft, um noch eine kleine Tirade abzulassen. Wild gestikulierend stampfte Leonie wie ein verirrter Hippie auf dem altehrwürdigen Marmorboden. Die gediegene Einrichtung aus handgefertigten, mit Chintz bezogenen Sitzmöbeln, Mahagonitischen und chinesischen Vasen, Riedinger Stichen und Ölgemälden an den Wänden passte so gar nicht zu ihrer Aufregung. Wie sollte ihr Vater sie auch verstehen können? Perfekt gekleidet saß er am Frühstückstisch. Männer hatten es doch wesentlich einfacher. Flanellhose, kariertes Hemd mit Paisleykrawatte, Tweed-Jacke und die – auf Leonie besonders abschreckend wirkende – Strickjacke darunter, fertig war der Graf. Und nun fiel ihr Blick auch noch auf die braunen Mokassins ihres Vaters, was sie schmerzlich an ihr ungelöstes Schuhproblem erinnerte. Es gab einfach keine Schuhe zu kaufen, die ihr hundertprozentig gefielen. Es war zum Verzweifeln!

Scheinbar ungerührt blätterte der Graf die Tageszeitung um. «Nichts anzuziehen. Ein zeitloser Klassiker, mein Kind. Erstaunlich, dass er selbst so kritische Geister wie dich erreicht.»

Sie konnte an die Decke gehen, wenn er sie «mein Kind» nannte. «Auch kritische Geister müssen sich nun mal zu einem blöden Ball angemessen anziehen, oder soll ich etwa so gehen?»

«Charity-Events sind nicht blöd, zumal, wenn sie im eigenen Hause stattfinden. Nur etwas lästig vielleicht ...»

Schlagartig hellte sich Leonies Miene auf, sie warf ihr langes blondes Haar über die Schulter und tänzelte hoffnungsvoll zu ihrem Vater hinüber. Jetzt schien ihre Chance gekommen zu sein. Vielleicht würde sie es doch noch schaffen, dem Ball zu entgehen und stattdessen mit ihren Freundinnen in die neue Diskothek zu fahren. Noch einige Minuten geschickt schmeicheln, dann hätte sie bald das resignierte «Ja» in der Tasche. Sie kannte ihren Vater, der sie vermutlich um die vielen Freiheiten ihrer Jugend beneidete. Zum Glück erinnerte er sie nicht ständig in penetranter Art an seine eigenen Kindheitstage und die strenge Erziehung. Er sah es locker, wenn sie sich ausnahmsweise mal nicht an die unausgesprochenen Spielregeln der adligen Gesellschaft hielt.

Graf Christian feierte in diesem Jahr seinen fünfzigsten Geburtstag. Und ihre Großmutter Francesca ließ keine Gelegenheit aus, auf die strenge Erziehung ihres Sohnes hinzuweisen. Ihrem Vater konnte Leonie nur selten ein paar Bemerkungen über dessen Jugend entlocken. «Es war nicht so schlimm, wie du vermutest. Sehr viele Pflichttermine eben», tat er die Zeit lapidar ab. An ihm, dem einzigen Spross derer von Landsburg, hingen alle Hoffnungen und der Fortbestand der Familie. Erziehung, Ausbildung, Studium – alles musste perfekt und vom Feinsten sein. Es beruhigte Leonie ungemein, als sie unter dem Siegel der Verschwiegenheit von ihrem Großvater Ferdinand eines Tages erfuhr, dass ihr Vater als junger Mann trotzdem einfach getan hatte, wonach ihm der Sinn stand. Er schaffte das Kunststück, den Erwartungen und Ansprüchen der adligen Gesellschaft auf Galas, Hochzeiten, Festlichkeiten und offiziellen Empfängen gerecht und gleichzeitig als eigenwillig und unkonventionell geachtet zu werden.

Leonie schien das unmöglich zu sein. Sie würde es jedenfalls nicht schaffen, allen Ansprüchen ihrer Großmutter Gräfin Francesca von Landsburg zu entsprechen. Mit ihren knapp siebzig Jahren zeigte sich die alte Dame wenig beeindruckt davon, dass die Welt inzwischen einige Umwälzungen erfahren hatte. «Noblesse oblige – es ist das Zeitlose, mein Kind. Übe dich in Contenance.» Mit diesen Worten bügelte sie regelmäßig Leonies Einwände ab, dass irgendetwas nicht mehr zeitgemäß sei. Auch wenn Leonie es nicht akzeptierte, kam ihr immer häufiger der Verdacht, dass die alte Dame vielleicht Recht behalten könnte. Denn bei jedem Ball zu wohltätigen Zwecken, von denen Gräfin Francesca viele organisierte, gaben sich namhafte Adlige und Bürgerliche ein Stelldichein. Selbst Popstars beugten sich der Etikette und zwängten sich in Smokings oder Fräcke. Redlich bemühten sie sich um angemessenes Auftreten und vor allem um die korrekte Handhabung der Adelstitel. Was regelmäßig misslang und zu diskreter Belustigung unter den Adligen führte.

Auch in anderer Hinsicht fiel Leonies Vater richtig aus dem Rahmen. Obwohl er ein angesehener Rechtsanwalt war, wurde er wegen seiner leidenschaftlichen Detektiv-Tätigkeit – der für ihn schönsten Nebensache der Welt, wie er immer sagte – von vielen seiner Standesgenossen mit einem gewissen Naserümpfen betrachtet. Meistens jedoch nur so lange, wie sie nicht selbst seine Dienste in Anspruch nehmen mussten.

Kaum jemand wusste um das tragische Geheimnis des Grafen, dessen Frau unter heute immer noch ungeklärten Umständen ums Leben gekommen war. Ein tragischer Autounfall – menschliches Versagen, wie es im Abschlussbericht hieß. Niemand konnte Graf Christian davon überzeugen, dass Marie-Luise mit überhöhter Geschwindigkeit von der Straße abgekommen war. Marie-Luise war immer eine vorsichtige, besonnene Fahrerin gewesen. Der verunglückte Landrover mit ihrer Leiche war erst Stunden später entdeckt worden. Man berichtete ihm, seine Frau sei nicht angeschnallt gewesen und die Autopsie habe einen Blutalkohol von 1,2 Promille ergeben. Unmöglich, Graf Christian wusste, dass sich Marie-Luise immer angeschnallt hatte, war es doch gerade sie, die ihn über die Jahre hinweg immer wieder geduldig ermahnt hatte, dies doch bitte auch zu tun.

Aber was ihn am meisten verwunderte, war, dass Alkohol im Spiel gewesen sein sollte. Marie-Luise hatte nie getrunken. Der Grund dafür mochte die Tatsache gewesen sein, dass sich ihr Vater Prinz Shantoff vor vielen Jahren im alkoholisierten Zustand beim Reinigen seines Gewehres eine Kugel in den Kopf geschossen hatte. Es war die damals gerade zehn Jahre alte Marie-Luise gewesen, die ihren Vater in einer Blutlache liegend gefunden hatte.

Weder Christian noch der Polizei war es gelungen, die letzten drei Stunden vor dem tragischen Unfall von Marie-Luise zu rekonstruieren – was die ganzen Zusammenhänge noch mysteriöser erscheinen ließ. Damals hätte sich Graf Christian einen Detektiv aus den eigenen Reihen gewünscht. Jemanden, der ohne Rücksicht auf Karriere und Dienstjahre bei der Polizei auch gegen Leute ermittelte, die als unantastbar galten. Aber so jemanden gab es damals nicht. So musste sich der Graf mit den für ihn rätselhaften Ermittlungsergebnissen zufrieden geben. Irgendwann würde er einen Hinweis, eine entscheidende Kleinigkeit finden, die die These von einem Unfalltod widerlegte, davon war er überzeugt.

Vor Leonie aber konnte er dieses Geheimnis verbergen. An ihre Mutter erinnerte sie sich nur noch aus der Perspektive eines Kindes. Umso präsenter war die Großmutter in allen Erziehungsfragen, was Leonie oft dazu veranlasste, Zuflucht bei ihrem Vater zu suchen, auch wenn man mit ihm natürlich keine typischen Frauengespräche führen konnte. Was ihr nichts auszumachen schien, ihre Freundinnen boten ausreichend Ersatz für dieses Manko.

Außerdem empfand Leonie ihren Vater auch deshalb als sehr erträglich, weil er ihr selbst die unangenehmste Pflichtübung noch gut verkaufen konnte, und darauf legte sie als Studentin im Hauptfach Psychologie größten Wert.

Für dieses besondere Geschick bewunderte Leonie ihren Vater sogar. Und nicht zuletzt war sie ihm auch dankbar dafür, dass er seit dem Unfalltod ihrer Mutter bis heute keine feste Bindung mehr eingegangen war. Eine fremde Frau, die einen Teil ihres geliebten Vaters in Besitz nehmen würde – unvorstellbar für Leonie. Falls diese Situation jemals eintreten sollte, gedachte sie, einen psychologischen Machtkampf anzuzetteln und zu ihren Gunsten zu entscheiden. Die selbstbewusste Neunzehnjährige duldete einfach keine andere Frau an der Seite ihres Vaters. Jedenfalls nicht auf Dauer.

Leonie setzte sich auf die Stuhllehne und schlug die schlanken Beine übereinander. Sie plante eine Charme-Offensive und war sich sicher, dass ihr Vater wie immer irgendwie nachgeben würde.

Graf Christian kannte das Spiel, erwartete geradezu,

um den Finger gewickelt zu werden, um dann mit ein wenig Raffinesse Leonie einen Kompromiss schmackhaft zu machen.

Er lehnte sich entspannt zurück, in Erwartung, welchen Eröffnungszug Leonie diesmal wählen würde. Geradezu unschuldig lächelte sie ihn an und kam nochmal auf das Thema zurück. «Eigentlich passt mir der Termin wirklich nicht ...» Sie knabberte an ihren Haarspitzen und drehte sie um den Mittelfinger.

Graf Christian legte die Zeitung beiseite. «Schade, ich wollte gerade vorschlagen, dir einfach etwas Passendes zum Anziehen zu kaufen.»

«Dann könntest du ja eine Menge Geld sparen.»

«Ich bin für neue Erfahrungen immer dankbar», grinste er und nippte an seiner Tasse.

«Ohne Quatsch, was soll ich auf diesem Empfang? Nur wieder die liebe Tochter darstellen?»

«Verstehe, du möchtest heute lieber ein Disco-Häschen darstellen», konterte ihr Vater.

«N-n-nein», stotterte Leonie überrascht. Woher wusste ihr Vater, dass sie zu der Disco-Eröffnung wollte? Sie hatte sich eigentlich eine ganz wasserdichte Lüge ausgedacht. «Ich langweile mich einfach auf diesen Bällen.»

Graf Christian schob ihr ein auf dem Tisch liegendes Silbertablett mit einem Schriftstück hinüber. «Hast du die Gästeliste schon gesehen? Sie ist alles andere als langweilig. Majhar, der Soulsänger, kommt, zwei Modegurus und Europas berüchtigtster Prinz, der gern mal nebenbei ein paar Fotografen mit dem Regenschirm massakriert. Klingt doch alles eher nach MTV als nach steifer Adelsfete – findest du nicht?»

«Mir ist heute einfach mehr nach Karate. Ich habe schon vor Wochen drei Privatstunden fest gebucht. Nur weil ich diesen blö... wichtigen Termin vergessen habe, muss ich doch nicht ... Papa, komm, gib deinem Herzen einen Ruck!»

In mancher Hinsicht erinnerte Leonie ihren Vater an seine eigene Jugend. Auch er war anders gewesen – anders, als man das vom einzigen Nachkommen der Grafen von Landsburg erwartet hätte. In seinem Elite-Internat wäre das nicht weiter aufgefallen. Doch Christian hatte immer schon einen Querkopf gehabt. Gerne zitierte er seine Großmutter, die bei ihren häufigen Besuchen doziert hatte: «Christian, Schätzchen, wo andere mit der linken Gehirnhälfte denken, denkst du mit der rechten.» Er musste in Leonies Alter gewesen sein, als er geantwortet hatte: «Hauptsache, ich denke nicht mit der rechten Gesäßhälfte.» Für ihn ein Riesenspaß, für Großmama weniger, war ihm dieser Fauxpas doch anlässlich eines illustren Kaffeekränzchens in Gegenwart einiger älterer, hocharistokratischer Damen herausgerutscht.

Leonie ahnte es nicht, aber insgeheim umarmte er sie im Geiste für ihre Widerspenstigkeit und ihren Starrsinn. Wie sein Vater Graf Ferdinand Selbstdisziplin verkörperte und das Ideal eines Gentleman darstellte, war er – ähnlich wie die geliebte Großmutter – ein Freigeist und Feuerkopf. Und Leonie setzte diese Tradition fort. Sie garantierte für Christian den

Bestand der etwas unangepassten Seite des Familienerbes.

Christian weigerte sich zu sehen, wie attraktiv seine Tochter geworden war. Von Jahr zu Jahr ähnelte sie immer mehr ihrer Mutter. Die schmale Nase, ihre feingliedrigen Finger – geradezu geschaffen für das von ihr vernachlässigte Klavierspiel. Das schulterlange blonde Haar und der zarte Teint ihrer Haut erinnerten Christian an glückliche Zeiten. Wie ihre Mutter trug Leonie nur hauchdünnen Lidschatten und ein wenig Lippenstift auf. Ihre rehbraunen Augen konnten ihn so entwaffnend ehrlich anschauen, wie er es bisher nur bei seiner Frau erlebt hatte. So ertappte er sich immer häufiger dabei, dass er mit Leonie sprach, wie er mit ihr gesprochen hatte. Das gemeinsame Kind war ihm Trost für den Verlust der geliebten Frau, die er schon so viele Jahre vermisste. Doch in seinen Augen war sie noch mehr Kind als Frau, und als solches wollte er sie auch weiterhin sehen, nicht als weibliches, ja sogar sehr weibliches Wesen, dem immer mehr junge Männer zu Füßen lagen – Gedanken, die er ganz schnell beiseite schob.

Plötzlich begann sein Handy zu läuten. «Landsburg … ja, ich grüße Sie. Einen Moment bitte.» Christian stellte das Handy auf stumm. «Das dauert länger, Leonie. Von mir aus geh zum Karate-Training. Und bring es Großmutter schonend bei. Dafür ist aber das Benefiz-Fest nächste Woche Pflicht.»

«Dass Juristen aus jeder aussichtslosen Situation noch einen Kompromiss herausholen müssen …», maulte Leonie, lächelte aber verschmitzt.

«… und angehende Psychologinnen noch ein Problem suchen müssen, wenn es keins mehr gibt.» Mit einer drängelnden Handbewegung forderte er seine Tochter auf, jetzt endlich zu gehen.

«Versprochen. Danke, Papa!»

Leonie tänzelte davon, verschwand leise trällernd in ihrem Zimmer und kurz darauf in der Garage. Sie würde von unterwegs Gräfin Francesca anrufen und mitten im Gespräch ein Funkloch vortäuschen. Das schien ihr eleganter als eine direkte Unterredung mit der strengen Großmutter. Das Garagentor schnurrte nach oben, und sie bemühte sich, den *Triumph* so leise wie möglich herauszufahren.

Zwei

Hallo? Hallo, sind Sie da?»
Vorsichtig stakste Lydia von Immen auf Zehenspitzen um das alte Bootshaus herum, dessen Bretter teilweise faulig von Moder und Schimmel waren. Um nicht ihre Gucci-Pumps in den Ritzen des Bootsstegs zu ruinieren, zog die Rechtsanwältin sie vorsichtshalber aus und steckte sie links und rechts in die Manteltaschen. Unwirsch warf sie nebenbei einen Blick auf ihre goldene Cartier *Tank*, die locker um ihr Handgelenk hing. Schlanker durfte sie nicht mehr werden, sonst würde die Eleganz auf der Strecke bleiben. Lydia wußte um ihre nachhaltige Wirkung auf Männer, die sie nicht zuletzt ihren ausgeprägt weiblichen Formen verdankte.

Langsam strich sie ihre langen schwarzen Haare hinter ihr rechtes Ohr und schaute sich misstrauisch um. Niemand, aber auch wirklich gar niemand, schien sich hierher zu verirren. Der See lag ruhig vor ihr, als warte er selbst interessiert darauf, dass bald etwas passieren würde. Der Wind blies reichlich frisch und Lydia von Immen schlug fröstelnd den Kragen hoch. Ein lautes Knacken durchschnitt die trügerische Ruhe und ließ sie erschrocken zusammenfahren. Instinktiv zog sie die

Schultern hoch, presste ihr Beautycase an ihren Körper, als wolle sie dahinter in Deckung gehen. Die Tür zum Bootshaus musste durch einen Windzug aufgesprungen sein. Vorsichtig betrat sie den Holzschuppen voller Taurollen und Gerümpel. Zwei alte Boote dümpelten im Wasser, eines war leckgeschlagen und schon halb gesunken.

Das Zischen und Aufglimmen eines Feuerzeugs ließen die Juristin erneut zusammenzucken und einen kurzen Schrei ausstoßen.

«Sind Sie blind, Lady? Ich sitze hier schon die ganze Zeit», maulte der Mann.

«Spielen Sie nie wieder so ein Scheißspiel mit mir!», fauchte Lydia von Immen ihn an.

«Sorry, Lady, konnte ja nicht wissen, dass Sie so schreckhaft sind …» Er grinste, warf das Feuerzeug ins Wasser und versuchte einen blöden Witz, als ihn die junge Frau fragend ansah. «Wegwerffeuerzeug – Sie können ja nachsehen …»

Lydia zog ihre Schuhe wieder an, schob mit der Fußspitze ein paar leere Dosen beiseite und setzte sich auf einen Holzstoß. Der Mann hatte es sich auf den Taurollen gemütlich gemacht. Selbstzufrieden beobachtete Bernd Alper, der dürre Fotograf mit dem Windhundgesicht, die junge Frau, die jetzt ihren Schminkkoffer öffnete, in dem sich ein Bündel Euro-Scheine befand.

«Erpressung ist nicht mein Alltagsgeschäft, Herr Alper.»

«Meins auch nicht, wenn Sie's tröstet.»

«Ach ja? Kann ich die Ware sehen?»

«Hey, das ist gut. Wie in Gangsterfilmen. Ich komme mir vor wie Robert de Niro.»

«In einem Film mit de Niro würden Sie bestenfalls als Leiche mitspielen.»

Alper verzog das Gesicht und Lydia von Immen konnte nicht genau ausmachen, ob sie zu weit gegangen war oder ob sich in Alpers Gesicht so etwas wie Anerkennung spiegelte. Entweder gab sich der Fotograf cool und überspielte seine Wut oder er gierte so sehr nach dem Geld, dass ihm persönliche Angriffe nichts ausmachten.

In diesem Moment wurde ihr wieder einmal klar, dass das Schicksal sie immer wieder mit Menschen zweier Kategorien zusammenführte. Schon als Kind lernte sie die zwei Extreme näher kennen, als ihr lieb war. Ihr Vater hielt die Fassade des Hauses von Immen nach außen aufrecht und alle ihre Schulkameradinnen beneideten sie um den vornehmen und eleganten Daddy. Über die wahre Natur dieses scheinbar edlen Menschen mit der sonoren Stimme musste sie schweigen. Zu tief hatten sich ihr die grauenhaften Bilder von Vaters Prügelorgien ins Gedächtnis gebrannt. Lydias schweigsame Mutter blieb bei ihrem Mann trotz dieser Ausfälle, an die sich Tage, manchmal Wochen der Ruhe anschlossen, in denen der Baron vor sich hin dämmerte.

Zu beiden hatte Lydia seit Jahren keinen Kontakt mehr, was sie nicht davor bewahrte, ähnlichen Menschen immer wieder zu begegnen. Meist aber als Klienten oder im Auftrag von Klienten.

Wie jetzt diesem Alper, einem kleinen Ganoven, der ein paar Nummern zu groß einsteigen wollte. Zynisch grinste sie ihn an, doch ihre Mundwinkel fielen reflexartig wieder herunter, als ihr Alper wortlos eine aufgeschlagene Straßenkarte mit einem gelb markierten Ort auf den kniehohen Holzstapel legte. In Lydia von Immens Magengrube drehte sich ein machtvoller Kreisel. Ihr wurde speiübel.

«Was soll das?»

«Soviel zum Unterschied zwischen de Niro und mir. Der besitzt die Fotos, die ich dort geschossen habe, ganz sicher nicht. Sie zeigen den Prinzen beim Liebesspiel, aber nicht mit seiner Frau.»

Mühsam fing sich von Immen nach einigen Sekunden wieder. In ihrem Kopf spulten sich alle möglichen Szenarien ab.

Alper nahm die Straßenkarte langsam wieder vom Stapel und zeigte Lydia eine Filmpatrone.

«Noch nicht entwickelt. Es gibt keine Abzüge. Ein ganz faires Angebot, allerdings hochpreisig.»

Dann legte er genüsslich zwei Fotoabzüge vor. «Aber wir sind ja heute eigentlich wegen *dieser* beiden Fotos hier ...»

Eins nach dem anderen, dachte von Immen. Sie musste jetzt einen klaren Kopf behalten, obwohl oder gerade weil ihre Gedanken Achterbahn fuhren.

Sie nahm ein Bündel Tausender aus ihrem Schminkköfferchen. «Die Abzüge und die Originale – zwanzigtausend.»

Mit einem Ruck zog Alper die Abzüge wieder weg.

«Inzwischen liegt ein neues Angebot vor, Lady. Ein englisches Magazin bietet mir das Doppelte ...»

Wütend schmiss von Immen das Bündel Tausender auf den Holzstapel. «So geht das nicht. Wir haben eine Abmachung ...»

«Gar nichts haben wir. Sie haben Angst, und ihr feiner Prinz muss noch sehr viel mehr Angst haben wegen dieser Fotos. Wenn die veröffentlicht werden, sprengt es seine ganze schöne Familienidylle in die Luft – pffft –, aus der ganze Schmu. Und damit die Explosion auch laut genug ist, habe ich hier noch eine kleine Bombe für Sie. Sagen Sie dem Prinzen, der vor ein paar Jahren verstorbene Dr. Sparilla hatte noch eine Rechnung bei mir offen. Freundlicherweise beglich er seine Schulden mit der Kopie eines ärztlichen Untersuchungsprotokolls, das von einer besorgten Mutter in Auftrag gegeben wurde. Ich müsste mich schon sehr täuschen, wenn dem Prinzen das nicht nochmal die gleiche Summe wert wäre. Und deswegen, Lady, bestimme ich hier die Preise.»

Lydia versuchte sich zu konzentrieren. Einfach alles platzen zu lassen war unmöglich. Nicht, nachdem sie die ersten beiden Fotos gesehen hatte. Was es mit dem Protokoll auf sich hatte, wusste sie noch nicht. Aber Alper würde in dieser Situation nicht bluffen. Sie durfte jetzt keinen Fehler begehen. Und das wusste Alper ganz genau.

«Mehr Geld habe ich nicht dabei. Nehmen Sie auch einen Scheck?»

«Einen Scheck? Meinen Sie das im Ernst? Als

Nächstes wollen Sie noch eine unterschriebene Quittung. Betrag dankend erhalten. Sehe ich so blöd aus? Scheck! Hah!»

«Nein, entschuldigen Sie, so war das nicht gemeint. Ich suche nur nach einer Möglichkeit ...», versuchte von Immen zu beschwichtigen.

«Ganz einfach. Sie wissen jetzt, was ich zu bieten habe. Leiern Sie dem Prinzen mehr Geld aus dem Kreuz. Dann treffen wir uns wieder. Und nun hören Sie gut zu: Die Gesamtsumme für beide Fotostrecken komplett beträgt hunderttausend. Für die kleine ‹Bombe› von Dr. Sparilla nehme ich pauschal nochmal vierhunderttausend. Dann sind wir bei fündhunderttausend Euro.»

«Das ist Wahnsinn! Niemals. Ich flehe Sie an, treiben Sie es nicht zu weit. Ich tue mein Bestes, aber irgendwo steigt er aus ... das macht er nicht mit ...»

Gelassen packte Alper die Abzüge in seinen abgewetzten Lederkoffer, der vermutlich schon Jahrzehnte lang Prominentenfotos beherbergt hatte, von denen nicht einmal die Hälfte veröffentlicht werden konnte, weil sie selbst für die schmierigsten Blätter zu brisant war.

«Wenn ich richtig liege, steht der Prinz einer der reichsten Familien Europas vor. Überzeugen Sie ihn doch von ein paar günstigen Anlagemodellen, dann holt er sich das Geld in ein paar Monaten wieder aufs Konto.»

Lydia von Immen hasste diesen Mann. Alper spielte mit ihr und zeigte ihr deutlich ihre Ohnmacht. Wozu hatte sie nach dem Studium noch die Business-School mit Auszeichnung abgeschlossen, wozu arbeitete sie als Anwältin und persönliche Vertraute für einen der einflussreichsten Adligen Europas? Um sich jetzt von einem Paparazzo demütigen zu lassen, dessen einzige Kunst es war, zur richtigen Zeit auf einen Auslöser zu drücken? Sie durfte jetzt nicht mit Wortkaskaden brillieren, Paragraphen zitieren und angedeutete Drohungen in den Raum stellen, nein, sie musste ihre Wut unterdrücken, ihre Empörung in sich hineinfressen.

Alper schnitt mit einer Schere das erste Foto in der Mitte durch, präzise an den Rändern der abgelichteten Figuren entlang, sodass möglichst alles ganz genau getrennt war. «Hier, zur Anfütterung. Und das gebe ich Ihnen gratis mit», höhnte er, als er von Immen das halbe Foto und einen Abzug der ursprünglich verhandelten Bilder übergab.

Sie bekam ein Nichts, die Bilder hatten keinen Wert, sie waren jederzeit reproduzierbar, sollten wirklich nur den Prinzen «anfüttern». Wortlos packte sie die beiden Fotos und die Geldscheine in ihren Schminkkoffer. Sie versuchte doch noch eine Drohung. «Sie spielen sehr gewagt. Meinen Sie nicht, dass Sie sich übernehmen? Der Prinz ist außerordentlich einflussreich und hat willfährige ...»

«Vergessen Sie's, Lady.»

Ruckartig erhob sie sich, strich das Kostüm glatt und sah Alper mit einem Ausdruck aus Wut, Ohnmacht, Beherrschung und schlecht gespielter Verbindlichkeit an. «Wenn ich ihn so weit habe, melde ich mich.»

Alper nickte und zog ein Feuerzeug aus der Jackentasche.

«Kann ich mich auf die genannte Summe jetzt definitiv verlassen?», stieß sie hervor.

Alper zündete mit ruhiger Hand die Zigarette an, die ihm während der ganzen Zeit schon zwischen den Lippen hing, inhalierte genüsslich den Rauch des ersten Zuges und versenkte in hohem Bogen auch dieses Feuerzeug hinter sich im Wasser.

«Vielleicht, Lady. Worauf kann man sich schon verlassen, heutzutage ... Jeder Tag bringt Neues, auch neue Angebote. Also lassen Sie sich nicht so viel Zeit. Time is money.»

Sekunden später ließ Lydia von Immen krachend die Tür hinter sich ins Schloss fallen, sodass die ganze Bootsbude wackelte.

Drei

Graf Ferdinand, Christians Vater, zog den Lodenmantel aus und hängte ihn an die Garderobe. Er war von seinem Morgenspaziergang heimgekehrt, den er mit Charly täglich auf dem nahe liegenden Waldgrundstück absolvierte. Charly, der Labrador, kniehoch, treue braune Augen und glattes schwarzes Fell, strebte sofort seinem Fressnapf zu, den die Haushälterin bereits mit frischem Fleisch vom Schlachter gefüllt hatte.

«Kaffee, Herr Graf?»

«Nein, Marianne, ich glaube, heute lieber einen Earl Grey. Danke.»

Er tätschelte noch einmal seinen Jagdhund und begab sich sodann in seine Kanzleiräume, die im Westflügel lagen und Zugang zur Gartenterrasse hatten.

Zweimal täglich führte der alte Graf Charly Gassi. Morgens in den Wald und abends die kleinere Tour über das weitläufige Anwesen. In dem parkähnlich angelegten Garten mit teilweise altem Baumbestand und großen Rhododendronbüschen fand der dankbare Hund so viel interessante Informationen, wie er sie allenfalls noch nach dem Besuch anderer Hunde im weinumrankten weißen Pavillon in der Mitte des Gartenbereichs erschnüffeln konnte. Dort saß manchmal bei schönem Wetter so manches Herrchen oder Frauchen bei einer kleinen Teerunde oder einem diskreten Klientengespräch mit den Landsburgs zusammen. In dieser friedlichen Atmosphäre ließen sich auch die heikelsten Probleme in Ruhe bereden.

Von dort hatte man einen schönen Blick auf den kleinen Teich, den Graf Ferdinand schon vor vielen Jahren hatte anlegen lassen. Von seinen Freunden wurde er deswegen immer wieder aufgezogen, denn der Grund war ein höchst banaler Anlass gewesen. Vor mehr als zwanzig Jahren hatte er bei einer der traditionellen Entenjagden mehrmals das Ziel verfehlt und war ohne Beute zum Schloss zurückgekehrt. Seine Freunde hatten ihn damals als den Retter allen Flugwildes bezeichnet und ihm zum Scherz nahe gelegt, doch ein «Entenasyl» zu eröffnen. Niemand hatte auch nur den leisesten Verdacht, dass Graf Ferdinand, der in Wahrheit ein vortrefflicher Schütze war, absichtlich daneben geschossen hatte. Und so war der Teich entstanden.

Waren die ersten Landsburgs (damals noch ‹Landspurgs›) wilde Gesellen gewesen, die sich einen breiten Landstrich erfochten oder durch Heirat ererbt hatten und treu zu Kaiser und Reich standen, solange der Kaiser sich erkenntlich zeigte, so wurde aus der trutzigen Burg im Laufe der Jahrhunderte zunächst ein mondäner und wenig wehrhafter Renaissancebau, dem man später einige barocke Fassadenteile verpasste, ehe er im 19. Jahrhundert geschliffen wurde und einem Herrenhaus wich, das letztlich nur noch von einem nicht bewirtschafteten Park umgeben war. Aus Leibeigenen wurden Bauern. Heute beschäftigte man, vom Hauspersonal abgesehen, gerade noch einen Gärtner, der sich gerne als Landschaftspfleger bezeichnete, und einen Stallknecht.

Das immer noch prächtige Haus derer von Landsburg öffnete sich mit seinen beiden ausladenden Flügeln nach Süden hin. Graf Ferdinand I., der Ururururgroßvater des amtierenden Familienoberhaupts und Erbauer des Hauses, hatte darauf bestanden, alle Schlafräume in den Ost-, alle Wohnräume aber in den Westflügel zu legen, auf dass alle Bewohner des Hauses, ja sogar die Dienstboten, allezeit Sonne um sich hätten und entsprechend heiteren Gemütes seien. Eine Entscheidung, die erst Leonie von Landsburg ablehnte, die den Tag lieber sehr spät begann und, bevor sie am Wochenende spät aus den Federn kroch, die Nachmittagssonne des Westflügels auf ihrem Kopfkissen genoss.

Graf Ferdinand nahm an seinem Schreibtisch Platz und beobachtete einen Moment lang seinen Sohn, denn die Kanzleiräume dienten beiden gemeinsam als Geschäftsräume. Die Beziehung zwischen Graf Ferdinand und seinem Sohn war genauso von Freundschaft geprägt wie von familiärer Liebe. Mitunter war es Christian beinahe peinlich, wie kumpelhaft sich sein Vater geben konnte. Doch außerhalb des Familienkreises wahrte der alte Graf selbstverständlich stets Form und wirkte eher wie eine Wachsfigur aus Madame Tussauds Kabinett denn wie ein veritabler Landadliger.

Graf Ferdinand, das war ein Symbol für eine vergangene Welt. Er war der Inbegriff von Vornehmheit und sah sich entsprechend belästigt von älteren Comtessen und Freifrauen – was ihn zu einem sehr gezielten und durchaus despektierlichen Einsatz dieses Begriffes verführte – selbstverständlich nur in diskreter Runde.

Graf Ferdinand hatte sich nie gefragt, ob Christian eigentlich mit der Gestaltung der Arbeitsräume einverstanden war. Es ergab sich einfach so, dass die beiden schweren Schreibtische aus Teakholz sich in angemessenem Abstand gegenüber und dabei rechtwinklig zu den hohen Fenstern standen, zwischen denen eine zweiflügelige Terrassentür hinaus in den Garten führte. Von den Schreibtischsesseln aus konnte man direkt hinausblicken. Graf Ferdinand empfand das als optimal.

Als Marianne in frisch gestärkter weißer Schürze den Tee servierte, fühlte sich Christian unwillkürlich an die Kaffeewerbung im Fernsehen erinnert, verkniff sich aber eine Bemerkung. Schon weil Marianne dann sicherlich ein schlechtes Gewissen bekommen würde, das sie oft bekam, vor allem, wenn es keinen Grund dafür gab. Es reichte eine einfache Bemerkung, in der ein Hauch von Kritik mitschwang. Und so schwiegen alle, einschließlich des Kanzleigründers, Graf Ferdinands Vater, dessen Ebenbild als Ölporträt an der mittleren Wand des Zimmers hing und dessen Gesichtsausdruck keinen Zweifel an der Seriosität und am Rang dieses Hauses ließen. Über ihm prangte das Familienwappen, und mehrere kleine Stiche links und rechts neben dem

Porträt zeigten das Familienanwesen derer von Landsburg im Wandel der Zeiten.

Der zweite Kanzleiraum diente als Arbeitsbibliothek und Besprechungsraum und wurde neben den massiven Bücherregalen dominiert von einer Sitzgarnitur aus dunkelbraunem Leder mit rundem Rauchertischchen und eingearbeitetem, drehbarem Humidor. Die Sitzgruppe im englischen Stil war auf den offenen Kamin ausgerichtet. Direkt gegenüber der Tür fiel ein Waffenschrank mit edlen, verzierten Büchsen aus dem 18. und 19. Jahrhundert ins Auge. Der Boden bestand aus dunklen Terrakottafliesen, die wesentlich zur angenehmen Atmosphäre dieses Raumes beitrugen. Lediglich im Bereich der Sitzgruppe war ein dicker Isfahan ausgelegt. An den Wänden hingen wertvolle Gobelins mit den verschiedenen Familienwappen derer von Landsburg und verwandter Familien.

Hier suchte Christian gerade nach der Gästeliste für das Charity-Event an diesem Abend, die er zwischenzeitlich irgendwo abgelegt hatte. Er fand sie in einem der massiven Bücherregale, überflog sie kurz, und als er den gesuchten Namen entdeckte, zog er die Augenbrauen in die Höhe. Er ging hinüber in den anderen Kanzleiraum.

Graf Ferdinand schaute gedankenverloren zum Fenster hinaus und blätterte abwesend in einem Packen Börsen-Ausdrucke. «Christian, wann kannst du in den nächsten Tagen mal nach Hessen-Kassel fahren? Du weißt schon, diese Kokaingeschichte des Prinzen Seiß. Höchst peinlich. Ein Mafiakiller aus Sizilien soll ihm zwei Kilo Koks verkauft haben und will jetzt als Zeuge aussagen. Schwieriger, aber nicht aussichtsloser Fall. Wer glaubt schon einem Killer? Wenn nur der Erbprinz sich nicht laufend äußern würde. Und dann auch noch in diesem Ton. Kannst du dich freimachen?»

Christian überlegte ein wenig zu lange, um noch absagen zu können. «Ich will zum Turnier nach Berlin, Papa. Zwei Kilo – wer ist denn so blöd? Vielleicht hat er ein paar Gramm genommen und sich erwischen lassen. Aber zwei Kilo kaufen? Unwahrscheinlich. Die Beweise bekommt der Staatsanwalt nie zusammen.»

Graf Ferdinand erhob sich.

«Kein Sherry, danke», murmelte Christian und lächelte in sich hinein. Wie stets, wenn er ihn zu etwas überredete, das ihm widerstrebte, hatte sein Vater ein schlechtes Gewissen und versuchte, ihm sogleich etwas Gutes zu tun, um die Sache wieder ins Lot zu bringen. Sherry war dabei seine Allzweckwaffe.

Nachdem Graf Ferdinand sein Glas in zwei Zügen ausgetrunken hatte, schloss er die Schrankbar, setzte sich wieder an seinen Computer und blickte interessiert auf den stets aktivierten Monitor, auf dem er die aktuellen Agenturnachrichten einer Boulevardzeitung las. Die neue Zeit hatte natürlich auch in seine Kanzlei Einzug gehalten. Computer, Laserdrucker und Faxgerät – schon jetzt unverzichtbar wie weiland Bleistift und Tintenlöscher. Kurioserweise war hier der alte Herr Vorreiter gewesen.

«Von Stuttgart aus könnte ich natürlich auch nach Berlin fliegen. Also gut, wenn es unbedingt sein muss, spreche ich mit dem Erbprinzen. Und wenn ich ihn nur dazu bringe, den Mund zu halten, damit du in Ruhe arbeiten kannst.»

«Es täte seiner Reputation gut. Und seiner Familie vermutlich auch. Überhaupt allen, die ihm zuhören müssen. Ein Wunder, dass nicht seine leidgeprüfte Familie, sondern er die Drogen nimmt. Danke, Christian.» Verschmitzt grinste der alte Herr, als er eine Meldung über den Prinzen Karl-Friedrich auf dem Monitor entdeckte. «Na bitte, da ist er wieder. Karl-Friedrich bewirft Dirigenten mit Cocktailtomaten oder Champagnertrüffeln. Die genaue Identität der Tatwaffe ist noch nicht geklärt. Ts-ts-ts.»

Christian überraschte diese Meldung nicht sonderlich, in den Kreisen des Hochadels wettete man mittlerweile, welchen Ausfall Karl-Friedrich als Nächstes präsentieren würde.

«Wie viel Cocktailtomaten benötigt man denn, um jemanden umzubringen?», wollte Graf Ferdinand wissen.

Christian war fast schon zur Tür hinaus, als er nach kurzer Überlegung stehen blieb. «Eine Tomate. Die Schwierigkeit besteht darin, sie genau in der Luftröhre zu platzieren.»

«Das ist geschmacklos», donnerte die Stimme von Gräfin Francesca, womit sie die ironische Bemerkung ihres Sohnes unmissverständlich bewertete. Sie kam Christian über die breite Wendeltreppe entgegen, die sich in einem großzügigen Bogen über die beiden Hauptstockwerke zog.

Gräfin Francesca von Landsburg fühlte sich wie eine agile Endfünfzigerin, auch wenn der 65. Geburtstag bereits etliche Jahre hinter ihr lag. Wie immer stilvoll, in einer Mischung aus Eleganz und Strenge gekleidet, überflog sie die Menükarte des Abends und begrüßte ihren Sohn. Die auf edlem Büttenpapier mit Familienwappen und der neunzackigen Grafenkrone gedruckte Reihenfolge des Acht-Gänge-Menüs berücksichtigte sogar die Sonderwünsche der Vegetarier. Vor denen gaben sich seit geraumer Zeit nun auch die Vertreter des Hochadels rücksichtsvoller, wenn sie über ihre Jagderlebnisse parlierten. Schließlich fanden sich auch unter ihnen immer häufiger Abtrünnige aus den eigenen Reihen. Gräfin Francesca glaubte nicht daran, dass sich die Körnermode durchsetzen würde, obwohl auch ihre Enkelin Leonie von Landsburg bereits erste Einschränkungen im Fleischkonsum anmeldete. Gräfin Francesca hielt sich an ihre Prinzipien, nach denen jeder mit seinem Geschmack selbst fertig werden müsse. Wenn diese Gäste es so wünschten, bekamen sie ihre Gemüsebratlinge. Andere Leute lehnten ja mit dem gleichen Recht gestopfte Ente oder Eisbein ab. Routiniert prüfte sie noch die korrekte Wiedergabe der Jahrgänge aller Weine und klappte die Karte zusammen.

«Wo ist Leonie? Sie wird doch heute Abend dabei sein? Wir haben da einen etwas schwierigen jungen Mann. Der Spross der Mayen, du weißt schon, etwas aufsässig, der Junge, vermutlich die Pubertät. Ich würde gern Leonie an diesem Tisch platzieren.»

«Eigentlich sollte sie es dir schon selbst mitgeteilt

haben, Mama. Ich fürchte, sie wird uns heute Abend nicht beehren.»

«Dann sprich ein Machtwort, du bist der Vater.»

«Genau. Und nicht ihr Jobvermittler. Leonie studiert zwar Psychologie, deswegen muss sie aber keine frustrierten Gäste betreuen.»

Gräfin Francesca gab sich überrascht. «Aber das Kind liebt doch solche renitenten Menschen.»

«So sehr, dass sie heute lieber zum Karate geht.»

«Karate. Diese Japaner! Du solltest ihr einen Kurs im Fechten finanzieren. Karate, das ist doch nichts für eine junge Dame.»

Es war immer das Gleiche. Ständig sah sich Graf Christian in der Rolle, seine Tochter für ihr Kampfsport-Faible zu verteidigen. Dabei beurteilte er diese Aktivitäten selbst nicht ganz unkritisch. Natürlich hatte Leonie einen der besten japanischen Lehrer engagiert. Erzählte sie jedenfalls. Christian sah sich ohnehin nicht in der Lage, die Qualifikation von Meister Yosuke Jatanka zu überprüfen. Wäre das Stundenhonorar ein Kriterium zur Beurteilung gewesen, hätte er ihn sofort als den besten Karatelehrer Japans anerkannt.

Seine Mutter wartete immer noch auf eine Antwort.

«Ich werde es ihr vorschlagen ... wann beginnt das Fest?»

«Um 19 Uhr.»

Am Portal läutete der Partyservice.

Der laue Abend schien Bernd Alper wie geschaffen für ein paar Schnappschüsse auf dem Landsburg'schen

Anwesen. Keine Regenwolken waren in Sicht, und das Versteck in einem Baum auf einer kleinen Anhöhe bot einen guten Überblick über das Geschehen. Im Garten arbeitete der Partyservice noch an der Beleuchtung.

Der Paparazzo suchte sich ein paar Äste zusammen, mit denen er sein Versteck etwas ausstaffieren wollte. Die von Landsburgs wollten doch tatsächlich die Presse nach dem Empfang schon ausschließen. Keine Fotos vom gesetzten Diner und der Gartenparty, die erst nach Mitternacht im Park beginnen sollte. Dic alte Gräfin bewies Mut, dachte Alper. Doch Prinz Karl-Friedrich bei einer nächtlichen Sause unter seinesgleichen, das versprach vielleicht neuen Skandalstoff.

Fast fachmännisch flocht Alper sein Versteck gegen jede Einsichtnahme von unten zu. Er war ganz in Schwarz gekleidet, als ginge er zu einer Trauerveranstaltung. Alpers knochige Finger schoben behutsam die Fototasche beiseite. Er fühlte sich etwas schwach und bedauerte, seit dem Essen am Vorabend nur schwarzen Kaffee und ein Stück Kuchen zu sich genommen zu haben. Behutsam ordnete er ein paar abdeckende Zweige, als seien es die letzten Handgriffe vor der Fertigstellung seines Nestes.

Aus dieser Tarnung heraus konnte er als Einziger garantiert hautnah verfolgen, was sich ein paar Meter weiter abspielte.

Alper ahnte nicht, dass zwei aufmerksame Augen ihn bei seinem Nestbau beobachteten. Ein Blick voller Wut, Rache und unterdrückter Raserei.

Vier

Seit einer guten halben Stunde fuhren die Gäste im Auffahrtsrondell des Anwesens vor. Livrierte Diener öffneten die Autotüren und halfen den elegant gekleideten Damen aus dem Wagen. Nach wenigen Schritten stellte man sich den Pressefotografen, die erst dann ihre Fotos schossen, wenn die Gäste zu verstehen gaben, dass sie dies auch wünschten. An die unausgesprochenen Spielregeln hielten sich zu solchen Anlässen alle.

Als sich nach und nach die knapp hundert Gäste im großen Salon des Schlosses eingefunden hatten, einander begrüßten, ihre Cocktails tranken und über mehr oder weniger belanglose Neuigkeiten plauderten, bat Graf Christian die Fotografen herein. Es war eine illustre Gesellschaft. Deutlich hatte auf der Einladung die Kleiderordnung gestanden: Abendkleid und Smoking, und jeder hatte sich daran gehalten.

Der Saal war festlich dekoriert. Blumengirlanden schmückten Fenster- und Türbögen. Mit Efeu gebundene Blütenarrangements zierten kleine Tische, an denen die älteren Herrschaften Platz nehmen konnten. Die Lichter der Kerzen spiegelten sich in den Ohrgehängen und Brillanten der Damen wider. Livrierte

Kellner mit weißen Glacéhandschuhen boten auf silbernen Tabletts verschiedene Cocktails an. Das gedämpfte Licht der vielen Kerzen unterstrich die festliche Atmosphäre dieses gesellschaftlichen Ereignisses, dem nur Auserwählte beiwohnten.

«Graf Landsburg, wann kommt Karl-Friedrich?», wollte die Fotografin Lori Meckmann wissen, als Christian an ihr vorbeiging.

«Zugesagt hat er. Auch, dass heute nichts für Sie abfällt.»

«Na, na, na – würden Sie darauf wetten?», fragte sie keck.

«Wenn er ein Rennpferd wäre, ja – aber so …»

Die Meute lachte, denn jeder Fotograf kannte Graf Christians Leidenschaft für Pferdewetten. Natürlich hofften ausnahmslos alle auf einen neuen Eklat mit dem Prinzen.

Lori Meckmann wollte sich zunächst mal um Mahjal, den Soulstar, kümmern. Den gut gebauten, muskulösen Sänger einmal mit nacktem Hintern auf einer Yacht abzulichten beflügelte Loris Phantasie. Alle großen Frauenmagazine würden ihr die Fotos nur so aus den Händen reißen. Sie wollte versuchen, heute Abend mit ihm ins Gespräch zu kommen. Immerhin sah sie mit Anfang vierzig trotz ihres nervenaufreibenden Jobs noch sehr attraktiv aus. Ihr dunkel gefärbtes Haar band sie jeden Tag zu einem Zopf zusammen. Auch wenn ihr das schwarze, halblange Kleid mindestens zwei Nummern zu groß war und ihre Figur nur erahnen ließ, trug Lori stets einen stützenden BH, der ihre flachen Brüste attraktiver machte. Die zwei von ihrer Schultern hängenden Kameras standen im Kontrast zu ihrer Abendgarderobe und ließen sie in dieser Gesellschaft deplatziert erscheinen.

Vielleicht ließ sich Mahjal einen Hinweis darauf entlocken, wo er seinen Urlaub zu verbringen gedachte. Nur – sie musste ihn allein sprechen, denn eine Information, die auch ihre Kollegen mitbekamen, war nichts mehr wert. Während sie auf die kleine Bühne zusteuerte, wühlte sie in ihrer Prada-Tasche und checkte Aufnahmegerät und Kamera.

Einige Gäste schlenderten unauffällig vorbei und suchten nach der besten Gelegenheit, wie zufällig bei den von den Fotografen umlagerten Prominenten mit aufs Bild zu kommen. Für viele die Gelegenheit, später in ihrer eigenen Teerunde ein Gespräch mit Fürstin Gloria beiläufig zu erwähnen und auch noch das Foto vorweisen zu können. So etwas hinterließ immer den Eindruck eigener Prominenz.

Ludger Olbrecht, der smarte, von der künstlichen Sonne eines Fitness-Studios gegerbte Manager, stellte sich neben die Gastgeberin. «Wer ist denn von den hier anwesenden Gästen der Wichtigste?»

Gräfin Francesca wollte sich nicht festlegen, allein die Fragestellung war ihr schon zuwider. Diese Neureichen bewerteten die Qualität eines Charity-Events nach der Zahl anwesender Prominenter und Starlets. Ihr, als Angehöriger eines alten Adelsgeschlechtes, war das vollkommen egal, sie genügte sich selbst.

«Kommt darauf an. Wofür bitte schön der Wichtigste?»

«Um zusammen mit dem edelsten Spender auch gut im Bild festgehalten zu werden.»

«Sie bekommen Ihr Bild, Herr Olbrecht, keine Angst.» Es widerstrebte der Gräfin, auch nur eine Sekunde länger neben dieser penetranten Lederhaut zu verweilen. Sie entschuldigte sich knapp, um ihren Verpflichtungen als Gastgeberin nachzukommen.

Dieser Olbrecht pflegte gegenüber allen sein hartes Image, machte eine passable Figur in seinem Smoking, wäre da nicht die rote Fliege gewesen, und strahlte doch nur die Beliebigkeit eines machtgeilen Geschäftemachers und Emporkömmlings aus. In ihren Augen besaß er für keinen Pfifferling Stil, war viel zu geltungssüchtig – eine Zumutung eben. Er spürte offenbar so rein gar nichts von der Verantwortung, zu der ihn sein Vermögen gegenüber der Gesellschaft verpflichtete.

Aber die Gräfin ließ sich nicht verdrießen, denn andererseits repräsentierte Olbrecht die Generation der neuen Macher, des Neuen Geldes. Waren Spenden für Afrika oder soziale Projekte in anderen Teilen der Welt einzusammeln, kamen sie nun mal auch von begüterten Geltungssüchtigen wie ihm. Olbrecht als Vertreter des Neuen Geldes strebte seinerseits an, unter allen Umständen zum Dunstkreis des Adels, also des Alten Geldes, zu gehören. Um jeden Preis! Dazu gehörte für ihn in erster Linie, regelmäßig in den Klatschspalten der Yellow Press präsent zu sein. Ein unverzeihlicher Fauxpas.

Gräfin Francesca amüsierte sich über diesen Drang, denn genau das vermied normalerweise der Alte Adel, so gut es eben ging. Geld hatte man und redete nicht darüber – einen Titel hatte man und redete auch nicht darüber. Die Neureichen verglichen die Längen ihrer Motoryachten miteinander, während der Alte Adel bestenfalls (im Geheimen) die Längen der vorzuweisenden Stammbäume miteinander verglich. Dafür hatte man einen «Gotha», eine Art *Who is Who*, in dem alle adeligen Familien standen. Und nicht nur die Familien, auch deren Abstammung. Fehltritte wurden mit Pünktchen quittiert. So kam es schon mal vor, dass beispielsweise ein Prinz eine Bürgerliche heiratete und diese mit mehreren Punkten anstatt ihres Namens degradiert wurde. Alter Adel war Tradition, Neuer Adel eine Illusion – wie sie es im Stillen gern für sich formulierte. Entscheidend für die resolute Gräfin und ihr Anliegen war am Ende die Höhe der Spendensumme. Ihren bedürftigen Schützlingen fehlte ohnehin jede Vorstellung von den Neurosen der edlen Spender. So entstand Gutes auf der Welt.

«Entschuldigung», wandte sich eine äußerst attraktive, aber sehr nervöse Frau an Graf Christian.

«Ja – bitte?»

«Lydia Immen. Ich bin Anwältin und Beraterin von Karl-Friedrich.» Der Etikette des Aristokraten entsprechend, benutzte sie keine Titel. So demonstrierte der Adel unter seinesgleichen, in wessen Adern blaues Blut floss.

«Womit kann ich Ihnen helfen?»

«Meine Einladung liegt in meinem Büro ...», log von Immen, die nie eine Einladung erhalten hatte.

«Kein Problem, allerdings steht die Tischordnung fest ...»

«Ich halte mich während des offiziellen Teils nicht im Saal auf. Ehrlich gesagt, suche ich Karl-Friedrich sehr dringend.»

«Wir auch. Er lässt auf sich warten ...»

«Oh. Dann entschuldige ich mich nochmal ganz kurz. Und danke für Ihre Hilfe.»

«Kein Problem.»

Christian konnte seine Blicke nicht von ihrem wiegenden Gang lassen. Irgendetwas an ihr faszinierte ihn.

Star-Paparazzo Georg Schramm hatte die Szene beobachtet, stellte sich neben Graf Christian und grinste. «Die schöne Lydia. Hat was, oder?»

«Sie müssen es ja wissen. Steht sie auf Ihrer ‹Abschussliste›?», fragte der Graf spöttisch.

«Nicht prominent genug. Vielleicht schafft sie es ja mal. Karl-Friedrich soll schon gelegentlich auf ihren Rat hören – sagt man.»

Damit war Lydia von Immen für Christian zu einer hochinteressanten Person geworden, denn Karl-Friedrich zu beeinflussen schaffte nur eine sehr clevere Frau.

Wenig später betrat Prinz Karl-Friedrich mit einer fast heruntergebrannten Zigarette in der Hand den Festsaal. Seine Gattin Nadine verstaute ihre Puderdose in der Handtasche. Fast hätten die Fotografen die beiden verpasst, weil Soulstar Mahjar alle Blicke auf sich und seine drei ihn ständig begleitenden bildschönen Models gelenkt hatte. Doch als der erste Fotograf den Skandalprinzen entdeckte, prasselte in Sekundenschnelle ein Blitzlichtgewitter auf das Paar nieder. Gelassen, fast stoisch nahm Karl-Friedrich es hin. Jetzt richtete sich die Aufmerksamkeit des gesamten Saals auf die beiden. Hier und da hörte man leise und süffisante Bemerkungen über den Prinzen.

Gräfin Francesca begrüßte die verspäteten Gäste. Nach einer dezenten Umarmung entschuldigte sich der Prinz bei der Gastgeberin, bevor er sich mit Graf Ferdinand einige Schritte von der Fotografenmeute entfernte, um ein paar diskrete Worte zu wechseln. Der eine oder andere Gast suchte jetzt die Nähe von Nadine, in der leisen Hoffnung, mit auf ein Foto für die Magazine zu kommen.

Auch Ludger Olbrecht fühlte sich richtig platziert. Zweimal stand er ganz nah bei der Prinzessin. Das musste geklappt haben, da konnte man ihn nicht herausretuschieren. Olbrecht strebte zu seinem Tisch, denn gleich würde Gräfin Francesca die offizielle Ansprache halten, in der auch sein Name vorkommen würde.

Fünf

Auf dem kleinen Feldweg neben dem Garten wartete etwas ungeduldig Lydia von Immen auf ihre Verabredung an diskreterem Orte. Im Saal gab es eine kleine Filmvorführung über das Charity-Projekt der Gräfin von Landsburg.

Etwas außer Atem von einem kleinen Sprint, fand sich Bernd Alper in seinem Versteck ein. Er hatte es mit Bedacht gewählt. Von dort konnte er den gesamten Garten überblicken und hatte zusätzlich Einblick in den Salon der Landsburgs.

Die ganze Zeit über hatte er Lydia von Immen nicht aus den Augen gelassen. Als sie den Saal verließ, spürte er, dass die Jagdzeit angebrochen war. Kaum hatte er sich in sein Versteck begeben und seine Kamera in Position gebracht, eilte auch schon das Objekt seiner Begierde herbei.

Prinz Karl-Friedrich wirkte geschäftsmäßig. Wie es der Zufall wollte, liefen die beiden sogar in Hörweite vor seinem Versteck auf und ab.

«Hast du die Bilder?»

«Ja und nein. Hier sind Abzüge.»

Karl-Friedrich nahm die Fotos in die Hand. Eines zeigte Prinzessin Nadines Tochter Amelie aus erster

Ehe mit dem Herzog de Lourdin in eindeutigen Positionen im Dünensand von Sylt mit einem Unternehmer namens Olbrecht.

«Abzüge ... was ist mit den Originalen?»

«Er hat ein besseres Angebot ...»

«Dieser Halsabschneider. Wie viel?»

«Es gibt nur ein Paket. Dazu gehören auch noch andere Fotos. Vom *Alten Kutscher*!»

«*Alten Kutscher*? Verdammt! Wer? Wo kommt dieser Scheiß her?»

«Und dann hat er noch was von einem Dr. Sparilla erzählt ...»

«Sparilla ist tot. Überdosis», erklärte Karl-Friedrich kühl.

«Er hat aber diesem Alper etwas hinterlassen. Ein ärztliches Untersuchungsprotokoll, das dich angeblich sehr interessieren würde. So ganz bin ich aus dieser Bemerkung nicht schlau geworden.»

Prinz Karl-Friedrichs Miene verfinsterte sich. Einen Moment lang überlegte er, dann blaffte er von Immen ärgerlich an.

«Dieses ganze Paparazzi-Pack müsste man erschießen!»

Lydia hatte Mühe, ihn zu beruhigen, während Alper über die Wirkung seiner Forderungen zufrieden grinste.

Ganz in seiner Nähe blieb ein anderer Mundwinkel völlig ungerührt. In den Augen funkelten Hass und Wut.

«Was schlägst du vor?», fragte Karl-Friedrich

schlecht gelaunt. Man sah ihm an, dass er tief beunruhigt war.

«Diese Bilder in der Presse, und deine Ehe ist ...», eine Sekunde zögerte Lydia, «wir kaufen die Fotos und das Protokoll vom Markt weg. Fünfhunderttausend für das gesamte Material.» Von Immen wusste, dass dieser Moment der Knackpunkt ihres Gesprächs war. Jetzt konnte alles scheitern.

«Fünfhunderttausend? Dafür bekomme ich fünfhundert Killer aus aller Welt. Und genau die sollte ich diesem Schwein auf den Hals hetzen.»

«Bitte. Denk an deine Frau.»

«Ich denke an noch viel mehr. Du ahnst gar nicht, wie tief wir im Dreck sitzen.» Er überlegte kurz. «Gut, kauf das Zeug. Ist meine Stieftochter Amelie im Internat?»

«Ja, ein Privatdetektiv überwacht sie in der Schweiz Tag und Nacht.»

«Dort bleibt sie vorerst. Diese ständigen Treffen mit dem Kronprinzen passen mir sowieso nicht. Außerdem trinkt sie mir zu viel für ihr Alter. Wäre sie nicht so betrunken gewesen, gäbe es diese Fotos nicht. Mach mit diesem Olbrecht einen Schweige-Deal. Wenn er sich nicht daran hält, mache ich ihn fertig. Sag ihm, er soll an meine Bürgschaften für sein Unternehmen denken. Ich ziehe sofort die drei Millionen Euro zurück, wenn er nicht seine Klappe hält, sag das diesem Kretin.»

«Gut, wann kann ich über das Geld verfügen?»

«Morgen. Ich brauch jetzt erst einmal einen Drink.»

Wütend stapfte der Prinz, sich erneut eine Zigarette

anzündend, durch den Hintereingang wieder ins Haus. Lydia von Immen folgte ihm mit einigem Abstand.

Alper rieb sich die Hände. Er packte seine Kamera in die Tasche. So nahe war er dem Prinzen noch nie unbeobachtet gekommen. Diesmal hatte er nicht fotografieren können, weil Karl-Friedrich es gehört hätte. Vorsichtig zog er sich zurück, denn die Leute vom Partyservice schauten ab und an in seine Richtung, als wüssten sie, dass Alper dort oben saß. Ganz sicher konnte man nie sein, ob die Tarnung perfekt war.

In einem anderen Kopf formten sich inzwischen Gedanken zu einem Racheakt. Zu einem brutalen Racheakt. Alper konnte diesen Kopf, diesen Mund, diese Augen nicht sehen. Sie hätten ihn erst vor Überraschung und dann vor Entsetzen gelähmt.

Sechs

Als Karl-Friedrich zum Stehbankett zurückkehrte, beendete Gräfin Francesca gerade ihre kurze Ansprache. Christian wartete den Applaus der Gäste ab, um dann sogleich die Pressefotografen zu bitten, die Räumlichkeiten zu verlassen, was diese nur langsam und widerstrebend taten.

Ungeduldig und verärgert suchte Karl-Friedrich inmitten der Gesellschaft Prinzessin Nadine und zog damit schlagartig wieder das Interesse der Fotografen auf sich. Den Unmut des Gastes fast schon körperlich spürend, beeilte sich Graf Christian, Karl-Friedrich von Hamm zu seinem Tisch zu geleiten und ihn vor den fast schon provozierend arbeitenden Fotografen zu schützen.

«Wenn das Interesse an dir zu verpachten wäre, würde sich daraus ein blühender Geschäftszweig entwickeln lassen», bemerkte Christian.

Karl-Friedrich wirkte sichtlich nervös und bemühte sich um die Andeutung eines Lächelns. «Ich würde sonst was dafür geben, um dieses lästige Interesse auf einen Schlag loszuwerden, das kannst du mir glauben, Christian», presste er verärgert zwischen zusammengekniffenen Lippen hervor. Dieser gab ihm mit einem angedeuteten Fingerzeig die Richtung vor, die zu Prinzessin Nadine führte.

Von der Toilette kommend, betrat etwa zur gleichen Zeit Bernd Alper wieder den Saal. Er steuerte direkt auf seine Kollegen zu, die anscheinend vorhatten, einen neuen Rekord im Ablichten des Prinzenpaares von Hamm aufzustellen.

Wieder ging ein Blitzlichtgewitter auf Karl-Friedrich und Nadine hernieder, nur weil er sie nach einem flüchtigen Kuss nun auch noch umarmte. Die spontane Herzlichkeit Karl-Friedrichs entsprang allerdings einem anderen Grunde. Als sein Mund nahe genug an Nadines Ohr war, flüsterte er ihr zu: «Dr. Sparilla ... der Nachweis ...»

Nadine schaute ihn entsetzt an. Unterdessen mahnte Graf Christian die Fotografen wieder zum Aufbruch. Die begannen zögerlich ihren Rückzug, als es eine unerwartete Wende gab. Die bis dahin tapfer gegen eine zunehmende Übelkeit ankämpfende Nadine zog es mitsamt der Tischdecke nach unten. Sie knickte so plötzlich ein, dass Karl-Friedrich sie nicht schnell genug zu fassen bekam. Keine drei Sekunden dauerte es, und die bereits im Gehen begriffenen Fotografen stürzten sich wie Hyänen auf die Szene, um Prinzessin Nadine auf dem Boden liegend abzulichten.

Christian wusste aus Erfahrung, dass es jetzt zwecklos war, an die Vernunft der Fotografen zu appellieren. Hier ging es nur noch um Schadensbegrenzung. «Herrschaften, ich bitte Sie, seien Sie nicht geschmacklos – verlassen Sie nun bitte den Saal!»

Wie gebannt schauten die Gäste der umliegenden Tische auf die Szene, mit sich kämpfend, ob es nun schicklicher wäre, sich abzuwenden oder weiterhin aus der Distanz heraus Anteil zu nehmen. Karl-Friedrich versuchte seiner Frau wieder auf die Beine zu helfen und geriet aufgrund der sich um die besten Plätze rangelnden Fotografen völlig außer sich. Unterdessen versuchten die beiden Bodyguards die gezückten Kameras abzudrängen.

Karl-Friedrich brüllte die Fotografen an: «Aufhören! Aufhören! Hören Sie endlich auf!»

Plötzlich ließ er von Nadine ab und fasste nach einem Fotoapparat – griff aber daneben. Das schien die Meute nur noch wilder zu machen. Gegenseitig stießen sich die Fotografen beiseite, um den besten Schnappschuss von der derangierten Prinzessin und dem wütenden Prinzen zu ergattern.

Alper gehörte zu den Eifrigsten, wieder schien das Glück sein Füllhorn über ihm auszuschütten. Durch Zufall stand er, weil er als Letzter dazugekommen war, dem Geschehen am nächsten. Der Motor seiner Kamera ratterte los, und erregt hechelte er: «Yeah … ja super, wow!»

Es schien, als seien nun alle Schranken der Zurückhaltung gefallen. Immer näher rückten die Fotografen und kämpften um die besten Positionen. Jeder wollte das spektakulärste Bild von der Prinzessin und dem nun wütend um sich schlagenden Prinzen verkaufen.

«Hören Sie auf! Sofort – ich warne Sie!»

Doch niemand hörte auf den Prinzen!

Mittlerweile war es einem Bodyguard gelungen, Nadine auf einen Stuhl zu helfen. Als eine Bedienung der Prinzessin ein Glas Wasser reichen wollte, wurde sie von Alper beiseite gestoßen. Worauf Karl-Friedrich vollends durchdrehte. Er schlug ihm mit voller Wucht ins Gesicht. Blut spritzte über Alpers Jackett und lief ihm aus der Nase. Entsetzt hielt er sich schützend die Hand vors Gesicht. Nach dem ersten Schock setzte stechender Kopfschmerz ein – das Nasenbein schien gebrochen. Seine Kollegen versuchten nun auch noch einen schnellen Schuss auf ihn, das Opfer, doch Christian und Graf Ferdinand – tatkräftig unterstützt von der Security – drängten die Fotografen nun energisch aus dem Bankettsaal.

In diesem Tumult hatte niemand mehr auf Prinzessin Nadine geachtet, die um Luft ringend auf ihrem Stuhl saß. Laut verlangte Karl-Friedrich nach einem Notarzt und einem Krankentransport für seine Frau. Den hatte bereits Gräfin Francesca angefordert, als sie von dem ersten Ohnmachtsanfall Nadines erfahren hatte. Alles war so rasend schnell passiert. Sie täuschte sich in solchen Situationen fast nie, und diesmal beschlich sie ein äußerst unangenehmes Gefühl, das weit über den bereits eingetretenen Eklat hinausging.

Diese überraschende Wendung des Abends gefährdete das eingeplante Prominentenfoto mit Ludger Olbrecht und damit auch die wichtigste Spende des Abends. Nun erregte sich auch die übrige Partygesellschaft über die ausufernde Dreistigkeit der Paparazzi, die wie eine Viehherde von den Bodyguards und den Bediensteten Richtung Ausgang gedrängt worden waren.

Niemandem fiel auf, dass sich der verletzte Alper in Richtung Toilette schleppte, die Hilfsangebote des Personals mit unwirschen Gesten abweisend. Als er im Spiegel seine angeschwollene, blutverschmierte Nase betrachtete, beschloss er, sofort zum Arzt zu fahren. Ein einziger Gedanke hämmerte nun in seinem Schädel: *Körperverletzung*, also *Schmerzensgeld* ... Er würde den Prinzen verklagen. Das bereits blutgetränkte Taschentuch warf er in den Abfallkorb und riss zwei Papierhandtücher aus der Halterung. Gerade als er die Toilette wieder verlassen wollte, begegnete ihm Ludger Olbrecht, der ihm erschrocken den Weg freimachte. Alper wollte nun nur noch schnell zu seinem Ford. Er stieß eine Seitentür auf und beeilte sich, die paar Schritte zu seinem Auto schnell hinter sich zu bringen.

Hier draußen war es absolut still. Es schien, als seien alle Fahrer im Haus. Niemand hatte auch nur im Entferntesten damit rechnen können, dass der Abend ein so frühes und abruptes Ende finden würde. Alper kramte mit seiner rechten Hand nach den Autoschlüsseln, mit der linken hielt er die blutgetränkten Papiertücher an seine Nase. Plötzlich trafen ihn zwei harte Schläge von hinten in die Nieren. «Auooch ...», röchelte der hagere Fotograf und sank auf die Knie. Es folgte ein gezielter Handkantenschlag ins Genick, und ihm wurde schwarz vor Augen. Zwei kräftige Arme schleiften ihn weg von den parkenden Autos in die Dunkelheit. In diesem Moment hatte Bernd Alper das Glück verlassen.

Wenige Augenblicke später ertönte die Sirene des Rettungsfahrzeugs in der Auffahrt zum Rondell. Zwar hatten Christian und Graf Ferdinand den Pressetermin kurzerhand für beendet erklärt und die Fotografen aufgefordert, das Gelände zu verlassen. Doch die ließen sich Zeit, wohl wissend, dass es schwer sein dürfte, sie alle daran zu hindern, den Abtransport der Prinzessin zu fotografieren. Was für eine Gelegenheit – die Prinzessin auf einer Trage und wie sie in einen Krankenwagen geschoben wurde!

Der Paparazzo Franz Kauser, selbst in besserer Kleidung noch leicht verlottert wirkend, spannte alle Muskeln in seinem zerfurchten Gesicht an. Er ärgerte sich über sich selbst, denn wieder hatte er zu viel getrunken. Es bereitete ihm immer mehr Mühe, seine Kamera ruhig zu halten, und er musste seine Aufnahmen einteilen. «Nur noch fünf Fotos, dann ist der Speicher voll. Wer konnte auch nur ahnen, dass hier so viel abläuft?» Seine Kollegin Lori Meckmann grinste: «Was für dich aber noch besser ist, dass der Hai im Fischbecken weit und breit nicht zu sehen ist ... Wenn Schramm, unser Starfotograf, nämlich schon gefahren ist, steigen ja wenigstens die Verkaufschancen für diese letzten Fotos ...»

«Als ob es etwas ausmacht, ob von Ihnen jemand fehlt», bemerkte Graf Christian trocken zu der Fotografenmeute.

Genau in dem Moment, als das Portal sich öffnete und Prinzessin Nadine, gestützt von ihrem Mann und abgeschirmt von den Bodyguards, zum Notfallwagen geführt wurde, war Georg Schramm plötzlich zur Stelle. An seiner Seite bemühte sich eine rothaarige Nachwuchsfotografin, ihr zerwühltes Haar wieder in Ordnung zu bringen, und zog demonstrativ ihren Blazer glatt.

«Die werden auch immer jünger», kommentierte Lori Meckmann die bekannte Vorliebe ihres Kollegen für attraktive junge Frauen.

Der Star-Paparazzo grinste und schoss seine Fotos. Ein Sanitäter versuchte mit Hilfe einer Decke die Prinzessin vor den neugierigen Kameras zu schützen, als sie sich auf die Pritsche legte.

Karl-Friedrich geriet über das aufdringliche Gieren der Fotografen erneut in Rage. «Das werdet ihr alle noch bereuen! Ich werde euch alle verklagen! Alle! Jeden Einzelnen hier!», brüllte er.

Graf Christian versuchte ihn zu beruhigen. «Fahrt bitte los, es wird sonst nur noch schlimmer. Wir regeln das. Ich werde mein Bestes tun, dass niemand die Fotos druckt ...»

«Eines Tages ... eines Tages greife ich mir einen von euch!», drohte Karl-Friedrich düster, bevor ihn Christian endlich in den Notarztwagen zu seiner Frau schieben konnte.

Als der Wagen zur Ausfahrt fuhr, warteten bereits zwei Fotografenautos, um ihn von nun an zum Krankenhaus zu verfolgen. Geschäftig packten alle ihre Kameras ein und liefen zu ihren Fahrzeugen. Nur Schramm, Kauser und Lori Meckmann verabschiedeten sich noch kurz von Christian, der inzwischen sichtlich um Beherrschung rang.

«Ich glaube, wir sind an der obersten Geduldsgrenze von Karl-Friedrich angelangt.»

«Herr Schramm, ich kann Ihnen versichern – an meiner auch», antwortete Graf Christian.

«Aber Graf, Sie kennen doch den Medienzirkus. Und der Prinz auch. Diesmal war es eben heftiger», mischte sich Lori Meckmann ein.

«Da sagt man nun Frauen immer nach, sie hätten mehr Mitgefühl», entgegnete der Graf zynisch.

Das sah Franz Kauser ganz anders. «Was heißt hier Mitgefühl? Der Mann ist so reich, der kann sich Mitgefühl kaufen. So viel er will!»

«Kauser, das ist Schwachsinn», kanzelte Georg Schramm seinen Kollegen ab. «Nein, ich glaube, wir müssen uns jetzt mal ein bisschen zurückhalten bei Karl-Friedrich.»

«Seit wann hast du Schiss, wenn dir einer droht?», wollte Kauser, einen Kaugummi zwischen den Zähnen hin und her wälzend, wissen.

«Der war wütend, aber das ist er immer – also, was soll's? Außerdem, wenn du ihn nicht abschießt, tue ich es oder ein anderer», beendete Lori Meckmann das Gespräch.

«Wiedersehen, Graf, und nichts für ungut.»

Auch er empfand das Verhalten der Paparazzi an diesem Abend als hemmungslos und schamlos. Seltsam ungewohnt war für ihn der Anflug von Sympathie für Karl-Friedrich von Hamm.

In seinem Audi sitzend, hörte Christian während der Fahrt zum Krankenhaus die Regionalnachrichten. Noch meldete niemand den Vorfall, das nahm er als ein gutes Zeichen. Und genau so teilte er es auch Lydia von Immen mit, die ihn vor dem St.-Josephs-Spital bereits erwartete. Gut, dass sie ihm vorher noch ihre Visitenkarte übergeben hatte, so brauchte er nur ihre Nummer anzuwählen. Dadurch erfuhr er, wohin der Rettungswagen, dem Lydia von Immen kurzerhand gefolgt war, Prinzessin Nadine gebracht hatte.

«Wie geht es ihr?»

«So weit wohl ganz gut. Keine Komplikationen. Wahrscheinlich Kreislauf. Ob Sie es glauben oder nicht, ich habe von diesem ganzen Vorfall überhaupt nichts mitbekommen. Erst als ich später dazukam, wurde mir klar, was inzwischen passiert war», antwortete von Immen.

«Sie hätten auch nichts ändern können. Sind Nadine die aufdringlichen Fotografen denn so nahe gegangen, dass sie deswegen einen Schwächeanfall erlitt, oder ist sie krank?», hakte Graf Christian nach.

«Wer weiß. Nehmen Sie es mir nicht übel, ich kann Ihnen nichts weiter sagen ... ich habe noch keine Ahnung, was sich da abgespielt hat. Außerdem möchte ich erst einmal abwarten, was mein Klient zu tun gedenkt. Im Moment hat er eine Unterredung mit dem Chefarzt.» Lydia zündete sich eine Zigarette an und inhalierte nervös den Rauch.

«Tja, diese Leute von der Presse machen wohl allen

zu schaffen, die mal ins Rampenlicht geraten sind», überlegte Christian laut.

«Eigentlich geht es doch immer noch um die alte Geschichte mit dem Auto, die sie ihm nachtragen. Hätte er nicht Gas gegeben und wäre er nicht direkt auf die Fotografen losgefahren, hätte es den angefahrenen Kameramann nicht gegeben – damals, dann wäre alles nicht so schlimm gekommen – heute ... Sie würden ihn fotografieren wie all die anderen auch, und damit hätte es sich. Aber so wartet jeder auf einen Ausraster von Karl-Friedrich. Er hat sich das selbst eingebrockt, und das wissen Sie, das weiß ich, und alle anderen wissen es auch. Also, warum darum herumreden?»

Graf Christian war überrascht. Diese Direktheit hätte er jetzt nicht erwartet. Abgesehen davon, dass noch ganz andere Vorfälle zum zweifelhaften Ruhm des Prinzen beigetragen hatten.

«Und trotzdem», fuhr Lydia fort, «niemand hat das Recht, ihn und seine Frau so zu bedrängen. Wir werden prüfen, ob wir klagen können, falls Bilder erscheinen. Immerhin spielte sich alles auf Ihrem Privatbesitz ab.»

Lydia von Immen machte noch einen intensiven Zug, schaute Graf Christian nachdenklich an und warf die Zigarette auf den Boden, um sie auszutreten.

Beide gingen langsam durch die sich automatisch öffnenden Türen in den Aufnahme- und Anmeldebereich der Klinik, in dem sich einige Patienten aufhielten. Christian bemerkte einen alten Mann mit

Gipsverbänden an Arm und Bein, der sich mit zwei neugierigen Frauen mittleren Alters unterhielt. Anscheinend hatten die Frauen mitbekommen, wer eingeliefert worden war, und wollten nun Einzelheiten austauschen.

«Wir fahren besser gleich hoch zur Privatstation. Dort werden wir auch Karl-Friedrich antreffen», lotste von Immen Christian zum Liftbereich.

Als die Fahrstuhltüren sich öffneten, standen ihnen Karl-Friedrich und dessen Bodyguard jedoch schon hier gegenüber. Von Immen und der Graf betraten den Fahrstuhl. Der aufleuchtende Etagenknopf zeigte ihnen an, dass der achte Stock als Ziel bereits gedrückt war.

«Karl-Friedrich, ich wollte mich nur erkundigen, wie es Nadine geht, und das Bedauern der ganzen Familie über den Vorfall zum Ausdruck bringen», erklärte Christian.

«Du kannst ja nichts dafür. Aber diese Pressehyänen – ich habe sie so satt!»

«Darf ich fragen, warum Nadine so schwer angeschlagen war?»

«Nein, Christian. Selbst wenn es eine Kreislaufschwäche ist, bleibt es eine private Angelegenheit.»

Das war deutlich, dachte Christian, der Karl-Friedrich nicht weiter reizen wollte. Sie waren im achten Stock angelangt, und die Türen öffneten sich.

«Gut, dann fahre ich auch gleich wieder nach unten. Bestell bitte Nadine meine besten Genesungswünsche.»

Karl-Friedrich von Hamm nickte und verließ mit Lydia von Immen und dem Bodyguard den Lift.

Vor dem Zimmer 211 hielt der zweite Bodyguard Wache, seine blond gefärbte Kurzhaarfrisur stand gelgesteift wie ein kleiner Antennenwald in die Luft. Karl-Friedrich kaute wütend auf seinen Lippen herum. Kurzerhand zog er Lydia von Immen in einen Seitenflur.

«Mir reicht's! Und zwar endgültig! Ich lasse mir von der Presse nicht mehr auf der Nase herumtanzen! Und dieser Erpresser sieht keinen einzigen Cent von mir. Diesmal ist er zu weit gegangen. Du holst dir morgen früh einen Koffer bei mir ab. Darin findest du alle Mittel, um das Problem endgültig», er zögerte kurz, «und todsicher zu lösen», kündigte er seiner verdutzten Anwältin an.

«Wie meinst du das?»

«Wie ich das meine? Denk nach – dafür bezahle ich dich!»

Karl-Friedrich ließ von Immen einfach stehen, ging zu Zimmer 211, klopfte kurz und trat ein. Sein zweiter Bodyguard, der sich von seinem Stuhl erhoben hatte, nahm wieder Platz und nickte seinem Kollegen zu, der sich neben ihm positionierte. Beide schauten der verstört wirkenden Lydia von Immen nach, die in Richtung Fahrstuhl ging.

Sieben

Am nächsten Morgen herrschte im Hause Landsburg bereits Hochbetrieb. Der Partyservice verstaute Besteckkisten, Behälter, Lichterketten und sonstige Ausschmückungen wieder in einem Lieferwagen. Gräfin Francesca beobachtete die Arbeiten genau. Ab und an gab sie einen wohlmeinenden, aber deutlichen Hinweis auf mögliche Gefährdungen, die sie auf die Außenanlagen zukommen sah. Der Gärtner sammelte mit Hilfe einer langen Greifzange alles ein, was nicht in den Garten gehörte, und beförderte es in den mitgeführten Abfallsack. Ihm stand noch ein langer Tag bevor, um die Gartenanlage wieder in das gewohnt friedliche Idyll zu verwandeln.

Christian schaute nachdenklich aus dem Fenster des Kanzleiraumes und wurde durch die hereinstürmende Leonie abrupt aus seinen Gedanken gerissen. Graf Ferdinand jedoch ließ sich nicht stören und sortierte weiter die Tageszeitungen der laufenden Woche.

«Papa, hör mal, ich will mit meinen Freundinnen im Sommer eine Segeltour durch die Ägäis machen. Wir wollen ein Segelboot mieten. Findest du doch auch gut, oder?», schmeichelte sich Leonie an ihren Vater heran.

«Und nun möchtest du wohl vorher noch dein Kapitänspatent machen?», fragte Graf Christian amüsiert.

«Nein, ein Segelschein reicht», antwortete Leonie trotzig.

Graf Ferdinand sah seinen Sohn an, als wolle er sagen, *nun gib dem Kind schon das Geld.*

Doch Christian hatte anderes im Sinn. «Nein, Papa. Ehe du es aussprichst: Extratouren sind für meine liebe Tochter nicht mehr drin. Karate-Unterricht, vorher Salsa-Kurs und eine Studienreise in die Rocky Mountains. Noch heute lässt sich Leonie bei Anruf ihres ‹Studienobjektes› namens Henry Fisher am Telefon verleugnen. Es gab genug Programm im letzten halben Jahr, jetzt gehen wir in die finanzielle Sommerpause. Und ... auf euren getarnten Finanzzuschuss will ich gar nicht erst zu sprechen kommen ...»

Ertappt blätterte Graf Ferdinand eine Zeitung auf, um die unliebsame Bemerkung zu übergehen.

«Das sollte nicht rauskommen!», entrüstete sich Leonie, aber Graf Ferdinand gab durch ein Zucken der Mundwinkel zu erkennen, dass er selbst nicht wusste, wie sein Sohn von dem kleinen Kreditgeschäft zwischen ihm und Leonie erfahren hatte.

«Du stehst in der Kreide. Woher willst du das Geld nehmen, um es zurückzuzahlen?», wollte Christian wissen.

«Pass auf, Papa. Ich drehe einen Werbeclip. Gestern war das Casting. Ich habe die Rolle bekommen, und deine Investition in mich zahlt sich bereits aus. Ich habe die Rolle nämlich deshalb bekommen, weil ich als einzige Bewerberin Karate kann», triumphierte Leonie.

Graf Ferdinand bekam wieder Oberwasser: «Siehst du, sie ist kreditwürdig und geschäftstüchtig!»

«Normalerweise ist die Reihenfolge umgekehrt», konterte sein Sohn, «aber gut, ich erkenne gerne an, dass das ein Erfolg ist. Gratuliere! Welches Produkt wird beworben?»

Leonie wollte jetzt nicht herumdrucksen: «Welches Produkt – sei doch nicht so förmlich, Papa. Irgendein Parfüm. Hauptsache, ich bin engagiert.»

Mit einem Ruck wurde die getäfelte Tür von Gräfin Francesca geöffnet. Christian wechselte sofort das Thema, wofür ihm sein Vater und Leonie stillschweigend dankten. Niemand wollte jetzt eine ausführliche Stellungnahme inklusive Missbilligung zum baldigen Auftritt der jungen Gräfin in einem Werbespot hören, wobei alle wussten, dass ihnen das natürlich noch bevorstand.

«Gab es schon Anrufe wegen des Eklats gestern? Haltet mich da bitte auf dem Laufenden. Leonie, hier bist du … was gibt es Neues, mein Kind?»

«… Bin in Eile, Großmama, aber ich erzähl dir von meinen Urlaubsplänen heute Abend – ciao alle miteinander!» Leonie stürmte aus dem Raum.

«Warum ist sie immer in Eile, Christian? Es schickt sich nicht für eine junge Dame, immer nur durch die Gegend zu hetzen und ausländische Kampfsportarten wie Karate zu lernen! Fehlte nur noch, dass sie Popsängerin oder Schauspielerin werden möchte! Ihr zukünftiger Mann tut mir heute schon Leid.»

«Mama, Leonie mag ein wenig wild sein, aber die Zeiten haben sich eben geändert. Von Papa weiß ich, dass auch du zu deiner Zeit sehr fortschrittliche Thesen vertreten hast, sehr zum Leidwesen deiner Eltern. Ich erinnere an ein geheimes Wochenende am Tegernsee mit Papa, und wenn ich mich nicht irre, war das vor eurer Hochzeit», konterte Christian, wobei er den Blickkontakt mit seinem Vater vermied, hatte dieser ihm doch dieses Detail in einer schwachen Stunde erzählt. Francesca warf ihrem Mann einen eisigen Blick zu. «Immerhin waren wir drei Monate später verheiratet.» Mit diesen Worten verließ sie das Büro der Männer. Christian sah seinen Vater schmunzelnd an: «Tut mir Leid, Papa, aber das musste einfach mal raus.»

Ferdinand musste, trotz seines Bemühens, ernst zu bleiben, lachen. «Denk dir nichts. Ich bin sicher, genau in dem Moment, als Francesca den Raum verlassen hat, musste sie ebenfalls lächeln. Es war übrigens ein sehr schönes Wochenende am Tegernsee, und ihre Eltern haben es nie erfahren. Gottlob!»

Wenig später erhielt Christian einen Anruf von Lydia von Immen. Auch wenn sie heute etwas angestrengter klang und weniger souverän, als er sie in Erinnerung hatte, wirkte sie doch zunehmend attraktiv auf ihn. Sie bat ihn um eine baldige Verabredung wegen des gestrigen Vorfalls. Ein paar Dinge würde sie gern mit ihm bereden, stellte sie vieldeutig in den Raum. Welche, wollte sie am Telefon aber nicht sagen. Sie wirkte fahrig und unkonzentriert.

Gerade hatte sich Christian in die Akten über den

adeligen Unternehmer aus Baden-Württemberg vertieft, als sich der Privatsekretär des Prinzen meldete und ihm mitteilte, dass im Laufe des Tages ein Chauffeur das Auto von Karl-Friedrich abholen würde. Der hatte seine Nobelkarosse in der Hektik des Abends auf dem Landsburg'schen Gut stehen lassen, weil er im Notfallwagen mitgefahren war. Christians Angebot, ihm den Wagen selbst vorbeizubringen, ließ der Prinz ablehnen. Fragen zum Gesundheitszustand der Prinzessin schienen ebenfalls nicht erwünscht zu sein. Christian empfand das Verhalten als sehr merkwürdig, andererseits handelte es sich um Karl-Friedrich, was wiederum Grund genug war, sich keine weiteren Gedanken zu machen.

An diesem Abend wollte Christian nach dem Joggen ganz in Ruhe noch ein wenig lesen. Gegen 21 Uhr, er hatte noch nicht mal das Buch zur Hand genommen, klingelte sein Handy, und er überlegte einen Moment lang, ob er rangehen sollte. Nach kurzem Zögern entschloss er sich, das Gespräch anzunehmen.

«Christian?», fragte eine männliche Stimme, noch ehe der Graf sich mit Namen melden konnte.

«Ja …? Karl-Friedr…?»

«… Kannst du bitte sofort in die Düsseldorfer Straße kommen? In den Club *Nightshift*. Es ist dringend. Sehr dringend!»

Graf Christian war sich augenblicklich sicher, dass sich Karl-Friedrich von Hamm in einer prekären Lage befand. Was auch immer es sein mochte, seine Stimme jedenfalls klang nicht wie gewohnt, sie klang sehr beunruhigt, ja sogar ängstlich, als ob er unter Schock stünde.

«Ich bin unterwegs. Bis gleich.»

Jetzt war nicht die Zeit für viele Worte.

Keine zwanzig Minuten später traf Christian am *Nightshift* ein. Er parkte in einer angrenzenden Nebenstraße, denn die Polizei hatte den Parkplatz des Nachtclubs bereits abgesperrt. Ein Polizeifotograf machte Aufnahmen des Kofferraums von Karl-Friedrichs Wagen. Zwei Beamte in weißen Overalls suchten am Wagen des Prinzen nach Fingerabdrücken und anderen verwertbaren Spuren. Leise summte der Kombi eines Bestattungsunternehmens an Christian vorbei.

Offensichtlich war hier jemand zu Tode gekommen. Graf Christian fragte einen uniformierten Polizisten, wo er den Prinzen von Hamm finden könne. Nachdem Christian sich als dessen Anwalt zu erkennen gegeben hatte, durfte er die Absperrung passieren. Wenig später öffnete sich für ihn die eiserne Tür, durch deren kleine Sichtluke sonst jeder Gast von einem erfahrenen Türsteher taxiert wurde. Die Bar befand sich eine Etage tiefer im Untergeschoss. Zigaretten- und Zigarren-Rauchschwaden standen im Halbdunkel des Barraums, als würden sie andeuten, wie undurchsichtig der Fall werden würde. Zwischen den weinroten plüschigen Sitzecken und dem Kirschbaum-Interieur, der langen polierten Theke und dem Table-Dance-Laufsteg befragten mehrere Beamte in Zivil die wenigen Gäste nach deren Beobachtungen.

Christian hatte schon einiges über das *Nightshift* gehört. Hier dienten die Toiletten noch ganz anderen Bedürfnissen als denen, für die sie gebaut waren. Ebenso gut hätte man auch ‹Kokainver- und -entsorgung› an die Tür schreiben können. Razzien fanden mit Ansage statt, denn viele Gäste verfügten über hervorragende gesellschaftliche Verbindungen.

Ein etwas aufgeschwemmt wirkender Mann, Mitte fünfzig, kam auf Christian zu. «Sind Sie der Anwalt?»

«Ja, Landsburg ist mein Name. Ich suche den Prinzen von Hamm.»

«Den finden Sie dort drüben in der Garderobe der Stripperinnen. Ach, äh – ich will Sie dann auch noch sprechen. Ich bin Hauptkommissar Stegemann. Ich leite hier die Ermittlungen.»

Christian nickte und ging durch den weiß gekalkten Flur zum Umkleideraum. Karl-Friedrich saß vor einem großen Spiegel und schaute gedankenverloren auf sein Whiskyglas. Die Tür des Raumes war geöffnet, und ein Beamter stand gelangweilt im Türrahmen.

Als Karl-Friedrich den Grafen sah, erhellte sich seine Miene. «Christian – Gott sei Dank! Ich kann die Immen nicht erreichen, und meine anderen Anwälte gehen auch nicht ans Telefon, unglaublich! Du musst mir helfen – das ist kein Spaß hier, also erteile ich dir den Auftrag. Modalitäten interessieren mich nicht. Nimmst du an? Kannst du mir helfen?»

Christian nahm sich einen Stuhl und setzte sich. «Sonst wäre ich wohl kaum hier.» Für Karl-Friedrich zu arbeiten wäre Christian nicht so ohne weiteres in den Sinn gekommen. Und er überspielte ein gewisses Unbehagen bei diesem Gedanken. Wenn da nicht dieser unangenehme Zwischenfall im Hause Landsburg gewesen wäre, hätte er vielleicht sogar nach einer Ausrede gesucht.

«Ich habe eine Leiche gefunden – in meinem Kofferraum», erklärte merkwürdig gefasst und beinahe tonlos der Prinz.

Christian hatte so etwas geahnt. «Und wie ist die da reingekommen?»

«Das will die Polizei ebenfalls wissen – und ich auch! Keine Ahnung! Oben auf dem Parkplatz habe ich beim Rückwärtsausparken ein anderes Fahrzeug leicht angestoßen. Daraufhin bin ich ausgestiegen, um nachzusehen, ob etwas passiert ist. Ich kam nicht mal dazu, einen klaren Gedanken zu fassen, schon meckert der Idiot hinter mir los und notiert sich mein Kennzeichen.»

Christian hatte den Verdacht, dass Karl-Friedrich schon ein paar Whiskys getrunken hatte, und fragte sich, wie viele Promille er wohl haben würde.

«Jedenfalls war die Kofferraumklappe bei dem Aufprall aufgesprungen. Ich will sie schließen, und da sehe ich den Mann drinliegen. Ich fühle den Puls, nichts. Auch sonst sah er eigentlich ziemlich tot aus. Grässlich. Plötzlich dreht dieser Typ durch und schreit lauthals nach der Polizei. Kurze Zeit danach haben wir telefoniert.»

«Kennst du den Toten?», fragte Christian.

«Natürlich, und du kennst ihn auch. Dieser Paparazzo – dieser Amter ... oder ... na ja, irgendetwas mit A... ja, jetzt fällt's mir ein. Er heißt, hieß: Alper. Stell dir vor – liegt der einfach tot in meinem Kofferraum. Jetzt glaubt doch jeder, dass ich das war! Schließlich hat er mich bis aufs Blut gereizt ... Ich war es natürlich nicht, falls du mich das jetzt fragen willst. Irgendjemand will mir da etwas anhängen ...»

Christian zückte seinen Montblanc-Schreiber und einen kleinen Notizblock und notierte in Stichworten Karl-Friedrichs Angaben. Der Polizist im Türrahmen hörte aufmerksam zu und schaute ab und an in Richtung des Prinzen. Plötzlich läutete das Handy von Karl-Friedrich.

«Jaaa!», meldete sich Karl-Friedrich unwirsch. «Lydia, Sie haben Nerven. Seit Stunden versuche ich Sie zu erreichen! Kommen Sie sofort in die Düsseldorfer Straße ins *Nightshift*, und wenn ich dort nicht mehr sein sollte, holen Sie mich vom Polizeipräsidium ab. Ihrem Klienten können Sie bestellen, dass ich seinen Humor abartig und krank finde. Und jetzt beeilen Sie sich.» Karl-Friedrich nahm einen Schluck aus seinem Whiskyglas und steckte das Handy wieder ein.

«Was kann ich nun für dich tun?», wollte Christian wissen, während ihm das soeben Gehörte in den Ohren nachklang.

«Die Polizei soll ihren Job machen und den Mörder finden. Ich möchte, dass du dich mal umhörst in der Fotografenszene, und zwar in meinem Sinne. Zu dir haben die Fotografen vielleicht Vertrauen. Die Hetzjagd auf mich wird doch jetzt noch schlimmer, wenn die mich alle für den Mörder ihres Kollegen halten. Fürs Erste solltest du mir als mein Anwalt die Polizei vom Hals schaffen», forderte Karl-Friedrich.

«So einfach wird das leider nicht sein. Vermutlich bist du jetzt erst einmal tatverdächtig. Also, um eine Befragung auf dem Revier kommst du nicht herum. Inzwischen habe ich ein paar Anrufe getätigt, und die Immen wird ihren Teil tun.»

Prinz Karl-Friedrich sah ihn hilflos an. Normalerweise gab es für jemanden von seinem Stande und Vermögen immer einen Ausweg. Es gab genug Leute, die sich seinem Einfluss beugten, aber diesmal saß der prominente Adelige fest – im Keller einer Striptease-Bar.

Acht

Am nächsten Morgen erreichte Graf Christian ein Anruf von Lydia von Immen. Er war schon im Jogginganzug und wollte eigentlich gerade aufbrechen. Der schwarze Labrador Charly wartete bereits ungeduldig an der Tür. Christian hörte sich aufmerksam die Schilderungen von Karl-Friedrichs Anwältin an. Sie teilte ihm mit, dass der Prinz erst in den frühen Morgenstunden das Polizeipräsidium habe verlassen dürfen. Noch in der Nacht hätten sich mehrere einflussreiche Persönlichkeiten der Kommunalpolitik, Staatsanwaltschaft und Ermittlungsbehörde miteinander verständigt und dem Untersuchungsrichter die Freilassung empfohlen.

Christian dankte von Immen kurz für die Information, legte zufrieden sein Handy an der Garderobe ab und öffnete dem Hund die Haustür. Beide liefen in gemäßigtem Tempo in Richtung Wald und dann auf die große Schleife am ehemaligen Kiessee zu – worauf sich Charly am meisten freute, weil er dort Enten erschrecken konnte –, oder vielleicht bogen sie auch an der Schonung ab und liefen über den Hügel den längeren Weg zurück nach Hause. An der Wahl des Weges war zu erkennen, ob Christian einen dringenden Termin früh am Morgen wahrnehmen wollte oder ob er sich Zeit lassen konnte.

Er genoss das morgendliche Jogging, und es war fester Bestandteil seines Tagesablaufs. Die Unberührtheit und Frische des Morgens kannten keine Betrüblichkeiten oder Verwicklungen, und in der klaren Morgenluft kamen Christian die interessantesten Gedanken. Begleitet vom pulsierenden Rhythmus seines Kreislaufs, schienen sie sich in seinem Kopf zu einer Klarheit zusammenzufinden, in der plötzlich die Antworten zu den Fragen lagen, die bis dahin ungelöst waren.

Mehr aus einer Notwendigkeit heraus war Christian zum täglichen Joggen gekommen. Leonie hatte ihn wiederholt und vehement auf die Bedürfnisse eines Hundes hingewiesen, nämlich dass der täglich bewegt werden müsse. Der Argumentation, dass dies eigentlich nur für Pferde und Automobile gelte, verschloss sie sich. Nach Leonies Meinung konnte Großvater Ferdinand mit Charly nicht einfach nur mal so im Laufe des Tages spazieren gehen. Der Hund würde sich auf Dauer zu Tode langweilen – meinte sie. Außerdem sei es zudem völlig abartig – spazieren gehende Hunde! Aufgrund dieser immer wieder vorgetragenen und überzeugenden Argumentation ließ sich Christian leichtsinnigerweise von ihr dazu überreden, jeden zweiten Tag mit Charly zu joggen. Sie schlossen ein Abkommen – einen Tag war Leonie dran, den anderen Christian. Es währte nicht lange, da stellte sich heraus, dass Leonies Joggingphase – vermutlich wegen einer ‹Morgenallergie› – abrupt zu Ende gegangen war. Jetzt lief nur noch Christian mit Charly, dem es eigentlich egal war, wer von beiden neben ihm hertrabte. Und Christian war es inzwischen sowieso recht, täglich mit dem Hund seine morgendliche Runde zu drehen.

Gleich nach dem Frühstück fuhr Christian zu Georg Schramm. Er war der Erste auf seiner Liste der Paparazzi, die er unbedingt sprechen wollte. Auch war er der Einzige, der sich am Handy nicht gemeldet hatte. Christian empfand es als ungewöhnlich, dass ein Profi wie Schramm nicht erreichbar war. Er steuerte seinen schwarzen Audi S6 in den Glöckchenweg. Die Gegend zählte zu den besseren Adressen der Stadt. Hier wohnten Ärzte, Anwälte und Unternehmer. Schramm hatte als Star-Paparazzo vergleichsweise ein recht hohes Einkommen.

Gerade als Christian sein Auto einparkte, kam der Fotograf aus dem Hofeingang und eilte mit zwei schweren Hartschalenkoffern zu seinem Geländewagen.

«Da habe ich ja Glück, dass ich Sie noch erwische», sprach Christian ihn an.

«Tag, Graf Landsburg.»

«Guten Tag. Ich hoffe, es geht Ihnen gut?»

Georg Schramm öffnete die Heckklappe seines Wagens und wuchtete einen der beiden Hartschalenkoffer hinein. «Ja, danke der Nachfrage. Im Gegensatz zu meinem geschätzten Kollegen Alper erfreue ich mich bester Gesundheit. Fügungen gibt es – also nee, ausgerechnet dieses Arschl…, na ja, sagen wir besser, dieser

Rüpel, murkst einen Kollegen ab. Ich gebe zu, das hätte ich dem Hamm nicht zugetraut. Man steckt wirklich nicht drin ...»

«Es gibt Anhaltspunkte dafür, dass der Prinz nicht der Täter ist ...», behauptete Graf Christian, auch wenn es sich dabei zunächst nur um seine ganz private Vermutung handelte. «Ich würde mich gern mal deswegen mit Ihnen unterhalten.»

Schramm schob den zweiten Koffer ins Auto. «Passt jetzt schlecht. Ich fahre nach München und dann direkt nach Baden-Baden. Rennwoche. Sie wissen ja, schicke Hüte und jede Menge Promis. Können wir unser Gespräch verschieben?»

Christian kam das zwar gar nicht gelegen, aber es würde ihm wohl nichts anderes übrig bleiben. «Sind Sie in der Zwischenzeit wenigstens telefonisch erreichbar?»

«*Jederzeit*, Graf. Haben Sie meine Handynummer?»

«Unter der konnte ich Sie heute leider nicht ...»

Schramm zog die Mundwinkel nach unten, schloss die Heckklappe und fiel Christian mit gedämpfter Stimme ins Wort. «Hmm, hätte ich fast vergessen. Ich habe gestern mein Telefon bei Sarah vergessen. Die kleine Rothaarige ..., ähm – ich bilde sie aus ..., sie war auch beim Charity-Event dabei. Ich hol es jetzt gleich ab bei ihr ..., war eine – na ja, sagen wir, etwas längere Besprechung gestern Abend ...» Wissend nickte der Graf.

«Hören Sie, ich bitte Sie da um absolute Verschwiegenheit. Ich bin nämlich glücklich verheiratet, müssen Sie wissen – und schlafende Hunde muss man ja nicht ..., na, Sie verstehen schon», verlegen zwinkerte Schramm ihm zu.

Christian grinste. «Es ist mir egal, wo Sie Ihr Handy liegen lassen, und ich denke mir auch nichts dazu. Mich interessieren ausschließlich Alpers letzte Stunden.»

Schramm schaute ihn schmunzelnd an. «Okay, ich erzähle Ihnen alles, was Sie wissen wollen und was ich weiß. Ab heute Nachmittag bin ich unter der Ihnen bekannten Handynummer erreichbar. Vielleicht sehen wir uns in Baden-Baden zum Rennen? Sie werden doch auch dort sein?»

Christian nickte. «Da können Sie mir sicher einen guten Renntipp geben. Wie ich hörte, sind Sie auch da ein Profi.»

Schramm lachte. «Ausgerechnet ich. Sie sind doch der Spezialist für Galopper.»

«Herr Schramm, eine Frage können Sie mir aber noch schnell beantworten. Hatte Alper Feinde?»

Schramm öffnete die Fahrertür, ließ sich lässig auf den weichen Ledersitz fallen und schaute den Grafen einige Sekunden lang nachdenklich an.

«Ich will mal so sagen, wenn es am Ende nur noch hundert waren, dann hatte er schon viele um Verzeihung gebeten.»

«Wer steht Ihrer Meinung nach denn ganz oben auf der Feindesliste?»

«Beim besten Willen – die anderen Kollegen leben noch, ich lebe noch. Das soll so bleiben. Keine Ahnung, wem er so nahe getreten war, dass der ihn umbringen musste. Wir rücken ja vielen Leuten dicht auf die Pelle mit unseren Fotos. Da gäbe es tausend Gründe, sicherlich. Denken Sie an Karl-Friedrich und seine Auto-Attacke damals. Aber der war's ja nicht, wie Sie sagen. Kann ja auch was absolut Privates gewesen sein. Alper ist vor ein paar Wochen zu Hause rausgeflogen. Seine Frau spricht kein Wort mehr mit ihm. So, jetzt muss ich aber ...»

Schramm verabschiedete sich, und Christian wünschte ihm eine gute Fahrt. Zweifellos hatte dieser ausgebuffte Fotograf für gestern Abend mit einer Achtzehnjährigen ein wasserdichtes Alibi.

Neun

Lori Meckmann wartete bereits im *Café Ostermann* auf ihn. Sie saß an einem Vier-Personen-Tisch direkt am Fenster und war komplett schwarz gekleidet – leichter Pulli, Versace-Jeans, Stiefeletten und Blazer, den sie auf dem freien Stuhl neben sich abgelegt hatte. Diese Farbe entsprach vollkommen ihrer Grundstimmung. Seit sie vor vier Jahren ihren Mann durch einen Unfall verloren hatte, war ihr Leben ins Melancholische, teilweise Depressive, abgeglitten. Nur ihr Job ließ sie regelmäßig aufleben, er lenkte sie ab von all den traurigen Momenten ihres Privatlebens.

Lori spießte gerade ein Stückchen ihres Kuchens auf die Gabel, als Graf Christian sie begrüßte und sich zu ihr setzte.

«Danke, dass Sie sich die Zeit nehmen, Frau Meckmann.»

«Geht es um Bernd?», wollte Lori wissen.

«Ja, um Bernd Alper, besser gesagt darum, wer ihn umgebracht haben könnte. Ich führe da einige Nachforschungen durch.»

Lori Meckmann spießte ein weiteres Stückchen des

gedeckten Apfelkuchens auf und schob ihn genüsslich in den Mund.

«Für wen? Ich meine, wer ist Ihr Auftraggeber?», hakte sie nach.

«Ich bin Anwalt – die Namen meiner Klienten darf ich Ihnen natürlich nicht nennen.»

«Graf, Sie sind ein netter und angesehener Mann, aber sollte Ihr Auftraggeber Prinz Karl-Friedrich sein, würde ich nicht mit Ihnen über Bernd Alper reden.»

Christian bestellte bei der Bedienung einen Kaffee.

«Und warum nicht, wenn ich fragen darf?»

«Er ist der Mörder von Bernd und will sich wahrscheinlich jetzt aus der Verantwortung stehlen. Solche Leute kommen doch immer davon. Hat es ja oft genug gegeben in diesen Kreisen ...»

Einen Moment lang schwieg Christian, um Loris Erregung abklingen zu lassen. «Frau Meckmann, wir sprechen hier von einem Todesfall. Ob es ein Mord war, kann man so genau noch gar nicht sagen ...»

«Da geht es doch schon los. Am Ende hat sich Bernd mit einer Überdosis Schlaftabletten in den Kofferraum vom Prinzen gelegt, um ihm mächtig eins auszuwischen. Dass ich nicht lache! Hah!» Lori Meckmann war inzwischen fertig mit ihrem Apfelkuchen, hatte flink die Lippen nachgezogen und widmete ihre Aufmerksamkeit nun ganz dem ihr gegenübersitzenden Grafen.

«Nein – bitte, was ich sagen will, ist, dass wir die Obduktion abwarten müssen, um zu wissen, woran er wirklich gestorben ist. Dass man ihn in den Kofferraum gelegt hat, weist deutlich auf ein Verbrechen hin. Natürlich wird sich Herr Alper nicht selbst dort hineingelegt haben. Allerdings ist es ebenso absurd, dass der Prinz ihn umbringt, ihn in seinen eigenen Kofferraum packt und dann mit seiner ungewöhnlichen Fracht in aller Ruhe in einen Nachtclub fährt. Finden Sie nicht?»

Lori Meckmann war noch nicht überzeugt. «Hat man alles schon gehört. Die sind ja meistens wahnsinnig.»

«Wenn ich es von Ihrem Standpunkt aus betrachten würde, hätte doch der Prinz ganz andere Möglichkeiten, wenn er wirklich gewollt hätte.»

Meckmann schüttelte ungläubig den Kopf. «Und wenn er auf Droge war – Koks zum Beispiel? Dann ist Ihre ganze Logik im Eimer, weil er dann nämlich garantiert nicht mehr Herr seiner Sinne war und nicht wusste, was er tat. Und in solch einem Fall bekommt der feine Prinz mildernde Umstände vor Gericht. Warten Sie's ab!»

Christian bekam seinen Kaffee serviert, nippte nachdenklich und schwieg. Die Meckmann war ganz offensichtlich von der Schuld des Prinzen überzeugt. «Gut, dann versuche ich es mit Ihren Augen zu sehen. Welchen Grund hatte der Prinz, Bernd Alper umzubringen?»

«Der Zoff vorgestern Abend auf dem Empfang, als Nadine plötzlich ohnmächtig wurde. Alper kam der Prinzessin wohl einfach zu nahe, und dafür hasste ihn der Prinz. Dabei ist das unser Job.» Sie fixierte Christian und spitzte etwas die Lippen. Der nahm die für ihn etwas seltsam anmutende Berufsauffassung von Lori zur Kenntnis. «Soweit ich mich erinnere, gab es deswegen einen Schlagabtausch, nach dem eigentlich Ihr Kollege Alper allen Grund gehabt hätte, dem Prinzen an den Kragen zu gehen.»

Lori überlegte, was sie jetzt antworten sollte. Denn eigentlich hatte der Graf Recht. Sie blickte aus dem Fenster und sah eine Gruppe Japaner mit Kameras aus einem Bus steigen. Total aufgekratzt und unter lautem Zurufen suchten sie nach geeigneten Motiven. *Bernd Alper war nicht der Typ, der versucht hätte, irgendjemanden persönlich anzugreifen. Er mag alles Mögliche gewesen sein, aber nicht gewalttätig. Nein!*, dachte sie. Außerdem war für sie der Täter eindeutig der Prinz, und er sollte es auch bleiben. Von Landsburg war ihren Blicken nach draußen gefolgt und lächelte amüsiert. Ein Wangengrübchen wurde sichtbar. Christian hoffte, dass sie gleich gesprächiger werden würde.

«Wer ist Ihr Auftraggeber, Graf?»

Er grinste. «Unsere Kanzlei führt Nachforschungen durch, um dann zu entscheiden, ob wir in diesem Fall überhaupt tätig werden.» Diese Formulierung entsprach vollkommen den Tatsachen, der nähere Kontakt zum Prinzen fiel selbstverständlich unter die Schweigepflicht.

«Was wollen Sie wissen, Graf? Spendieren Sie mir einen Calvados?»

«Sehr gerne.» Er bestellte einen Calvados und für sich ein Apollinaris. «Hatte Bernd Alper Feinde?»

Lori Meckmann dachte nach, sie ließ sich Zeit mit einer Antwort. «Bernd hatte zumindest wenig Freunde.»

«Und wer könnte einen Grund gehabt haben, ihn umzubringen?», wollte Christian wissen.

«Ich weiß es nicht, hätte nicht mal einen Verdacht. Außer dem Prinzen. Wissen Sie, Graf, ich habe Bernd als Kollegen fast täglich bei irgendeinem Termin getroffen. Wenn jemand dann plötzlich nicht mehr da ist – na ja, dann macht mich das richtig fertig. Ich kann so was nicht einfach nur so abhaken. Immerhin hat man mit diesem Menschen einen Teil seines Lebens verbracht. Und plötzlich fehlt er beim Pressetermin. Und das nicht nur einmal, nein, es ist für immer. Das geht einem schon nahe, mir jedenfalls. Jetzt kommen Sie und fragen nach Feinden. Niemand interessiert sich mehr für das Gute im Menschen Alper. Feinde! Also muss er ein mieser Kerl gewesen sein. Und der arme Prinz, der gute Mensch, dem muss man jetzt helfen. Auf dieser Welt geht es nicht gerecht zu. Auf Ihr Wohl, Graf!»

Lori Meckmann trank mit geschlossenen Augen den Calvados. Ihre Stimmung wurde wehmütiger, und Christian begriff, dass heute nicht mehr allzu viele Informationen fließen würden. Er hörte Lori noch eine Weile zu, verabschiedete sich dann aber mit dem Hinweis auf einen anderen Termin. Immerhin hatte er bestätigt bekommen, dass Alper viele Feinde hatte.

Zehn

Endlich erreichte Christian über Handy den Fotografen Franz Kauser, auf dessen Anrufbeantworter er schon gestern eine Nachricht hinterlassen hatte. Kauser reagierte mürrisch und schlecht gelaunt. Seine Redaktion hetzte ihn anscheinend von einem Termin zum anderen. Graf Christian sollte ihn am Waldstadion treffen, weil Kauser sonst heute keine Zeit mehr für ihn haben würde.

Der zähe Verkehr am Nachmittag gefährdete ohnehin den knapp anberaumten Termin. Kauser lehnte gelangweilt an seinem alten VW Passat und zeigte ungeduldig auf die Uhr, als Christian endlich eintraf und ihn begrüßte.

«Graf, Sie haben Nerven. Der 1. FC gibt heute eine Pressekonferenz. Pflichttermin für mich – verstehen Sie?»

«Entschuldigung, Herr Kauser, Rushhour, schneller ging es beim besten Willen nicht. Wurde hier denn heute gespielt?»

«Nein, die haben einen neuen Spieler eingekauft, einen Brasilianer. Der hat heute das erste Mal trainiert. Warum wollen Sie mich so dringend sprechen?»

«Ich stelle ein paar Nachforschungen zum Tod Ihres Kollegen Alper an.»

Kauser verdrehte die Augen. «Was ich dazu zu sagen habe, hätte ich Ihnen auch am Telefon sagen können. Es war eine Frage der Zeit – denke ich. Bernd hat Feinde gesammelt wie andere Leute Briefmarken, so als wäre es sein Hobby gewesen.»

Christian bemerkte, mit welcher Nervosität Kauser über Alper sprach.

«Warum eigentlich hatte er so viele Feinde? Und welches Problem hatten Sie mit ihm?»

«Ach, eigentlich gar keins. Im Gegenteil – wir waren fast so etwas wie Freunde. Soweit man das überhaupt mit Bernd sein konnte. Er war nicht unkompliziert ..., aber man muss sich schon arrangieren heutzutage, oder? Übrigens – auf die Knastfotos vom Prinzen freue ich mich schon. Hoffentlich wird er gut getroffen, haha ...»

Kauser wirkte trotz seiner Flapsigkeit etwas unsicher und fahrig, ganz so, als wüsste er genau, dass Graf Christian keineswegs der Meinung war, der Prinz hätte seinen Kollegen Alper auf dem Gewissen. Aber er traute sich nicht zu fragen, ob Christian genauso wie er über den möglichen Täter dachte.

«Wer war Ihrer Meinung nach denn am wenigsten gut auf Alper zu sprechen?»

Kauser zögerte einen Moment. «Ich glaube, das wechselte täglich, manchmal wohl auch stündlich. Wenn wir gemeinsam auf Termin waren, und es wurde gedrängelt und gerempelt für die beste Position und für einen Superabschuss – na ja, da lernte man ganz schnell die spitzesten Ellenbogen kennen. Und das waren Alpers. So weit normal, wir sind alle keine Engel. Er nahm sich die Kritik seiner Kollegen aber so gar nicht zu Herzen. Wir haben ihn oft angezählt nach so einem Termin. Ein bisschen mehr Kollegialität seinerseits wäre schon angebracht gewesen. Hat nie was genützt. Will sagen – auch unter den Kollegen hatte er möglicherweise jemanden, den er bis aufs Messer gereizt hat. Der Kerl wurde schon als Einzelkämpfer geboren. Ein Wunder überhaupt, dass seine Frau das ein Jahr lang mit ihm ausgehalten hat.»

Christian beobachtete, wie eine Jugendmannschaft ein paar Spielzüge auf dem Rasen übte. «Alper war nur ein Jahr verheiratet?»

«Ja. Der war doch nie zu Hause, immer auf der Jagd nach Abschüssen. Außerdem gab es gleich nach der Hochzeit schon Streit. Da hat er bei mir ein paar Nächte kampiert. Flitterwochen beim Kumpel. Letzte Woche hat ihn dann seine Frau kurzerhand vor die Tür gesetzt. Spricht kein Wort mehr mit ihm, hat alle Türschlösser ausgewechselt und ist abgereist nach Bayern. Der arme Kerl musste ins Hotel ziehen.»

«Warum hat er nicht wieder bei Ihnen gewohnt?», wollte Christian wissen.

«War ihm nicht mehr gut genug. Merkwürdig – angeblich stand er kurz vor einem Wahnsinnsdeal. Er hat ganz groß getan, war überhaupt nicht geknickt wegen seinem Rausschmiss zu Hause. Für ihn lief irgendein mächtiges Ding. Der Countdown zum ganz großen Reichtum – na ja, so kann man sich täuschen. Und plötzlich kommt dann nicht der Geldbote, sondern der

Sensenmann. Ob Sie es glauben oder nicht, ich gehöre zu denen, die Bernd vermissen werden, auch wenn er schwierig war.» Kauser schaute nachdenklich auf den Fussballplatz, ohne Anteil an dem Gekicke zu nehmen, gerade so, als hätte er plötzlich alle Zeit der Welt.

«Wie war denn zuletzt Alpers Verhältnis zum Prinzen?», fragte Christian.

«Der Prinz hat ihn öffentlich geschlagen. Dafür gibt es jede Menge Zeugen. Und einen Tag danach umgebracht. Das war sein Verhältnis zu ihm», erklärte Kauser.

«Ich meine, bevor er ihn geschlagen hat.» Christian wollte jetzt keine großen Erklärungen darüber verlieren, dass es noch nicht erwiesen sei, dass der Prinz der Täter war und dass Alper die öffentlichen Schläge geradezu provoziert hatte. Wahrscheinlich würde diese Argumentation bei Kauser auf ähnlich wenig Verständnis treffen wie bei Lori Meckmann.

«Wir lieben ihn alle, den Hamm. Auch Bernd hat ihn geliebt», erklärte Kauser zynisch. «Welche Antwort erwarten Sie? Der Kerl ist schon mehrmals mit Vollgas auf uns Fotografen losgefahren, seine Bodyguards sprühen uns Sahnespray auf die Kameras – ich meine, diesen Typen kann man doch bloß lieben, oder was meinen Sie?»

Christian nickte scheinbar verständnisvoll. «Kann ich mit Ihrer Unterstützung rechnen, wenn ich versuchen würde, den Tod Ihres Kollegen aufzuklären? Vorausgesetzt, dass die Polizei nicht schneller ist.»

«*Jederzeit*. Allerdings geht es Ihnen doch hauptsächlich um den Prinzen, oder? Wer interessiert sich schon für einen toten Paparazzo?»

«Ich», antwortete der Graf. «Ich rufe Sie an. Und – danke.» Christian verabschiedete sich mit einem kräftigen Handschlag und fuhr in Richtung Bad Godesberg.

Elf

Im Hause Landsburg war Gräfin Francesca schon den ganzen Tag damit beschäftigt, mehr oder weniger neugierige Anrufe geschickt zu beantworten oder abzuwimmeln. Natürlich wollten alle ihre Bekannten genauestens wissen, wie es um die Hintergründe des Eklats während des Charity-Events bestellt war. Die meisten Anrufer gaben sich besorgt um den Ruf der Veranstaltung, doch die Gräfin betrieb ein charmantes Krisenmanagement. Graf Ferdinand war bereits nach dem zweiten Anrufer genervt von dem – wie er meinte – reichlich übertriebenen Interesse an diesem Vorfall. Er schockte die Interessierten mit einer fingierten Spendenliste für wohltätige Zwecke und der Frage, ob er auch sie darauf eintragen dürfe. Bei der Mehrzahl der Anrufer führte dieses meistens zu einem schnellen Ende des Telefonats und großem Amüsement seitens Ferdinands.

Als Christian das Haus betrat, winkte ihn sein Vater gleich ins Arbeitszimmer. «Karl-Friedrich hat Nerven, Christian. Er lässt dir ausrichten, dass er nach Baden-Baden fliegt. Zur Rennwoche.»

Christian setzte sich in seinen Bürostuhl und las die

ersten Meldungen über den Toten im Kofferraum des Prinzen. Schon die Abendzeitungen hatten berichtet, und am nächsten Morgen waren dann alle im Bilde. Die wichtigsten Meldungen hatte sein Vater bereits aus dem Internet ausgedruckt. «Karl-Friedrich versteckt sich nicht – obwohl es im Moment besser für ihn wäre. Seine Anwesenheit bei der Rennwoche wird die Presse als pure Provokation auffassen.»

«Ein gefundenes Fressen für alle Paparazzi», ergänzte Ferdinand.

Mit einem leichten Kopfschütteln legte Christian die Ausdrucke beiseite. Jetzt würde sein Klient noch mehr in die Schusslinie geraten. «Die Fotografen glauben an Karl-Friedrich als Täter. Dabei scheint dieser Alper ihm vom Charakter her ähnlicher gewesen zu sein, als es beiden lieb gewesen sein dürfte. Vielleicht kam es deshalb zum unmittelbaren Schlagabtausch, um mal ein etwas doppelbödiges Bild zu verwenden.»

Ferdinand sah das skeptischer. «Wenn es mal so einfach wäre. Ich habe heute ein paar diskrete Gespräche geführt. Der Mann hat ja anscheinend nur Feinde, und zwar gleich in Kompaniestärke. Kaum nennt man seinen Namen – schon wird der Ton fröstelnd. Karl-Friedrich ist geschäftlich noch unberechenbarer geworden, als er es ohnehin schon war. Aus einigen solide dastehenden Unternehmen hat er teilweise Kapital zurückgezogen und es umgeschichtet. Gleichzeitig tätigt er unklare Investitionen am Neuen Markt. In gewissen Kreisen herrscht keine gute Stimmung, wenn sein Name fällt. Er ist zu unberechenbar.»

Christian goss sich ein Glas Wasser ein und trank es auf einen Zug fast leer.

«Sherry?»

«Danke nein, Papa. Gute Stimmung ..., seit wann herrscht im Führungsmanagement der Wirtschaft gute Stimmung? Da ist Karl-Friedrich nun wirklich keine Ausnahme. Und dass er Alkohol und Kokain nicht gerade abgeneigt ist, stellt auch nicht gerade ein Novum in der Party-Society dar. Im Moment habe ich den Eindruck, dass ihm sein mieser geschäftlicher Ruf mehr schadet als all seine fragwürdigen Drogen und Eigenarten.»

Beide Männer hörten schon von weitem Gräfin Francesca die Treppe herunterkommen. Sie hatte die Tür noch gar nicht richtig geöffnet, da brodelte es schon aus ihr heraus.

«Christian, gut, dass du wieder da bist. Das muss aufhören, dieses Theater um Karl-Friedrich – man kann ja über ihn denken, was man will, aber ein Verbrecher ist er ja nun wirklich nicht. Das liegt auch gar nicht in den Genen der Familie. Aber ein bisschen dickköpfig waren die schon immer. Denkt nur daran, wie sich damals Hubertus Hamm mit Otto Bismarck angelegt hatte. Er war einfach nicht der Meinung, dass ein Preuße Kaiser werden sollte. Er mochte die Hohenzollern nie und machte kein Hehl aus seiner Abneigung, auch nicht, als sie dann doch den ersten Kaiser stellten. Der Kaiser war danach nicht mehr gut zu sprechen auf die Hamms.»

«Francesca, meine Liebe, bitte beruhige dich doch. Zumindest haben wir die Gewissheit, dass so etwas heute nicht mehr vorkommt und Karl-Friedrich sich auch nicht mehr mit dem Kaiser anlegen kann. Sherry, meine Liebe?»

«Danke, Ferdinand, später. Christian, hast du den Fall schon aufgeklärt? Bist du wenigstens schon weitergekommen?»

«Leider nein, Mama. Aber vielleicht erfahre ich auf der Rennwoche mehr.»

Die Gräfin zeigte sich wirklich enttäuscht und entrüstet zugleich. «Ja, selbst dort wird uns diese Angelegenheit keine Ruhe lassen. Wer auch immer der Mörder ist – er hat kein Benehmen, denn er hat sich den ungünstigsten Zeitpunkt für seine Wahnsinnstat ausgesucht. Allein deswegen sollte er schnellstens gefasst werden.»

Zwölf

Am nächsten Tag fuhr die gesamte Familie Landsburg nach Baden-Baden, um von dort aus täglich die nahe gelegene Iffezheimer Rennbahn zu besuchen. Die alten Landsburgs ließen sich, wie jedes Jahr, von Alfred, dem längst pensionierten Chauffeur der Familie, fahren. Alfred, inzwischen rüstige 71, hatte über 47 Jahre lang in den Diensten der Landsburgs gestanden. Sein Abschied war allen schwer gefallen, war er doch in den vielen Jahren seiner Anstellung fast ein Teil der Familie geworden. Es war die Idee von Christian gewesen, dass Alfred jedes Jahr die Eltern wenigstens nach Baden-Baden und zurück fahren sollte – ein Vorschlag, den alle Beteiligten freudig aufgriffen.

Wie immer nahmen sie ihr Quartier in *Brenner's Parkhotel.* Christian und Leonie, die im eigenen Wagen gekommen waren, buchten sich im neuen *Dorint* direkt neben dem Kurhaus ein.

Die Kurstadt im Badischen wirkte mit ihren weiträumigen, idyllisch angelegten Parks und der weltweit bekannten Lichtentaler Allee wie eine historische Filmkulisse mit leicht morbidem Charme. Baden-Baden, wegen seiner heißen Thermen und Quellen schon bei den Römern beliebt, lag eingebettet in die sanften Hügel des beginnenden Schwarzwaldes und schien darauf zu warten, wach geküsst zu werden.

Nach dem Einchecken im Hotel ging Leonie gleich shoppen. Sie musste unbedingt noch einen neuen Hut kaufen – am besten bei *AllyMoh*, die – wie sie fand – die schönsten und phantasievollsten Eigenkreationen in ihrem Geschäft führte.

Es war ein absolutes ‹Must› für die weibliche Prominenz, sich auf der Rennbahn mit Hut zu zeigen und am letzten Renntag mit besonders extravaganten und teilweise auch äußerst gewagten Hutkreationen aufzutrumpfen. Jede Dame hoffte natürlich auf eine Prämierung ihres teuren Kopfputzes. Leonie hatte für jeden Tag einen anderen Hut eingeplant. Ihr Gepäck bestand in der Hauptsache aus Hutschachteln, in die sie auch ihre Garderobe verstaut hatte. Welchen Hut sie wann tragen würde, würde sie kurzfristig entscheiden.

Am frühen Abend traf Leonie sich mit ihrem Vater und dem Jockey Paul Rivera, einem kleinen, glupschäugigen und scheu wirkenden Mann in einem Gasthaus des nahe gelegenen Reblandes zum Essen. Das Rebland ist bekannt durch seine Weingüter und deren Produkte wie den «Affentaler». Hier gab es kleine verschwiegene Gastwirtschaften, in denen man sich unbeobachtet unterhalten konnte, was in Baden-Baden während der Rennwochen nahezu unmöglich war. Erst recht für Prominente.

Der englische Jockey, standes- und zunftgemäß etwa

einen Meter fünfzig groß, gab Christian am Vorabend des ersten Renntages immer ein paar Tipps. Streng vertraulich natürlich, denn das hätte ihn den Job kosten können. Andererseits setzten die Jockeys selbst so viele Gerüchte über die Form der Pferde in Umlauf, dass niemand ernsthaft prüfen konnte, wer welches Pferd favorisierte oder schlecht machte.

Paul bestand vor jedem Rennen auf diesem kleinen Treffen, denn er fühlte sich Christian in gewisser Weise verpflichtet. Aus dieser Verpflichtung war im Laufe der Jahre eine Freundschaft geworden. Durch reinen Zufall hatte Christian einmal beobachtet, wie dem Pferd, das Paul reiten sollte, etwas unters Futter gemischt wurde, was da auf gar keinen Fall hineingehörte – ein weißes Pulver, das sich im Nachhinein als ein hoch dosiertes Beruhigungsmittel herausstellte. Der bestochene Futtermeister, der für dieses Pferd zuständig war, wurde noch am selben Tag gefeuert, Paul aber behielt seinen Job. Gleich nach dem Start war die Stute auffallend schwach im Lauf gewesen, sodass sich Paul dem Vorwurf ausgesetzt sah, sie falsch geritten zu haben. Nur Christians Beobachtungen war es zu verdanken gewesen, dass der Stute nach dem Lauf eine Blut- und Urinprobe abgenommen wurde und so die Manipulation aufflog.

Paul zählte nicht zu den berühmten Jockeys wie Lester Piggott, der elfmal Jockeychampion in England war, oder wie der belgische Turfstar Pascal van De Keere, absoluter Spitzenjockey und einer der Erfolgreichsten im Rennsattel. Paul betrachtete es einfach als einen Job, zu dem er sich aufgrund seiner Statur und Größe entschlossen hatte. Alle Welt glaubt, dass Jockeys große Summen verdienen. Doch das war in der Regel nicht so. Die meisten hielten sich mehr schlecht als recht über Wasser. Allenfalls eine Hand voll von ihnen konnte sorglos von den Engagements, Siegprämien und Preisgeldern leben.

Nach dem Austausch privater Neuigkeiten empfahl Paul einige seiner persönlichen Favoriten, die seiner Meinung nach Championqualitäten hatten, wie *Touch Down*. Auch über Neulinge und Außenseiter wusste er gut Bescheid und flüsterte den Namen eines dreijährigen Hengstes vom Gestüt Park Wiedingen. Christian machte sich Notizen. Und ein Hengst vom Gestüt Fährhof, der ihm in den letzten beiden Tagen aufgefallen war, führte Pauls Champion-Liste an. Christian prostete Paul zu und dankte ihm für diese Insider-Tipps.

Seit seinem zwölften Lebensjahr schon interessierte er sich für Pferderennen. Damals hatte ihn sein Vater das erste Mal auf die Rennbahn nach Ascot mitgenommen. Der eigentümliche Gegensatz aus wettfreudiger aristokratischer Gesellschaft, feinen Damen mit märchenhaften Hüten auf der einen Seite und dem ländlichen Flair mit Pferden, Ställen, Stall- und Futterknechten auf der anderen, hatte es dem jungen Grafen angetan. Er begriff schnell, was für dieses besondere Flair bestimmend war und ihm den unter die Haut gehenden Reiz verschaffte – es ging um Leidenschaft. Wettleidenschaft und Leidenschaft pur für die edelsten Rennpferde der Welt. Hier trafen sich alle, vom einfachen Zocker bis zum millionenschweren Züchter.

Niemand konnte wohl ernsthaft behaupten, dass er einen hundertprozentigen Tipp für einen Sieger hatte. Und doch lief einem an jeder Ecke ein selbst ernannter Experte über den Weg, der ganz genau wusste, welches Pferd in absoluter Tagesbestform war und welches eine Niete oder welcher Jockey indisponiert sei. Daran hatte sich bis heute nichts geändert. Auch nicht in Iffezheim bei Baden-Baden, wo sich regelmäßig zur Großen Woche Ende August die internationale Prominenz des Pferderennsports traf und hoch dotierte Preise gestiftet wurden. Hohe Preisgelder und die internationale Reputation der Großen Rennwoche Baden-Baden waren immer wieder Anreiz für bekannte und auch weniger bekannte Rennställe und Gestüte, hier ihre Pferde an den Start zu bringen.

Und auch die Scheichs, die einige Jahre nicht mehr in Baden-Baden dabei gewesen waren, ließen ihre Vollblüter nun wieder einfliegen und starten. Von Paul wusste Christian, dass die Transportkosten für ein Pferd schon mal 30000 Dollar betrugen und der Scheich von Maktoum für einen Deckhengstsprung locker 300000 Dollar zahlte. Und für einen nicht eingerittenen Jährling leistete er sich den Luxus, zwölf Millionen Dollar zu bieten. Diesen Betrag für einen so genannten No-Name zu zahlen, hatte selbst Aga Khan, der bedeutendste Züchter der Welt, abgelehnt.

Nicht eingerittene Jährlinge aus gutem Stall gab es auch schon für 5000 Dollar. In Iffezheim ging es um das ganz große Geld und die schnellsten der schnellen Vollblüter. Das Hauptrennen wurde seit dem Jahr 2001 sogar live in die USA übertragen. Über 200 TV-Stationen sendeten das Turfereignis in alle Welt. Und jeder, der wollte, konnte natürlich auch über Computer oder Telefon mitzocken. Die meisten Prominenten und VIPs ließen selbstverständlich zocken, man zeigte sich nicht gerne selber am Schalter oder beim Buchmacher und schon gar nicht den Betrag, den man setzte.

Paul nahm einen Schluck des badischen Weins und blickte über das Rebland hinweg in die Rheinebene Richtung Elsass.

«Einen sehr guten Eindruck macht auch *Chantal*, gehört einer Besitzergemeinschaft. Eine gewisse Frau Immen vertritt die Besitzer und kümmert sich persönlich um die Stute. Hat offensichtlich Trainerqualitäten, die Dame …»

Christian stutzte. «Kennst du ihren vollen Namen?»

«Ja …, von Immen. Vorname irgendetwas mit L …»

«Lydia von Immen?»

Pauls Miene hellte sich auf. «Ja, genau, kennst du sie?»

Der Graf nickte. *Schau an, Lydia von Immen verstand etwas vom Pferderennsport!* Neugier und ein sichtlich wachsendes Interesse daran, diese Frau endlich näher kennen zu lernen, regten sich in Christian. Wenn sie das Pferd hier zu betreuen hatte, würde er sie auch ganz sicher in Iffezheim treffen.

Nicht ohne einen gewissen Argwohn registrierte Leonie, die die ganze Zeit über nur zugehört hatte, die neugierigen Fragen ihres Vaters zu Lydia von Immen. Sie wollte die Sache im Auge behalten. Allerdings wartete sie schon die ganze Zeit auf etwas ganz anderes, nämlich darauf, dass sich ihr Vater endlich in seine während des Gesprächs gemachten Notizen vertiefte, um sich eine Taktik für die Läufe zurechtzulegen. Von dem Moment an gehörte Paul nämlich ihr, und sie konnte ihn über ganz spezielle Dinge befragen, die sie besonders interessierten – nämlich die *dirty tricks* im Pferderennsport. Sie fand es manchmal schon hart an der Grenze zum guten Geschmack, was da alles manipuliert wurde und wie. Es sprach zwar niemand darüber, aber es war ein offenes Geheimnis, dass nicht immer alles mit rechten Dingen zuging. So wie bei anderen Wettgeschäften auch, wo viel Geld auf dem Spiel stand. Leonie fand diese Geschichten immer ungemein spannend, und so lief für sie während der Rennen ein ganz anderer Film ab – der, den ihre Phantasie und ihr Insiderwissen sie sehen ließen.

Ganz im Gegensatz zu ihrem Vater verspürte sie nicht diese viel beschriebene Faszination beim Anblick der edlen Galopper und deren ästhetischen Bewegungen, und auch nicht das Kribbeln im Bauch und die nervenaufreibende Spannung während der Läufe. Sie wurde nicht, wie die meisten anderen, vom Rennfieber gepackt. Sie blickte hinter die Kulissen, und das brachte ihr den Kick und die Spannung.

Paul erzählte gerade eine üble Geschichte aus den Starterboxen. Wenn Pferde und Jockeys eng eingezwängt auf den Startschuss warteten und vor lauter Nervosität eigentlich gar nicht mehr in der Lage waren, ein gutes Rennen zu machen, nutzte mancher Jockey die Chance, um sich mit kurzen schmerzhaften Hieben oder Stichen seiner Peitsche auf das Pferd des Nachbarn einen Vorteil zu verschaffen. Gemeinheiten, wie sie leider üblich waren. Wenn dann endlich die Boxentüren aufsprangen, liefen die hypersensiblen Tiere eigentlich nur noch los, um schnellstens aus der Bedrängnis herauszukommen.

«Man muss das doch nun aber wirklich nicht dramatisieren, das sind doch Ausnahmesituationen», versuchte Christian Pauls Erzählung gleich etwas die Schärfe zu nehmen.

«Seit neuestem werden Siegerpferde und Siegerjockeys nach dem Rennen auf Dope getestet oder nachgeprüft, ob mit dem Gewicht geschummelt wurde. Also Räuberpistolen erzähle ich bestimmt nicht, lieber Christian.» Paul nahm einen letzten Schluck. «Auf dein Wohl, Leonie, prost, Christian.»

Im *Dorint* gemütlich in der Kaminbar sitzend, erreichte ihn spät noch ein Anruf von Karl-Friedrich, dessen Laune alles andere als gemütlich war. Er beklagte sich bei Christian, dass die Polizei ihn allen Ernstes als

Hauptverdächtigen behandelte. Auch wenn seine Anwälte jegliche Belästigung von ihm fern hielten, durfte er das Land nicht verlassen. Von Christian wollte er wissen, wie weit er mit seinen Ermittlungen gekommen war. Der Graf schilderte ihm seine Eindrücke und riet ihm abzuwarten. Als Nächstes sei es erst einmal wichtig, den Obduktionsbefund zu kennen. Erst dann lasse sich der scheinbar große Kreis von Alpers Feinden etwas enger ziehen. Denn der Rückschluss auf die Todeszeit bringe auch örtliche Ansatzpunkte. Und irgendwann musste die Leiche in den Kofferraum gelegt worden sein, was sicherlich nicht zu jeder Zeit möglich gewesen war. Es kam noch hinzu, dass Fundort und Tatort nach dem bisherigen Erkenntnisstand nicht identisch waren. Der genaue Todeszeitpunkt würde den Kreis der Verdächtigen eingrenzen. Vor allem stelle sich dann die Frage der Alibis ganz anders.

Karl-Friedrich hörte sich Christians Ausführungen ganz ruhig an und bat ihn eindringlich, seine Nachforschungen unabhängig von der Polizei weiter zu betreiben. Auf die vorsichtige Nachfrage, ob er wirklich nach Baden-Baden reisen wolle, erklärte der Prinz nur, dass er keinen Grund sehe, dies nicht zu tun. Schließlich sei er unschuldig. Mit einer knapp gehaltenen Verabschiedung beendeten sie ihr Telefonat.

Einen kurzen Moment noch ließ Christian das soeben Gesagte in seinem Kopf Revue passieren, und er bewunderte des Prinzen Courage, bereits wieder in der Öffentlichkeit auftreten zu wollen. Nun – es war seine

Entscheidung, und man würde sehen. Er selbst hätte es für geschickter gehalten, wenn Karl-Friedrich sich während der laufenden Ermittlungen noch etwas zurückgehalten hätte. Christian griff zur Rennzeitung und überflog nochmals seine Notizen. So richtig war er aber nicht bei der Sache, seine Gedanken schweiften immer wieder ab zu den merkwürdigen Ereignissen der vergangenen Tage. Und auch die attraktive Lydia von Immen beanspruchte zunehmend sein Interesse …

Dreizehn

Trotz der frühen Morgenstunde saß Leonie froh gelaunt vor ihrem Frühstücksteller, den sie sich am reichhaltigen Büfett hauptsächlich mit Rührei und Baguette gefüllt hatte. Sie liebte das Rennbahnfrühstück, bei dem man täglich drei Stunden lang für vierzehn Euro so viel essen konnte, wie man wollte oder schaffte. Besonders aber genoss sie es, draußen auf der Terrasse zu sitzen, den Pferden beim Morgentraining zuzuschauen und die Morgenluft zu atmen, die nach Erde, Land und Pferden roch. Auch das Wetter zeigte sich von seiner besten Seite, die Augusttage in Baden-Baden waren – mit ganz wenigen Ausnahmen – regenfrei und die Morgenstunden im Freien daher angenehm. Ihr Vater gesellte sich zu ihr. Er begnügte sich vorerst mit Kaffee, Schwarzbrot und Schinken. Die Bedienung brachte zur Begrüßung ein Gläschen Sekt für jeden.

«Auf wen setzt du heute im ersten Rennen, Papa?»

«Die besten Aussichten, nach dem, was die Experten sagen …»

Leonie unterbrach ihren Vater: «Hör mal, Papa, deine Experten haben doch keine Ahnung. Erinnere dich doch nur an das letzte Frühjahrsmeeting hier in Iffezheim, an den hoch dotierten Champion *Turfnase* oder wie der hieß.»

«Leonie, der hieß garantiert ganz anders.»

«Also – du hattest einen nicht geringen Betrag auf diesen Champion gesetzt, weil der, allen Voraussagen und Expertenmeinungen nach, ganz einfach siegen musste. Und was passierte? Der Jockey verlor auf der Zielgeraden die Peitsche, und *Turfnase* lief kreuz und quer über die Bahn. Ich dagegen hatte einen Außenseiter, nämlich *Millenium Bug*, auf Sieg gesetzt, leider nur mit einem geringen Einsatz, und habe mit absolut hoher Quote gewonnen. So viel dazu.»

«Gratulation. Du hast eben einen guten Instinkt. Wahrscheinlich die Gene. Dann hole ich mir heute mal die Tipps von dir, meine kleine Gewinnerin», neckte Christian.

«Na gut. Aber dann bekomme ich einen Zuschuss für meine Wetteinsätze. Ich hätte schon ein Vermögen machen können, wenn ich nicht immer mit diesen kleinen Beträgen arbeiten müsste.» Leonie schlug die Rennzeitung auf, zückte den Kugelschreiber und suchte. «Also, im ersten Rennen setze ich auf Sieg von *Felix* und die Außenseiter *Bertha* und *Camilla* auf Platz, nein, *Camilla* erinnert mich an Kamillentee. Klingt nicht gut, dann nehme ich *Lord*.»

Christian schaute seine Tochter verwundert an. «Heißt das, du wettest auf den Namen, ohne etwas über das Pferd zu wissen?»

Leonie schlürfte einen Schluck ihrer heißen Schokolade und setzte dann die Tasse demonstrativ präzise ab. «Ich setze nur auf Namen, die ich originell oder angenehm finde. So ein Pferd kann doch alles Mögliche haben. Heute ist es nervös, morgen hat es schlecht geschlafen, übermorgen ist der Boden zu schwer. Darauf kann ich mich nicht verlassen. Ein Name ist eine klare Sache, den trägt das Pferd immer. Daran kann man sich orientieren. Der Rest ist weibliche Intuition, Papa.»

«Weibliche Intuition. Aha», stellte Christian nüchtern fest.

«Wer gewinnt, hat Recht. Ich habe gewonnen», legte Leonie nach.

«Ich sage ja gar nichts.»

«Aber du denkst dir was dazu.»

«Ja, wie viel ich dir für deine Wetteinsätze zuschieße.»

«Und?», fragte Leonie neugierig.

«Hundert Euro.»

«Oh – ich hatte mindestens auf das Doppelte gehofft. Woher willst du wissen, dass das reicht?»

Christian zuckte die Schultern. «Männliche Intuition.»

Noch bevor Leonie etwas entgegnen konnte, stand Christian auf, um sich zu vergewissern, ob er gerade wirklich Lydia von Immen an der Haupttribüne gesehen hatte. Tatsächlich – sie war es. Sie steuerte jetzt auf die Frühstücksterrasse zu. Er war sich nicht sicher, ob sie wirklich zum Büfett wollte oder direkt zu den Stallungen unterwegs war. Der Graf legte die Serviette beiseite, stand vom Tisch auf und ging ihr vorsichtshalber entgegen. Leonie stand ebenfalls auf und holte sich ein paar gefüllte kleine Tomaten und Weintrauben vom Büfett. Dabei ließ sie die beiden aber nicht aus den Augen. Lydia von Immen schob ihre leicht getönte Sonnenbrille nach oben ins Haar und zeigte sich überrascht von der Begegnung, obwohl sie natürlich wusste, dass Graf Christian in Iffezheim weilte. Die beiden unterhielten sich ein wenig über das Renngeschehen, bestellten bei der Bedienung zwei Gläser Sekt und schauten dem Training von *Chantal* zu.

«Wegen der Affäre um Karl-Friedrich bin ich gestern Abend erst angereist, sonst bin ich immer schon ein paar Tage vor dem Rennen da, um ein waches Auge auf unser Pferd zu haben», klagte Lydia.

«Gibt es schon neue Erkenntnisse der Polizei?»

«Heute erfahren wir das Obduktionsergebnis. Ansonsten tappen alle im Dunkeln. Racheakt vermutet Karl-Friedrich und die Fotografen auch, beide natürlich aus unterschiedlichen Blickwinkeln. Verschwörungstheorien machen die Runde. Das Ganze ist einfach nur absurd.»

Christian bemerkte eine gewisse Nervosität bei Lydia, die er nicht nur mit dem Renngeschehen in Verbindung brachte.

«Sagen Sie, kann dieser Alper irgendetwas von Karl-Friedrich gewusst haben, was ihn für einen Unbekannten hätte interessant werden lassen?»

Lydia schien einen Moment lang nachzudenken.

«Was soll man über ihn schon wissen? Seine Skandale sind öffentlich. Wirtschaft? Drogen?»

«Oder Fotos», mutmaßte der Graf.

«Liegt bei einem Fotografen nahe. Andererseits – das Opfer wird vom Verdächtigen einen Tag zuvor verprügelt und liegt dann tot in dessen Kofferraum. Nach meiner Logik will da jemand von sich ablenken. Mal angenommen, es war eine private Geschichte oder ein Kollege. Der ist doch jetzt fein raus. Wo wollen Sie da anfangen zu suchen?»

Christian vermied vorerst eine weitere Diskussion, zumal dieses Thema die Stimmung der Anwältin nicht gerade verbesserte. «Wollen wir nächste Woche mal gemeinsam ausreiten?», fragte er unvermittelt.

Etwas überrascht schaute ihn Lydia an. «Ja, gern. Wir müssen aber noch telefonieren wegen eines genauen Termins, denn ich habe momentan sehr viel zu tun. Ein Termin jagt den anderen, und ich bin froh, dass ich wenigstens die Tage hier in Iffezheim freischaufeln konnte.» Lydia lächelte Christian zu und setzte ihre Sonnenbrille wieder auf. *Er reitet – sympathisch. Vielleicht hat unsere Bekanntschaft ja auch eine angenehme Seite*, dachte sie. Der Trainer ihres Pferdes winkte ihr auffordernd zu, und Lydia entschuldigte sich bei Christian. Sie musste sich jetzt wieder um ihr englisches Vollblut *Chantal* kümmern.

Um den Führring, einen mit einer halbhohen Hecke eingefassten Platz, auf dem die Pferde einzeln im Kreis herumgeführt wurden, standen Scharen eifriger Beobachter und Wetter, um sich einen optischen Eindruck von den Rennpferden wie auch den anwesenden

Damen zu verschaffen. Hier wurde begutachtet und spekuliert, und dem Blick des Kenners entging nichts. Fesseln und Hufe verrieten ihm offenbar viel über die Sprintqualitäten des Pferdes. War das Tier nervös oder hatte es einen ruhigen, raumgreifenden Schritt? Was verrieten die Augen? Und nicht zuletzt – welche Dame trug den schönsten Hut des Tages, und hatte sie echten Schmuck angelegt? Und so war das Interesse der Leute aneinander ebenso wichtig wie das an den eigentlichen Hauptdarstellern des Rennens – den Pferden.

Christian hörte amüsiert zwei Fachsimplern zu, die die abenteuerlichsten Spekulationen aufstellten. Plötzlich tippte ihm jemand von hinten auf die Schulter. Er drehte sich um und sah in Georg Schramms Gesicht, das zu einem breiten Grinsen verzogen war.

«Auf 'n Gaul, der *Hallodri* heißt, würde ich keinen müden Cent setzen.»

«Vermutlich unterschätzt man ihn deswegen immer wieder. Er ist bisher dreimal gestartet und hat jedes Mal gewonnen», korrigierte der Graf. «Was machen Sie denn hier? Pferde sind doch gar nicht Ihr Revier. Ich hätte Sie eher in der Stadt vermutet, nicht hier draußen in Iffezheim.»

«So einfach ist das nicht. Hier geht so manches ab, was für mich von Interesse ist», und etwas leiser fügte er hinzu: «Gestern abend habe ich einen Schlagerfuzzi beim Grapschen abgeschossen!»

«Bringt so was viel Geld?»

«Normalerweise nicht. Aber diesmal wurde die Richtige begrapscht, Sie verstehen?» Schramm zwinkerte ihm zu.

Christian schaute skeptisch. «... leider ja.»

«Gehört zum Geschäft, Graf. An die zweite Liga der Yellow Press verkauft, bringt das schon etwas ein. Die ziehen ja anschließend den empörten und gedemütigten Ehepartner noch nach, na ja, mehr als ein kleines Zubrot ist es schon.» Schramm war mittlerweile der Versuch peinlich, seinen ‹Schlagerfuzzi-Abschuss› ausgerechnet von Graf Landsburg würdigen zu lassen. Er versuchte schnell das Thema zu wechseln. «Aber Sie sind ja in Ihrem Element hier.»

«Kann man so sagen. Was hört man bei Ihren Kollegen Neues zum Mordfall Alper?»

«Ach, da hat jeder so seine Theorie. Ich meine, der Prinz ist ja nicht so berechenbar. Vielleicht hat er überhaupt nicht mitbekommen, wie er den Bernd kaltgemacht hat. Alkohol und Koks, da bleibt schon mal das Gehirn auf der Strecke. Jedenfalls weiß es keiner genau, es werden aber noch Wetten angenommen.»

Christian verneinte mit einer eindeutigen Kopfbewegung. «Solange der Prinz allein gegen alle läuft, ist mir die Quote zu schlecht in Ihrem Rennen.»

Schramm grinste. «Wir haben jetzt beschlossen, dass wir den Prinzen nicht mehr fotografieren. Wenn der irgendwo auftaucht, drehen wir uns weg.»

«Sie tun damit dem Prinzen einen großen Gefallen.»

Schramm winkte ab. «Ja, ich habe mich auch köstlich amüsiert. Ausgerechnet unsere Zunft und ein Boykott, da lachen ja die Hühner – die Nackten von Seite eins. Nee, nee, irgendein Jungspund fotografiert dann doch wieder, und schon ist der Krach da. Aber, was will man machen – ich mach das erst mal mit – in solchen Situationen ist man solidarisch», betonte Schramm verschmitzt und zwinkerte mit dem rechten Auge. «Alper wäre übrigens so ein Typ gewesen, der dann heimlich doch Fotos macht. Da kannte der nichts.»

«Sind Ihnen inzwischen die Namen seiner Feinde eingefallen?»

«Listig, sehr listig, Graf», amüsierte sich Schramm, «nee, nee, ich bleibe dabei. Ich kenne keine Feinde, nur Freunde. Warten wir lieber erst mal ab, was die Polizei rausfindet. Anschließend haben es ja immer alle gewusst.»

«Wie funktioniert der Markt eigentlich? Ruft da ein Redakteur an und vergibt den Auftrag, Prinz Karl-Friedrich, Claudia Schiffer oder Robbie Williams abzuschießen?»

«Mal so, mal so.» Schramm atmete schwer durch. «Eigentlich weiß jeder Profi, was gerade gesucht wird. Da gibt es das Tagesgeschäft und dann die Highlights. Ein klassischer Fall war ‹Demi Moore, erwischt mit Leonardo DiCaprio›. Baff! Und dann die Scheidung von Bruce Willis. Kohle ohne Ende, wenn man den Abschuss hinkriegt. In Deutschland ist das alles 'ne Nummer kleiner. Dieter Bohlen mit irgendeinem Teppichluder, na ja ..., Tagesordnung eben, das reißt keinen mehr vom Hocker. Dagegen Dieter Bohlen – zur Abwechslung mal knutschend mit Thomas Anders, seinem Kollegen, ein Traum und unbezahlbar! Aber das ist nicht der Alltag. Homestorys, Hüttenzauber mit Weppers oder Strandparty des Juweliers auf Sylt mit geladenen Promis – das sind Pflichttermine. Wenn bei diesen Gelegenheiten wirklich mal was abfällt, kann man zufrieden sein. Im Grunde sind es ja immer die gleichen Wackelkandidaten, von denen man hofft, dass sie früh um vier Uhr endlich die Sau rauslassen. Und dann gibt's auch noch die, die Ihnen anbieten, alles auszuziehen, bloß, die will keiner mehr sehen. Tja, Graf, unser Geschäft ist nicht einfach.»

Schramm hatte den letzten Satz mit einer solchen Schwere gesprochen, dass in Graf Christian der Verdacht aufkam, Georg Schramm hielt das Paparazzo-Leben im tiefsten Inneren tatsächlich für eine Berufung. Aber schon im nächsten Moment holte ihn die charmante Freundlichkeit des Fotografen wieder ein.

«Wenn Sie Lust haben, können Sie ja mal mitkommen auf einen Termin. So richtig – Abschuss mit Tarnen und Anschleichen und allem Drumherum. So – jetzt muss ich aber zu meinen Promis. Graf, ich höre von Ihnen!»

Einen Moment lang zögerte Christian. «Gut, darauf komme ich zurück, Herr Schramm. Ich werde drüber nachdenken. Bis bald.»

Im Führring wurden inzwischen die Pferde des nächsten Rennens herumgeführt. Auf dem gepflegten Rasen im Zentrum des Rings hatten sich die Besitzer und Trainer der edlen Tiere eingefunden. Graf Christian machte sich eine Notiz auf den Rand seiner Rennzeitung. Das Publikum um den Führplatz herum hatte auch teilweise gewechselt. Zumeist schweigend und sehr konzentriert nahm man die Tiere in Augenschein.

Vierzehn

Graf Ferdinand und Christian hatten gerade auf der Terrasse vor dem Clubhaus ihre Lammsteaks verzehrt, als Christians Handy dezent fiepste. Karl-Friedrich drängelte wegen der neuesten Entwicklung der Ermittlungen. Christian versprach, den Prinzen später zurückzurufen.

Graf Ferdinand nahm einen Schluck badischen Weines von den markgräflichen Gütern, um das Essen abzurunden.

«Karl-Friedrich …, er nimmt sich die Sache offenbar doch zu Herzen.», fasste sich Christian kurz.

«Er hätte sich keinen besseren Zeitpunkt für das Telefonat aussuchen können.»

«Apropos: Was die Obduktion betrifft, gibt es Neuigkeiten. Alper ist vermutlich zwischen zwanzig und vierundzwanzig Uhr ums Leben gekommen. Allerdings einen Tag bevor ihn der Prinz in seinem Kofferraum entdeckte …»

«Moment …», unterbrach Ferdinand, «dann könnte das ja auf unserem Anwesen passiert sein …, uijuijui …»

«Bis auf die letzten Stunden könnte das hinkommen. Nun reg dich aber bitte nicht auf deswegen, Papa. Damit besteht zumindest die Möglichkeit, dass er während des Charity-Festes zu Tode kam. Aber auch hier bleiben Fragen offen. Sein Körper weist Spuren von Gewaltanwendung auf – er wurde vor seinem Tod offenbar schwer misshandelt.» Ferdinand atmete tief durch. «… also doch Karl-Friedrich?»

«Ich bitte dich, Papa, nur weil Karl-Friedrich einmal die Kontrolle über sich verloren hat und auf zudringliche Paparazzi mit dem Wagen losgerast ist, um sie zu erschrecken, muss er doch kein Mörder sein.»

«Wenn er Drogen genommen hätte, könnte man ihm alles zutrauen, findest du nicht? Aber das kann uns im Moment, denke ich, egal sein. Deine Mutter bekommt jetzt vielleicht ein größeres Problem – wenn sich das rumspricht.»

Beide bemerkten nicht, dass sich Gräfin Francesca dem Tisch genähert hatte. «Wenn sich was herumspricht? Und ich will alles ganz genau wissen, verheimlicht ihr mir was?»

«Oh – meine Liebe …» Beide Männer erhoben sich, und Ferdinand rückte einen Stuhl zurecht, auf den sich die Gräfin setzte. Sie trug einen ihrer Lieblingshüte, eine elegante zeitlose Kreation von Fougeray aus Paris. Den Ausschnitt ihres leichten cremefarbenen Kostüms von Chanel zierte eine zweireihige roséfarben schimmernde Perlenkette – ein Familienerbstück, das bereits ihre Urgroßmutter getragen hatte. Später einmal würde sie Leonie gehören.

«Ach, nichts weiter von Bedeutung, weißt du, es besteht nur der Verdacht, dass dieser Fotograf während unseres Charity-Festes zu Tode gekommen ist.»

«Wenn Karl-Friedrich nicht schon gewisse Konsequenzen zu tragen hätte, würde ich ihn spätestens jetzt nicht mehr einladen», bemerkte Francesca, bewusst etwas leiser sprechend. «Was gedenkst du gegen diesen Verdacht zu unternehmen, Ferdinand?»

Christian lächelte seinen Vater an und war gespannt, wie er sich aus der Affäre ziehen würde.

«Ich werde zunächst einmal dafür sorgen, dass dieser Verdacht sich nicht herumspricht. Und wenn das dann doch passiert, gehen wir davon aus, dass dieser Vorfall entweder schon aufgeklärt wurde oder bis zum Beweis des Gegenteils sich nicht in unserem Hause ereignet hat.»

Jetzt lächelte Ferdinand seinen Sohn an.

«Wann klärst du den Fall auf, Christian? Auf die Polizei sollte man sich wohl nicht verlassen. Inzwischen geht es ja nicht mehr nur um Karl-Friedrich. Hier geraten die Landsburgs in ein ungünstiges Licht», betonte die Gräfin die Wichtigkeit einer schnellen Klärung des Mordes.

«Ich fürchte, wir werden uns alle noch ein wenig gedulden müssen», erklärte Christian. «Bisher verbessert sich zwar nur für einen die Lage, denn Karl-Friedrich dürfte große Schwierigkeiten gehabt haben, neben dem ganzen Trubel auch noch jemanden umzubringen, und schon gar nicht die Nerven und die Abgebrühtheit, den Toten in seinem eigenen Kofferraum zu deponieren und mit ihm herumzukutschieren. Jetzt aber – und darum bitte ich euch beide – seht das alles etwas gelassener – es wird sich bald aufklären. Genießt die Tage hier in Baden-Baden, vor allem du, Mama – versprichst du mir das?»

Doch Francesca kam nicht mehr dazu, zu antworten, Baronin Heimstetten suchte nun ihre Gesellschaft. Sie brachte der Gräfin in Erinnerung, dass sie sich schon vor zehn Minuten auf der Sattelplatztribüne treffen wollten. Gräfin Francesca zog die Krempe ihres keck sitzenden Hutes leicht ins Gesicht, griff nach der Handtasche und verabschiedete sich von ihren beiden Männern. Sie würde sich die beruhigenden Worte ihres Sohnes zu Herzen nehmen, ganz bestimmt. Zum jetzigen Zeitpunkt konnte man sowieso nur abwarten und Schadensbegrenzung betreiben. Sie hakte sich bei der Baronin unter, und mit einem munteren «Ciao, wir sehen uns dann zum Abendessen im Hotel» verschwanden die beiden.

Fünfzehn

Abends unternahmen Christian und Leonie einen Abstecher ins Spielcasino. Leonie wollte unbedingt mal beim Roulette einen Stapel Jetons verspielen, auch wenn der Stapel klein war. Ihr Vater hatte ihr den Einsatz für diesen Abend geschenkt – 200 Euro. Im Casino herrschte bereits Hochbetrieb. Eine bunte Gesellschaft drängte sich an den Tischen, manche liefen von einem zum anderen, weil sie an mehreren Tischen gleichzeitig spielten. Die illustre Gesellschaft war durchweg vornehm gekleidet, man zeigte, was man hatte oder was man gedachte, haben zu wollen. Schein und Täuschung, Spielen und Gewinnen – deshalb war man hier. Die einen mit Schweißperlen auf der Stirn, andere starr mit Pokerface oder getönter Brille. Und wieder andere, die mit sichtlichem Spaß und Vergnügen die Szenerie beobachteten. Mehrere Saalaufsichten und zwei Herren von der Security hielten sich diskret, aber aufmerksam im Hintergrund.

Leonie hatte inzwischen ihre Jetons geholt und sich einen Platz an einem der Roulette-Tische ausgeguckt. Sie trug ein apartes Ensemble der Frankfurter Modequeen Ella Singh. Der lange, eng geschnittene zyklamrote Chiffonrock und das schwarze, ebenfalls eng anliegende Jäckchen mit rundem Kragenausschnitt unterstrichen ihre perfekte Figur. Die langen blonden Haare hatte sie locker hochgesteckt. Leonie liebte es unkonventionell und einfach. Sie bevorzugte klare Linien und Strukturen, aufgelockert durch verspielte oder auffällige Details und Accessoires. Ihrer festen Überzeugung nach machte Kleidung allein noch keinen Glamour, der entstand nur durch die Persönlichkeit, die sie trug. Die Persönlichkeit zählte und die Ausstrahlung, das Outfit sollte immer erst auf den zweiten Blick wahrgenommen werden.

Leonie machte sich heute Abend keinen Stress und setzte für den Anfang einfach auf Rot. Die Kugel rollte.

Christian hatte sich einen Drink geholt und schaute sich um. An einem Pokertisch hinten in der Ecke entdeckte er einen alten Bekannten. Georg Schramm zockte offenbar ziemlich erfolgreich gegen einige filmreif aussehende Spielertypen. Fast hätte Christian ihn nicht erkannt, denn er trug ein helles Sakko, Seidenkrawatte von Versace und eine getönte Brille. In diesem Look sah er völlig anders aus, denn sonst trug er einen sehr sportlichen Stil. Gerade endete eine Partie, und Schramm strich die Jetons zusammen. Er blickte auf und sah Christian.

«Ah, auch ein Spielchen?»

«Danke nein», entgegnete der Graf, «ich bevorzuge Roulette. Wie ich sehe, lohnt es sich.»

«Ja, im Moment läuft es gut. Was gibt es denn Neues

in Sachen Alper?», wollte Schramm wissen, der inzwischen vom Tisch aufgestanden war und sich zu Christian stellte.

«Tja, der Prinz war es wohl nicht. Oder sagen wir besser, die Wahrscheinlichkeit hat sich stark verringert. Genauso gut könnten ich oder Sie es auch gewesen sein. Alper starb ungefähr zur selben Zeit, als das Fest bei uns stattfand.»

Schramm schaute Graf Christian mit großen Augen an. «Aber da stand er doch noch quicklebendig neben mir.»

«Ja, und trotzdem ist es passiert, und erst später legte ihn jemand dem Prinzen ins Auto. Und viel später, nämlich ganze 24 Stunden, fand ihn der Prinz ...»

«Na ja, trotzdem ist da noch einiges unklar. Ich habe mich mal ein bisschen umgehört. Aber von mir wissen Sie es nicht, Graf! Unser Freund Alper soll in eine heikle Erpressungsgeschichte verwickelt gewesen sein – munkelt man.»

«Ein völlig neuer Aspekt, Herr Schramm. Handelte es sich um Fotos?»

«Keine Ahnung – wie gesagt, vielleicht alles nur Gerüchte», wiegelte Schramm die Bedeutung seiner Behauptung ab. «Oje, da kommt der Olbrecht. Hätte ich mir ja denken können. Der will unbedingt, dass ich mit ihm eine Unternehmer-Story mache, aber kein Magazin interessiert sich für ihn. Nächstes Jahr wird der noch einen neuen Rennpreis stiften – nur um Aufmerksamkeit zu erregen.»

Der braun gebrannte Ludger Olbrecht kam gut gelaunt auf die beiden Männer zu. «Das nenne ich eine Überraschung. Wollen Sie auch Ihr Geld steuerfrei arbeiten lassen?»

«Dieser Arbeitsplatz scheint mir nicht optimal für diesen Zweck zu sein», antwortete der Graf.

«Dann sehen Sie lieber anderen beim Verlieren zu, Graf? Apropos verlieren – was macht denn der Prinz?»

Christian überlegte einen Augenblick, ob er überhaupt auf diese Dreistigkeit antworten sollte. «Wissen Sie, es ist wie beim Roulette. Zunächst setzen mal alle ihren Einsatz, danach rollt die Kugel, und erst wenn sie ihr Ziel erreicht hat, wissen wir, wer gewonnen und wer verloren hat. Im Moment rollt im Fall des Prinzen die Kugel. Warten wir es ab, ob er wirklich zu den Verlierern gehört.»

Olbrecht zog die Mundwinkel nach unten. «Seinen Ruf in der Presse und in der Gesellschaft kann er aber vergessen.»

Georg Schramm winkte ab. «Der war vor dem Mord schon auf dem Tiefpunkt.»

Christian hoffte, dass Olbrecht Gerüchte aus dem Party-Jetset kannte, die ihm bei seinen Ermittlungen weiterhelfen könnten. «Vielleicht können wir uns mal gelegentlich über Ihre Beobachtungen an besagtem Abend unterhalten?»

Olbrechts Miene hellte sich auf. «Gerne, Graf, wie wäre es morgen im *Palais Gagarin*? Sagen wir morgen Mittag zum Essen?»

Strahlend stand Leonie vor ihrem Vater. «Gewonnen!»

«Du scheinst eine Glückssträhne zu haben.»

«Ja, ich habe 320 Euro gewonnen.»

«Da hast du ja deinen Einsatz mehr als verdoppelt und bist jetzt stolze Besitzerin von 520 Euro, alle Achtung!»

«Ja, Supersträhne, Papa – na ja, ganz so stimmt das nicht, wie du das eben zusammengerechnet hast. Auf jeden Fall war es superspannend. Zwischendurch hatte ich mal meine Taktik geändert, weißt du – und alles verloren. Adrenalin pur. Dann habe ich wieder auf Rot gesetzt. Zweimal hintereinander Glück gehabt. Jetzt kommt's – ich riskiere es, nochmal auf Zahl zu setzen, setze alles auf meine Lieblingszahl und gewinne wieder! Hatte also 320 Euro sicher. So viel Glück wollte ich aber nicht nochmal aufs Spiel setzen und habe aufgehört.»

«Spielen soll ja Spaß machen. Im Gegensatz zu Mathematik. Auf jeden Fall weißt du jetzt, was ein Scheingewinn ist», kommentierte er Leonies schön gefärbte Gewinnrechnung. Doch seine Tochter behielt das letzte Wort. «Verlieren muss schrecklich sein, Papa.»

Sechzehn

Am nächsten Tag zur Mittagszeit – die Sonne strahlte an diesem heißen Tag im August immer wieder zwischen vereinzelten Wolken hindurch – traf sich Graf Christian mit Ludger Olbrecht im *Palais Gagarin* am Augustaplatz. Olbrecht erwartete ihn bereits an der Bar, umgeben von einer lebhaften Runde, der er gerade Champagner ausgegeben hatte. Christian setzte sich dazu und hörte den Gesprächen um Börsengewinne, Yachten und natürlich Pferdewetten ein paar Minuten lang zu. Dann erhob sich Olbrecht und entschuldigte sich großspurig bei seinen Gästen. Er habe jetzt ein wichtiges Geschäftsgespräch mit dem Grafen von Landsburg – den Titel betonte er besonders –, und das dulde keinen Aufschub. Was allerdings bei den Angesprochenen nur mäßigen Eindruck hinterließ, denn Baden-Baden konnte in dieser Woche vermutlich die höchste Dichte an Adligen in Deutschland aufweisen.

Christian und Olbrecht ließen sich an einem abseits gelegenen ruhigen Tisch in den weichen Ledersesseln nieder.

«Um gleich zur Sache zu kommen, Herr Olbrecht. Im Mordfall, mit dem der Prinz in Verbindung gebracht wird, ist unter anderem auch ein Verdacht auf

Erpressung aufgetaucht. Nichts Konkretes, Gerüchte eben. Sie verkehren ja in den Jetset-Kreisen, Ihre Kontakte zur Presse sind hervorragend. Haben Sie vielleicht auf irgendwelchen Partys von solchen Erpressungen oder möglichem Erpressungsmaterial gehört?»

«Erpressung? Hmm. Wer will denn den erpressen und womit? Der lebt doch schon seit Jahren nach dem Motto: Und ist der Ruf erst ruiniert, lebt es sich ganz ungeniert, wenn Sie wissen, was ich meine. Und wirtschaftlich ist der Prinz doch eigentlich unantastbar, bei dem Vermögen. Dem würde doch nicht mal die Steuerprüfung ... und wenn dieser kleine Fotograf versucht hätte ... na – dann pustet den bei Nacht und Nebel jemand weg, und der Prinz weiß gar nichts davon.»

«In Filmen mag das so aussehen, aber im richtigen Leben?»

Olbrecht winkte nach dem Kellner. «Im richtigen Leben ist der Paparazzo tot. Nehmen Sie einen Champagner?»

«Danke, ein Wasser, bitte», bestellte Christian gleich selbst.

Beide schauten in die Menükarten, um zu wählen. Wenig später nahm der Kellner die Bestellungen auf. Christian wählte Scampi, und Olbrecht bestellte sich Lachssteak. Olbrecht spekulierte weiter. «Die Polizei – also, dieser Stegemann – hackt auf den längst verjährten Ausrastern des Prinzen herum. Was haben die mich gelöchert wegen des Charity-Festes bei Ihnen. Als die mich befragt haben, ging es nur darum, welcher Fotograf dem Prinzen zu nahe gekommen war und wie der Prinz reagiert hatte. Die wollen ihm unbedingt den Mord unterschieben. Ich will Ihnen was sagen, Graf. Ich glaube das alles nicht. Ein Mann wie der Prinz gehört zur Elite, wer sich in diesen Kreisen die Finger mit einem Mord schmutzig macht, der ist nicht bei Trost. Und erpressen? Na und? Wenn es wirklich etwas gäbe, könnte der doch jeden Preis zahlen.»

«Vielleicht war die Ware so viel wert, dass sie ein anderer haben wollte, um selber zu kassieren. Er bringt den Paparazzo um und legt ihn dem Prinzen in den Kofferraum. Für die Polizei ist der Prinz der Verdächtige – fertig. Das macht aber nur Sinn, wenn es sich um Fotos handelt. Warum sonst ein Paparazzo?»

Für Olbrecht war der Fall fast gelöst. «Dann liefe aber noch jemand herum, der das Material in den Händen hat. Der muss sich ja mal melden, wenn er Geld haben will.»

«Hm, die ganze Sache hat nur einen Haken. Der Prinz weiß nichts von einer Erpressung – sagt er.»

Nach gut zwei Stunden verließ Christian das *Palais Gagarin*. Von Olbrecht hatte er zwar einiges über die Party-Society erfahren. Wirklich wertvolle Informationen, die ihm weitergeholfen hätten, waren aber nicht darunter. Karl-Friedrich von Hamm zählte ohnehin nicht zu den Gästen in diesen Kreisen. Olbrecht würde sie auch lieber heute als morgen gegen die adlige Runde eintauschen, aber er würde selbst mit einem gekauften Titel nicht auf die entsprechenden Einladungslisten kommen. Das hatten schon viele versucht und waren gescheitert. Es bedurfte einer adligen Lebensgefährtin, nach der er Ausschau halten wollte. Olbrecht hatte sich nicht einmal davor gescheut, Christian nach einem Tipp zu fragen.

Christian erschien pünktlich zum Treffen mit Lydia von Immen an der Trinkhalle. Sie trug eine helle, schmal geschnittene Hose, Todds und eine figurnahe Bluse mit Volants am Dekolleté und an den dreiviertellangen Ärmeln.

Nachdem sie auf der Gartenterrasse einen Cappuccino getrunken hatten, schlenderten sie durch das sommerliche Baden-Baden. Ihr Weg führte sie vorbei am Kurhaus und am Stadttheater, hinein in die Lichtentaler Allee. Üppig blühende Sträucher und Blumen dufteten verschwenderisch und erfreuten die Sinne der Passanten. Die Oos plätscherte angenehm erfrischend, Vögel zwitscherten, und die gepflegten Parkanlagen wirkten verzaubernd auf die Flanierenden – eine Idylle. Christian räusperte sich. «Ähhm, eigentlich hätte ich ja jede Menge Fragen zum Mordfall …», bemerkte er.

«… aber?»

«Nun, es ist so traumhaft schön hier, und in der Stimmung bin ich auch nicht gerade, denn das betreffende Thema ist alles andere als schön. Wollen Sie darüber reden?»

Lydia von Immen antwortete, ohne zu überlegen: «Nicht unbedingt. Aber bringen wir es hinter uns, damit wir den Rest des Nachmittags genießen können.»

Christian empfand Lydias Art als erfrischend und unkompliziert.

«Hätte Alper Karl-Friedrich erpressen können, was meinen Sie?»

Lydia lief ein kalter Schauer über den Rücken, obwohl es dreißig Grad warm war. «Womit? Mit Fotos?»

«Zum Beispiel.»

«Unwahrscheinlich. Ich glaube nicht, dass er sich darauf einlassen würde. Wer weiß, was dann alles wieder aus den Schubladen geholt würde. Er war ja früher kein Kind von Traurigkeit.» Lydia gelang es, ihre Nervosität geschickt zu überspielen.

«Würden Sie eine Erpressung bemerken?»

«Wahrscheinlich. Mit Sicherheit könnte ich das nicht sagen. Es gibt ja auch eine private Zeit für Karl-Friedrich. In der er zum Beispiel eine Bar besucht und in seinem Kofferraum eine Leiche findet», bemerkte sie leicht ironisch. «Aber, wie kommen Sie auf Erpressung?»

«Weil alle Welt einen Mord im Jähzorn vermutet und ein Gerücht die Runde macht, dass auch Erpressung im Spiel sein könnte.»

«Christian, nun geben Sie doch um Himmels willen nicht so viel auf ein Gerücht. Nächste Woche wird dann gemunkelt, es gäbe einen ganz großen Umweltfrevel auf den Ländereien des Prinzen, oder er hätte heimlich eine Affäre. Und Alper hätte die Fotos geschossen.»

Lydia blieb stehen und schaute Christian an, um dessen Reaktion abzuwarten.

«In einem Punkt muss ich Ihnen widersprechen. Alper hatte die Fotos wohl nicht mehr, wenn es denn je welche gab», spekulierte Christian. «Jedenfalls kann er nun kein Kapital mehr daraus schlagen.»

Lydia von Immens Kreislauf veränderte sich spürbar. Ihre Hände und Füße wurden kalt. In ihrem Kopf schien es keine geordneten Gedanken mehr zu geben. Sie bemühte sich, Haltung zu bewahren.

«So viel ich weiß, verfügt die Polizei über keinerlei Hinweise. Und die hat alle Gäste des Charity-Festes befragt. Auch die Gäste in der Nachtbar und Alpers Ehefrau in Bayern.»

Christian war etwas irritiert. «Aber was hat das mit einer möglichen Erpressung zu tun?»

«Nichts. Wahrscheinlich nichts. Ich dachte nur, irgendjemand müsste ja vielleicht etwas mitbekommen haben.»

Graf Christian dachte kurz nach, beendete aber das Thema – so kamen sie nicht weiter.

Dankbar registrierte Lydia, dass Christian nun auf Pferde zu sprechen kam, was ihr sichtlich gut tat. Sie berichtete von ihrer Haltergemeinschaft und der Stute *Chantal*, die sie im Oldenburgischen gekauft hatten. Beide verabredeten nochmals den gemeinsamen Ausritt, wenn sie wieder zu Hause sein würden.

Für den kommenden Abend beschlossen sie, im Festspielhaus ein Konzert des Deutschen Symphonie-Orchesters Berlin zu besuchen.

Olbrecht saß bei einem Glas Champagner auf der Gartenterrasse des *Palais Gagarin*. Der Kühler mit dem Eis stand neben ihm, und ein großer Sonnenschirm schützte vor zu viel Sonne. Trotz des inzwischen späten Nachmittags war es immer noch sehr warm. Neugierig betrachtete er die Vorbeiflanierenden. Extravagant gekleidete Damen jeden Alters mit Hut, Sonnenbrille und Hündchen, ältere Herren mit jüngeren Frauen und ein Touristengrüppchen, das eher müde durch den Park zog. Und ein ihm bekannt vorkommendes Pärchen konnte er in der Ferne erkennen – ja, der Graf von Landsburg und Frau von Immen spazierten entlang der Oos durch den Park. *Ob die beiden was miteinander hatten?* Er hatte den Gedanken noch gar nicht weiter ventiliert, da winkten sie schon zu ihm herüber. Sie entschlossen sich wohl, ihm Gesellschaft zu leisten?

Die beiden schlenderten heran, und Christian fragte, ob sie sich dazusetzen dürften. Christian bemerkte, dass dieses Zusammentreffen bei Lydia nicht unbedingt Begeisterung auslöste. Er hatte sogar das Gefühl, sie hätte sich schnell verabschiedet, wenn sie die Chance dazu gehabt hätte, ohne unhöflich zu wirken. Auch Olbrecht machte einen eher frostigen Eindruck, als er Lydia einen Handkuss aufhauchte. Es hatte den Anschein, als würden sich die beiden kennen.

Siebzehn

Den ganzen nächsten Tag über hatte sich Lydia von Immen einigermaßen über Wasser gehalten, doch jetzt am Ende des Renntages war ihr so speiübel, dass sie den gemeinsamen Konzertbesuch mit Christian von Landsburg absagte. *Chantal* war heute sehr schlecht gelaufen. Stunden vergingen, ehe Lydia einschlafen konnte. Seit gut einer Woche hatte sie keine Nacht mehr durchgeschlafen, und wenn sie endlich einmal eingeschlafen war, dann nur für kurze Zeit. Schweißgebadet wachte sie immer wieder auf. Der Kontostand auf ihrem Schweizer Nummernkonto hatte sich inzwischen zwar um 200 000 Euro erhöht, was ja eigentlich eher ein Grund zur Beruhigung war. Leider war das erfreuliche Habensaldo aber auf ein gefährliches Missverständnis zurückzuführen. Und dieser Umstand brachte Lydia Nacht für Nacht dieselben quälenden Albträume. An jenem Morgen, an dem sie mit einem sehr mulmigen Gefühl zu ihrem Klienten Karl-Friedrich von Hamm gekommen war, um dort von ihm persönlich einen Koffer mit 200 000 Euro entgegenzunehmen, diesen Morgen würde sie ihr ganzes Leben lang nicht wieder vergessen. Jede einzelne Sekunde dieser Begegnung empfand Lydia als bedrohlich und unheimlich. Noch im Nachhinein überlief sie ein kalter Schauer, wenn sie sich der eisigen Atmosphäre und wortkargen Abwicklung erinnerte. Keine Begrüßung bei ihrem Eintreffen, fast unverbindlich dann die Übergabe des geschlossenen Koffers, eine knappe Verabschiedung – schon stand sie wieder vor der Tür. Kein erklärendes Wort wurde gewechselt, und sie konnte auch keine Fragen stellen, obwohl sie so viele gehabt hätte. Nichts. Schweigen. Nur ein beklemmendes Gefühl und die Ahnung, dass solche Situationen dazugehörten, wenn man ganz oben mitspielen wollte. Sie bezahlte den Preis für ihren Ehrgeiz. Man erwartete von ihr nichts Geringeres, als einen Killer zu engagieren! Wenn sie das richtig verstanden hatte. Einen Killer, der den Paparazzo Alper aus dem Weg räumt, professionell und ohne Spuren zu hinterlassen. Lydia hatte den Koffer wie in Trance zu sich in die Wohnung gebracht, ihn dort geöffnet und das Geld gezählt. 200 000 EURO. Sie hatte nicht die geringste Ahnung, wie sie vorgehen sollte. So etwas gehörte nicht zur Ausbildung auf der Universität, nicht mal auf ihre Erfahrungen aus der Zeit in der Kanzlei konnte sie zurückgreifen. Sie nahm sich frei – sie musste sich frei nehmen, denn ihr Magen spielte nicht mehr mit. Sie ließ die Jalousien runter, schaltete das Handy aus und das Telefon auf Anrufbeantworter und legte sich schlafen. Ein Erschöpfungsschlaf übermannte sie, und erst spät am Abend wachte sie wieder auf. Zu spät abends. Denn als sie ihre Mailbox abhörte, hatte der Killer, den sie überhaupt erst suchen und engagieren sollte, bereits sein Handwerk verrichtet – Alper war tot. Sie hatte versucht, eine Erklärung zu finden, aber sie konnte keinen einzigen klaren Gedanken fassen. Auch nicht darüber, wie sie sich nun verhalten sollte. Sollte sie mit dem Prinzen sprechen? Das Geld zurückbringen? Das Geld behalten? Sie hatte sich entschlossen, am Wochenende mit dem Koffer in die Schweiz zu fliegen und von dort aus direkt nach Baden-Baden zum Rennen. Vielleicht hätte sie auch gleich ganz dort bleiben sollen? Nein, erst mal wollte sie sehen, wie diese unerklärliche Angelegenheit weiterging und wie sie vielleicht daran partizipieren konnte. Sie befand sich in einer makaberen, fast skurrilen Lage. Sie hatte Geld für einen Mordauftrag erhalten, der bereits ohne sie erledigt worden war, und Karl-Friedrich ging natürlich davon aus, dass dieses Verbrechen an dem Fotografen auf seine Initiative zurückzuführen war. Vielleicht würde sie ja auch bald erpresst werden – sie musste auf der Hut sein. Diese Überlegungen begleiteten sie bei allem, was sie die letzten Tage unternommen hatte. Doch wenn sie alle Aspekte betrachtete, stand es trotzdem nicht ganz so schlecht für sie, zumal sie eine neue Eroberung gemacht zu haben schien. Christian von Landsburg hatte eine sehr angenehme Art, und sie konnte sich durchaus vorstellen, dass sich ein engeres Verhältnis zu ihm entwickelte. Doch vorerst nutzte sie ihre neue Bekanntschaft, um immer auf dem neuesten Stand der Ermittlungen zu sein, sowohl seiner eigenen als auch der der Kriminalpolizei. Zu ihrem Erstaunen war ihr bewusst geworden, dass sie sich in Gegenwart von Christian sicher und wohl fühlte.

Achtzehn

Der letzte Renntag brach an, und hinter den Landsburgs lagen aufregende Tage. Graf Ferdinand und Gräfin Francesca trafen sich mit einigen Bekannten des badischen Adels und unternahmen Ausflüge nach Frankreich und in die Schweiz. Nach alter Tradition war für sie der letzte Renntag der Höhepunkt der Saison. Man traf sich und riskierte vielleicht sogar eine kleine Wette über eine unbedeutende Summe. Ferdinand setzte grundsätzlich nie mehr als fünfzig Euro. Wenn er tatsächlich mal gewonnen hatte, was selten geschah, kassierte Francesca die Summe sofort als Spende für wohltätige Zwecke.

Zum Großen Preis von Baden flog Karl-Friedrich von Hamm ein. Er landete auf dem nahe gelegenen Baden Airport und nutzte von dort aus den Helicopter-Shuttle. Diesmal kam er allein. Nadine wollte sich noch nicht wieder in der Öffentlichkeit zeigen. Zu schwer trafen die ungeklärten Umstände zum Tode Alpers den Nerv ihrer eigenen Familie. Gegen Skandale zeigte sich ihr Vater immun, aber Verbrechen verdarben ihm und seinem Fürstenhaus den guten Ruf. Er hatte seine Tochter gebeten, bis zur Klärung des Falls die Öffentlichkeit zu meiden. Dafür würde er sich mit Statements zurückhalten. Nadine war auf die Bitte eingegangen, auch wenn Karl-Friedrich dafür kein Verständnis zeigte. So musste die Presse auf die elegante Nadine und ihre extravaganten Hüte verzichten und mit einem missmutigen und jede Auskunft verweigernden Prinzen vorlieb nehmen.

Kurz nachdem der Prinz in seiner Loge auf der Clubplatz-Tribüne eingetroffen war, rief er Lydia von Immen über Handy zu sich – was auf Lydia wie ein Schlag in die Magengrube wirkte. Ihre Befürchtungen erwiesen sich aber als unbegründet, denn sie musste nur ein kurzes Gespräch mit dem Prinzen führen. Zu viele Bekannte wollten Karl-Friedrich Trost zusprechen und sich nach dem Befinden seiner Frau erkundigen. So blieb keine Zeit für ein ungestörtes Gespräch. Lydia stand lediglich neben einigen anderen Adligen und beantwortete Fragen nach ihrem Pferd. Ihre *Chantal* war schon am Vortag das letzte Mal gelaufen. Der Prinz verhielt sich freundlich, doch zu deutlich sah sie noch andere Bilder in ihrem Kopf. Er hatte sie nach seiner Vernehmung bei der Polizei so fürchterlich zusammengestaucht, dass sie unter normalen Umständen auf der Stelle das Mandat niedergelegt hätte. Aber die Umstände waren alles andere als normal. Immerhin nahm der Prinz an, dass der von ihr engagierte Killer die Frechheit besessen hatte, ihm das Resultat seiner Arbeit auch noch in den Kofferraum zu legen. Lydia wollte sich zwar verteidigen, aber der Prinz ließ sie nicht zu Wort kommen. Mit den unflätigsten Beschimpfungen belegte er sie. Unter der Kanonade dieser Gemeinheiten fällte sie blitzschnell die Entscheidung, das Geld für sich zu behalten. Sie ließ den Prinzen in seinem Glauben. Sie wusste, dass er nicht wirklich Konsequenzen ziehen konnte. Immerhin war Lydia eine Mitwisserin, und er stand unter Mordverdacht. Als die beiden sich jetzt in Iffezheim gegenüberstanden, spürte Lydia wieder die sie überschwemmende Übelkeit. Sie stand unter enormem Stress, und ihre starken körperlichen Reaktionen darauf waren ihr neu.

Christian, Leonie, Ferdinand und Francesca saßen auf der Haupttribüne. Während Christian gespannt die Rennen verfolgte – für den heutigen Tag waren sieben Rennen angekündigt –, erzählte Leonie immer neue Geschichten, die sie während der Woche aufgeschnappt hatte. Hätte man ihr glauben wollen, dann ging es hinter den Kulissen des Pferderennsports zu wie in einem Ganovenfilm.

«Leonie, du wirst mir hier nicht den Spaß verderben. Selbst wenn du mir noch erzählen solltest, dass die Pferde sich untereinander absprechen, wer das Rennen gewinnt», bemerkte Christian trocken.

«Hör mal, Papa, du könntest das ruhig etwas ernster nehmen – du bist voreingenommen. Nur weil dir dieser Sport gefällt, muss er noch nicht so edel sein, wie du es gern hättest.»

«Und wenn ich dir anbiete, dass ich nächstes Jahr kein Wort darüber verlieren werde, wenn du nicht mit hierher kommst?»

«Wieso? Ich komme doch gern mit. Ich finde es hier richtig interessant. Ja. Tolle Atmosphäre, tolle Leute, gutes Hotel, und ich kann dich ein bisschen mit deinen gedopten Pferdchen aufziehen. Alles, was eine liebe Tochter möchte.»

«Klingt nach der Äußerung einer gedopten Tochter.»

Plötzlich meldete sich Christians Handy. Der Prinz von Hamm teilte ihm mit, dass es ihm nun doch nicht zeitlich reichen würde für ein Treffen. Er wolle nach dem Rennen sofort zurückfliegen. Das Angebot mitzufliegen, lehnte Christian dankend ab. Da war ihm doch die Familientradition wichtiger als der Terminplan des Prinzen. Die Landsburgs fuhren nicht umsonst nach Baden-Baden. Sonst gab es kaum Gelegenheiten, bei denen die Familie gemeinsam unterwegs war.

Gräfin Francesca fächelte sich mit der Rennzeitung Luft zu. «Man bekommt ja kaum Luft bei dieser Hitze.»

«Kein Wunder, die Araber laufen ja auch gleich», scherzte Graf Ferdinand.

«Ferdinand, sei bitte nicht so albern.»

«Im nächsten Rennen laufen die Araber, hier, lies es selbst.» Ferdinand hielt ihr seine Rennzeitung vor die Nase.

«Das ist ein wichtiges Rennen, meine Liebste. Nicht nur die Scheichs bringen ihre arabischen Vollblüter an den Start, auch eine Lady aus dem deutschen Hochadel, die als Einzige hier arabisches Vollblut züchtet, hat ihre Pferdchen mit aufgestellt, na – und von der Siegprämie ganz zu schweigen.»

«Na, wenn das mal gut geht. Araber! Ich weiß nicht. Man sollte an gewissen Grundsätzen festhalten», beharrte Gräfin Francesca. Falls man sie jetzt gefragt hätte, was genau sie damit meinte, hätte sie keine klare Antwort geben können, die Hitze machte ihr schwer zu schaffen.

Christian machte unterdessen eine interessante Beobachtung. Ludger Olbrecht schien leidenschaftlich zu wetten. Er stand auf der Clubplatz-Terrasse, wo er sich einen Tisch gemietet hatte, und feuerte seine favorisierten Pferde lautstark an. Mit ihm taten das Hunderte andere auch. Sogar Georg Schramm schien sich das Wetten nicht nehmen zu lassen. Er stand genau gegenüber dem Zieleinlauf und fotografierte ab und an einen der prominenten Zuschauer, die in der Nähe der TV-Kameras platziert worden waren.

Neunzehn

Kaum waren die Landsburgs aus Baden-Baden zurück, kündigte sich für den nächsten Morgen bereits Hauptkommissar Stegemann an. Er wollte Gräfin Francesca nochmals zu ihren Beobachtungen während der Tatzeit befragen. Die alte Gräfin ließ von Marianne zwei Teegedecke auftragen und erwartete gespannt den Hauptkommissar. Stegemann erschien pünktlich kurz nach neun Uhr und kam ohne Umschweife zur Sache, nachdem er einen Earl Grey gewählt hatte – die einzige Teesorte, die ihm dem Namen nach etwas sagte.

«Frau von Landsburg, ich ermittle im Mordfall Alper. Einer der unter Verdacht Stehenden ist der Prinz von Hamm. Ich möchte gern wissen, zu welcher Zeit er sich wo genau aufgehalten hat, als er hier bei Ihnen zum Charity-Fest anwesend war. Lässt sich das möglichst genau sagen? Ich meine, gab es eventuell Kameras?»

«Sie meinen private Videokameras?» Francesca bemühte sich, ernst zu bleiben, was ihr nur mit Mühe gelang. «Nein, Herr Stegemann. Kameras waren keine in Betrieb. Die Gäste unseres Festes sieht man auch äußerst selten mit Kameras in der Öffentlichkeit. Zumindest bei solchen Festen ist das nicht üblich.»

«Überwachungskameras?»

«Nein, gab es auch nicht. Darf ich fragen, warum Sie den Prinzen von Hamm so dringend als Täter in Betracht ziehen?»

Stegemann schaute Gräfin Francesca an, als hätte sie die dümmste aller Fragen gestellt. «Nun, zum einen lag in seinem Kofferraum die Leiche, und dann hatte er kurz vorher – unter Zeugen – mit dem späteren Opfer massiven Streit. Alper wurde hier das letzte Mal lebend gesehen. Also muss es hier eine Person gegeben haben, die ihn umgebracht hat. Er starb etwa vierundzwanzig Stunden vor dem Auffinden seiner Leiche. Alle Fotografen haben ein Alibi. Der Prinz hat zumindest eins bis etwa zwanzig Uhr fünfundvierzig. Er begleitete dann seine Frau in die Klinik, und später ist er angeblich zu Hause gewesen – allein, nachdem er sich von seiner Anwältin Lydia von Immen in deren Wagen von der Klinik nach Hause hat chauffieren lassen. Während des Festes schlägt er das spätere Opfer blutig, und kurz darauf ist es tot. Niemand hätte einen triftigeren Grund gehabt, den Fotografen Alper ins Jenseits zu befördern, als der Prinz, meine liebe gnädige Frau. Erst schlägt er ihn zusammen, und anschließend ergibt sich noch eine treffliche Situation – vielleicht ein Verkehrsunfall …?»

Gräfin Francesca zog demonstrativ die Augenbrauen hoch. «Ihre Spurensicherung hat meines Wissens diesbezüglich keine einzige Spur an den Autos des Prinzen gefunden, Herr Hauptkommissar. Sie sollten nicht vergessen, dass mein Sohn einer der Anwälte des Prinzen von Hamm ist.»

Stegemann nahm sich zurück. Er wusste, dass dies eine Schwachstelle seiner Argumentation war. Denn sie hatten tatsächlich nichts gefunden, und die Wahrscheinlichkeit, dass der Prinz Alper mit einem seiner eigenen Autos angefahren hatte, war nahezu null. Trotzdem wollte Stegemann diese Spur verfolgen, sein Instinkt sagte ihm, dass der Prinz der Täter war, auch wenn es noch so abwegig erschien.

«Der Prinz kommt also zurück und packt Alper in seinen Kofferraum, vielleicht weil er betrunken ist oder Drogen genommen hat. Er will erst mal zu sich kommen und dann weitersehen. Nur weil der Mann einflussreich ist, muss das nicht heißen, dass er in solchen Momenten nicht auch völlig unzurechnungsfähig sein könnte. Aber das ist ja nur eine von mehreren Theorien.»

Francesca nippte an ihrem Tee. «Ich hoffe, Sie verdächtigen nicht auch unseren Gärtner – theoretisch.»

Stegemann blieb der Sarkasmus der alten Dame nicht verborgen. *Die glauben wirklich, sie sind was Besseres*, dachte er, schlug seinen Notizblock auf und blickte sie an. «Grundsätzlich sind, solange der Mörder nicht überführt ist, alle verdächtig, gnädige Frau. Der Prinz fuhr hier also gegen zwanzig Uhr vor und nach dem Eklat zwischen zwanzig Uhr dreißig und zwanzig Uhr fünfundvierzig wieder ab. Was geschah in der Zwischenzeit? Wo genau hielt sich der Prinz auf?»

«Herr Hauptkommissar, ich führe kein Protokoll über meine Gäste während eines Festes. Ich habe den Prinzen jedenfalls mehrmals im Salon gesehen. Er kam etwas später, die Presse wartete schon und stürzte sich direkt auf ihn und seine Frau. Ansonsten musste ich mich um die übrigen Gäste kümmern. Eine kleine Ansprache habe ich auch noch gehalten. Und zu keinem Moment hatte ich den Eindruck, dass Prinz Hamm einen Fotografen umbringen wollte. Mehr kann ich Ihnen beim besten Willen nicht sagen.»

Stegemann spürte, dass die Gräfin nicht gewillt war, weitere Fragen zu beantworten. Ungerührt bohrte er weiter. «Ist Ihnen vielleicht doch noch irgendetwas Ungewöhnliches aufgefallen? Woran Sie sich jetzt erst erinnern. Vielleicht eine Bemerkung, ein Streit?»

«Herr Stegemann, das war kein Lokal hier, in das ein paar Gäste zufällig eingekehrt waren. Jeder hatte eine Einladung, bis auf Frau Immen, wie Sie sicher herausgefunden haben. Wir kennen uns alle. Wenn mir auf Ihre Frage noch etwas einfallen sollte, kann ich Sie gern benachrichtigen. Im Übrigen steht Ihnen mein Sohn für weitere Auskünfte zur Verfügung.»

Stegemann bedankte und verabschiedete sich. Eigentlich wollte er sich überhaupt nicht mit Graf Christian unterhalten. Für ihn war der nichts weiter als ein Privatdetektiv, dessen Klientel ausschließlich aus den gehobenen Kreisen kam. Man hatte ihm bedeutet, sich bei seinen Nachforschungen ein wenig zurückhaltend zu verhalten. Es gab da angeblich ein höheres Interesse. Auch so eine Sache, die Stegemann zuwider war.

Er klopfte dann aber doch kurzerhand an die Tür zur Kanzlei. Graf Ferdinand hatte bereits einen Termin bei Gericht, und so saß Christian allein im Büro.

«Guten Tag, darf ich Sie nur ganz kurz stören?»

«Ja, ich bitte darum. Wir gehen am besten ins Besprechungszimmer, Herr Stegemann.»

Die beiden setzten sich. Stegemann in den dunkelbraunen Ledersessel, Christian auf die Couch.

«Ich habe gehört, Sie versuchen sich als Privatdetektiv im Fall Alper?», eröffnete Stegemann das Gespräch und fühlte sich etwas unbehaglich. Sein Blick schweifte durch den Raum, und für das nächste Mal nahm er sich vor, den Grafen auf seinem ihm vertrauten Territorium im Präsidium zu befragen.

«Ich versuche genau wie Sie, Herr Hauptkommissar, den Täter zu finden. Und ich betätige mich nicht nur als Privatdetektiv, ich bin auch Anwalt, wie Sie wissen», stellte Graf Christian klar.

«Warum gehen Sie davon aus, dass der Prinz unschuldig ist?»

«Herr Hauptkommissar, jeder ist zunächst einmal unschuldig – ein wesentlicher Teil unserer Gesetzgebung. Mein Klient ist eine Person des öffentlichen Interesses. Wie wir wissen, hatte er damit in der Vergangenheit seine Probleme. Das macht ihn doch aber nicht a priori zum Mörder. Verfolgen Sie eigentlich auch noch eine andere Spur?»

«Mord aus Eifersucht scheidet aus. Wir haben das Alibi von Frau Alper überprüft. Die beiden lebten ja seit kurzem getrennt.»

Christian fragte den Hauptkommissar, ob er etwas trinken wolle, was der ablehnte.

«Und wie sieht es mit Geschäftspartnern des Prinzen aus?», wollte Christian wissen.

«Ich will Ihnen ja nicht die ganze Recherche-Arbeit abnehmen, Herr von Landsburg.»

«Tun Sie nicht. Ich gebe Ihnen auch gern weiter, was ich herausgefunden habe. Es macht ein Gerücht die Runde, dass der Prinz erpresst wurde.»

«Von wem?»

«Das war dem Gerücht nicht zu entnehmen.»

«Sie wissen, dass Sie verpflichtet sind, uns sofort den Namen zu nennen, wenn er Ihnen bekannt wird», sagte Stegemann schmallippig.

«Sie sind der Erste, den ich anrufen werde», bot Christian mit einem leichten, aber süffisanten Lächeln dieser Ermahnung Paroli.

«Mehr wissen Sie noch nicht? Dann müssen Sie sich aber noch ganz schön strecken, um den Prinzen aus der Schusslinie zu bringen», trumpfte Stegemann jetzt auf. Damit beendete er das Gespräch. Er erhob sich und deutete mit einem Fingerzeig auf die Uhr an, dass er aufbrechen müsse. Christian begleitete Stegemann zur Tür. «Solange Sie ermitteln, Graf, kann dem Prinzen doch ernstlich nichts passieren, oder?»

Spätestens jetzt wusste Christian ganz genau, dass Stegemann ihn nicht mochte. Vermutlich nicht mal aus persönlichen Gründen.

Grinsend drehte sich Stegemann auf dem Treppenabsatz noch einmal um. «Sitzen Sie eigentlich bei Ihrer

Art von Detektivarbeit auch mal nächtelang im Auto und observieren den Verdächtigen?»

Graf Christian schaute ihn lächelnd an. Dieser Mann wollte ihn partout provozieren. «Natürlich. Nur observiere ich grundsätzlich aus dem Bentley heraus. Es sitzt sich so angenehm auf den handgefertigten Lederfauteuils ... Auf Wiedersehen, Herr Oberkommissar.»

Stegemann war der Spaß vergangen. Er murmelte nur noch: «... Wiedersehen, jaja», und ging zu seinem fünf Jahre alten Dienstwagen mit den abgewetzten Stoffbezügen auf den Sitzen.

Zwanzig

Am Nachmittag fuhr Christian nach Düsseldorf, um den Prinzen zu treffen, der dort eine Penthouse-Wohnung besaß. Diese großzügige Stadtwohnung diente dem Prinzen und seiner Familie nicht nur für mögliche Übernachtungen, wenn sie Termine in der Stadt hatten. Karl-Friedrich nutzte sie als ganz privates Refugium und Ausweichquartier für besondere Zwecke – nahezu anonym und ohne Personal. Hier wurden auch schon mal wilde Partys gefeiert. Ein Partyservice sorgte für Essen und Getränke und stellte auch gleich eine oder mehrere Bedienungen. Sollte die Party etwas intimer sein, fand sie natürlich ohne jegliche Bedienung oder Dienstboten statt.

Im Schloss konnten solche speziellen Termine aus Diskretionsgründen natürlich nicht abgehalten werden. Neben dem Dienstpersonal gingen dort auch Landwirte aus der Umgebung, der Förster oder andere Personen ein und aus. So blieb es keinem auf Dauer verborgen, wer das Schloss ansteuerte, welche Autos wann ankamen und wieder wegfuhren.

Christian klingelte am diskreten Namensschild mit den Initialen K-F-H, zeigte sich deutlich für die Videokamera, und der Summer öffnete die Tür.

Prinz von Hamm war lässig gekleidet. Christian trat ein und schaute sich flüchtig in der modern eingerichteten Wohnung um. Im Kaminzimmer traf er mehrere, auch ihm gut bekannte Herren der aristokratischen Gesellschaft, unter anderem Juan-Carlos Marqués de Sempara aus Argentinien, bei dem der Prinz oft zur Jagd weilte und wo auch Christian gelegentlich tagelange Ausritte unternahm. Die Herren saßen bei feinsten Cognacs zusammen und rauchten. Sie alle kannten sich seit Jahren, man sah sich häufig auf Jagden, Hochzeiten und anderen Anlässen.

Graf Christian grüßte in die Runde und winkte Juan-Carlos zu.

Der Marqués hatte dem im Raucherschränkchen drehbar gelagerten Wurzelholzhumidor gerade eine Zigarre entnommen und trug sie nun wie eine Kostbarkeit vor sich her. Er rollte die *Laura Chavin*, die – wie er fand – absolute Klasse und einen ganz eigenständigen Charakter hatte, zwischen seinen Fingern hin und her und hielt sie sich dicht ans Ohr, um zu hören, ob sie auch ja nicht knisterte. Er betrachtete sie liebevoll, sie schien ohne Makel. Das Deckblatt war pergamentig und hatte einen leichten Seidenglanz. Der Marqués bevorzugte den Schnitt mit der Schere, anschließend glühte er die Auserwählte mit einem Fidibus aus Sandelholz vor. Keinesfalls wollte er seine *Laura Chavin* während des Anbrennens überhitzen, denn das schadete dem eleganten Geschmack. Genussvoll widmete er sich dem ersten Zug und ließ das Aroma des Rauches in seinem Mund wirken.

Die Herren parlierten auf Englisch und tauschten sich wie üblich über typische Männerthemen aus – Politik, Geschäftliches, Frauen.

Der Prinz führte Christian in sein Arbeitszimmer und schloss die Tür. Er schob ihm die Zigarrenkiste über den Tisch und forderte ihn auf, sich zu bedienen. «Was hast du Neues herausgefunden?»

«Unter den Fotografen geht das Gerücht um, du seiest erpresst worden.»

«Und?»

«Die Polizei ist anderer Meinung. Dieser Stegemann hat dich offensichtlich gefressen und will dich als Täter überführen. Ich habe den Eindruck, dem geht es um eine persönliche Rechnung mit dem Adel. Also werden zwei Motive gehandelt. Hass auf Fotografen und Erpressung mit Fotos.»

«Hmm.» Karl-Friedrich sagte nichts weiter. Er legte seine bereits halb aufgerauchte Zigarre im Aschenbecher ab, verschränkte die Arme hinter dem Kopf und blickte Christian mit unbewegter Miene an.

«Ich hatte mir von dir eine Antwort erhofft. Wurdest du erpresst?»

«Das versucht man immer wieder mal – das ist gewissermaßen an der Tagesordnung – wenn du wüsstest!» Er sprang mit einem Satz aus seinem Sessel hoch.

Christian blieb jetzt hartnäckig. «Also ja?»

«Es gab schon Versuche – ja! In diesem Fall aber nicht. Stegemann sagte mir, dass sie weder in Alpers Notebook noch in dessen Kameras oder Unterlagen Fotos gefunden haben, auf denen ich zu sehen gewesen wäre. Außer den üblichen. Also scheidet Erpressung aus. Meiner Meinung nach muss der Täter irgendwie bei den Fotografen zu finden sein.»

«Was die angeht, gab es zwei, die einen besonders intensiven Kontakt zu Alper hatten. Kauser und Meckmann. Sagen dir die Namen etwas?»

«Christian, merkst du dir die Namen von Pressefotografen? Ich nicht.»

«Interessanterweise haben die anderen Kollegen von Alper alle ein lupenreines Alibi. Nur Kauser und Meckmann hat in der fraglichen Zeit, als Alper ermordet wurde, niemand gesehen.»

Karl-Friedrich schien jetzt richtig begeistert zu sein. «Na wunderbar, dann konzentriere dich auf die beiden.»

«Wenn du das wünschst, bitte. Vielleicht wurde von denen das Gerücht der Erpressung in die Welt gesetzt. Damit der Verdacht schön bei dir bleibt.»

«Du wirst es herausfinden, Christian. Möchtest du nicht mit uns feiern? Es kommen noch ein paar leckere Extras. Und eine ‹Line› könnte dich vielleicht auch entspannen.»

Christian wehrte ab. «Nein danke. Ist nicht meine Art, ich mag es dann doch etwas klassischer», sagte er nebulös. Er hatte keine Lust, sich mit Alkohol und Drogen in Stimmung zu bringen. Hinter den Extras durfte er wohl Callgirls der gehobenen Preisklasse vermuten. Christian zog es vor zu gehen.

Vor der Wohnungstür stieß er beinahe mit Lydia von Immen zusammen, die businessmäßig gekleidet war und gerade klingeln wollte. Beide begrüßten sich nur knapp. Sie war sichtlich angespannt. Der Prinz bat sie in einem unverbindlich wirkenden Ton herein. Nachdem sich die Tür geschlossen hatte, blieb Christian noch einen Moment stehen. Er konnte den Prinzen und Lydia gut hören. Karl-Friedrich schien seine Anwältin im Flur abfertigen zu wollen. Irgendetwas schien ihn sehr aufzuregen.

Während er nur Gesprächsfetzen aufschnappen konnte, brannte sich Lydia jedes einzelne Wort des Prinzen in ihr Gedächtnis ein. «Du sollst den Olbrecht endlich zur Ruhe bringen! Ich will eine ganz klare Zusicherung!»

«Der ist am Ende. Er sichert nur zu, wenn du deine Bürgschaften nicht zurückziehst. Auf weitere Gespräche lässt er sich nicht ein. Was soll ich da machen?», fragte Lydia.

«Denk dir was aus.»

«Wir hängen beide …»

«Nicht wir, du», unterbrach Karl-Friedrich, «hängst da drin. Bisher ist dir doch immer etwas eingefallen.»

Karl-Friedrichs Stimme war immer lauter geworden, doch plötzlich dämpfte er die Lautstärke wieder. «Du bist mir persönlich verantwortlich dafür, dass die Dinge sich regeln. Also steh hier nicht rum!»

Wortlos drehte sich von Immen auf dem Absatz um und verließ die Wohnung. Christian hatte es gerade noch so geschafft, unbemerkt bis zur Hauseingangstür zu kommen. Lydia war sichtlich erzürnt und außer Fassung. Er öffnete ihr die Tür, und sie kam in diesem Moment auch nicht auf die Idee, warum er das Haus noch nicht verlassen hatte.

«Sie machen den Eindruck, als würde Ihnen jetzt ein Cognac ganz gut tun.»

Lydia seufzte. «Oder eine ganze Flasche. Nein, das bringt nichts. Ich werde ins Fitnessstudio gehen und mich richtig ausarbeiten.»

«Bei unserem Ausritt bleibt es aber?»

«Jaja …, ich freue mich darauf», bemerkte sie etwas abwesend.

«Hat sich schon ein Erpresser bei Karl-Friedrich gemeldet?», fragte Christian plötzlich unvermittelt.

«Nein, wieso kommen Sie darauf?»

«Es ging teilweise laut zu …»

«Haben Sie etwa gelauscht?»

«Dass es unfreundlich zuging, war absolut nicht zu überhören. Einen Grund muss es ja haben.»

«Den aber nicht. Es gibt nichts Neues. Wir sehen uns!» Lydia hatte es plötzlich sehr eilig.

Christian nahm ihr keine der Antworten ab.

Einundzwanzig

Leonie hatte ihren Vater gebeten, den Vertrag mit der Casting-Agentur zu prüfen. Deshalb fuhr Christian direkt in das Video-Studio, wo die Proben für die Dreharbeiten stattfanden. Auf der Fahrt ging ihm noch einmal das Gespräch mit Karl-Friedrich durch den Kopf. Seine Antwort auf die Frage nach möglicher Erpressung war seltsam. Warum berief er sich auf die Ermittlungen der Polizei? Wenn keine Fotos gefunden wurden, mit denen man ihn hätte erpressen können, hieß das noch lange nicht, dass keine existierten. Auch schien in diesem Fall jeder seine Lieblingsverdächtigen zu haben. Stegemann wollte unbedingt den Prinzen überführen, und Christian sollte den Täter unter den Fotografen finden. Meckmann und Kauser, beide machten nicht gerade den Eindruck von abgebrühten Mördern, die ihr Opfer auch noch in den Kofferraum des prinzlichen Wagens legen würden. Aber man konnte nie wissen. In Grenzsituationen musste man auch ihnen diese kriminelle Energie zutrauen. Er wollte noch ein paar Tage warten, bis die Polizei mit den Fotografen fertig wäre. Wenn bis dahin kein Täter überführt worden war, würde er sich die beiden mal näher ansehen.

Christian stand schon wieder im Stau in der Kölner Innenstadt. Es begann zu regnen. Seine Gedanken schweiften ab. War Karl-Friedrich wirklich unschuldig? Immerhin brachte er es fertig, seit einem halben Jahrzehnt regelmäßig wegen irgendwelcher Gewaltdelikte in die Schlagzeilen zu geraten. Christian schaute aus dem Fenster, wo sich die Blechlawine in beide Richtungen nur schrittweise bewegte. Der Regen schlug immer heftiger an die Scheiben und ließ einen leichten Dunst in der Augusthitze emporsteigen.

Das Video-Studio *Spot Creativ* lag in einem Außenviertel von Köln, und Christian kam eine halbe Stunde zu spät zum Termin. An der Empfangstheke erwartete ihn eine junge Frau, die vermutlich als Azubi ihre ersten Erfahrungen im Werbebusiness machte. Die langbeinige, mit sehr knappem Minirock bekleidete Frau strich sich mit der Hand durch ihren roten Haarschopf und fragte Christian, ob sie ihm helfen könne. Kurz schilderte er ihr, warum er da war, und sie begleitete ihn in einen Konferenzraum. Von dort aus konnte der Graf direkt durch eine große Glasscheibe die Aktivitäten im Studio mitverfolgen. Leonie diskutierte mit einem Mann, der sich gerade aus einem Klappstuhl erhoben hatte, auf dessen Lehne *Regie* stand. Drum herum standen ein gelangweilter Kameramann und mehrere Beleuchter, die sich an Scheinwerfern zu schaffen machten. Leonie musste sich wohl in einer Kampfszene gegen mehrere junge Männer behaupten. Christian schaute sich amüsiert an, wie die Szenen durchchoreographiert wurden und Leonie den Regisseur andauernd verbesserte. Die jungen Männer, die offenbar die Gegner Leonies darstellen sollten und allesamt einem Modelkatalog entsprungen sein mussten, verfolgten das Hickhack ohne Kommentar. Nach einiger Zeit wurde der Regisseur ans Telefon gerufen. Als der Regisseur aus seinem Büro zurückkam, war das die Gelegenheit für Christian, sich vorzustellen.

«Guten Tag, Sie sind also Herr von Landsburg!», begrüßte ihn der Hausherr mit der Woody-Allen-Brille. «Roman Buckner. Ich bin der Regisseur. Wir proben gerade für den Clip. Ihre Tochter macht das sehr gut.»

«Das freut mich. Ich möchte mir gerne den Vertrag anschauen, Herr Buckner.»

«Ach ja, der Vertrag. Der ist noch nicht ganz fertig geworden. Unser Anwalt war bis gestern in Südafrika. Das tut mir jetzt aber Leid, dass Sie extra deswegen gekommen sind.»

«Kein Problem. Ich war in der Nähe, und so ein Studio ist ja auch ganz interessant.»

«Herr von Landsburg, Sie sind jederzeit herzlich willkommen!»

«Danke. Vielleicht komme ich auf Ihr Angebot zurück.»

Graf Christian verabschiedete sich, winkte noch Leonie zu, die dachte, ihr Vater würde sich jetzt den Vertrag vornehmen.

Als Christian das Gebäude verlassen hatte, um zurück zum Gut Landsburg zu fahren, eilte Buckner, motivierend in die Hände klatschend, zu seinen Darstellern.

«So, habt ihr es jetzt? Dann drehen wir mal eine heiße Probe.»

«Sitzt mein Vater in der Lounge?», wollte Leonie wissen.

«Nein, der ist schon gegangen.»

«Und was ist mit dem Vertrag?»

«Der ist noch nicht fertig, Fräulein von Landsburg!»

«Wie? Der auch nicht? Das Drehbuch ist noch nicht fertig, der Vertrag ist noch nicht fertig?»

Buckner wurde ungeduldig. «Ja, beim Film laufen die Dinge etwas anders als im normalen Leben. Wir müssen bis zur Deadline liefern. Wie das Ganze zustande kommt, interessiert nicht. Da muss man unkonventionell denken und handeln. Sie sind doch das erste Mal dabei. Also erleben Sie doch erst einmal mit, wie das Ganze so läuft, und beim zweiten Mal sehen Sie alles viel entspannter. So, nun wollen wir hier aber nicht länger die wertvolle Zeit vertrödeln. Alle auf die Positionen. Und auf mein Kommando ‹Action!› spielt ihr die Szene nochmal durch. Das muss noch nicht perfekt sein, im Ablauf aber stimmen.»

Leonie war zwar nicht ganz wohl in ihrer Haut, aber sie fand es so aufregend, als Karate-Kämpferin im TV aufzutreten, dass sie sich jetzt keine weiteren Gedanken machen wollte. Vielleicht ging es im TV-Geschäft ja tatsächlich so zu, wie es Buckner erzählte. Man hörte ja die wildesten Geschichten. Da wollte sie nicht kleinlich sein. Nur, dass sie vollkommen ohne Kulissen probten, weil alles nachträglich am Computer-Schnittplatz ergänzt werden sollte, empfand sie nicht als so aufregend. Auf dem Fußboden hatte ein Assistent inzwischen weiße Streifen aufgeklebt, die als Markierungen dienten, innerhalb deren sich die Kämpfer bewegen sollten. Der Regisseur forderte sie andauernd auf, sich die Wände vorzustellen und die Tür, durch die Leonies Gegner hereinstürmen würden. Aber auch daran wollte sich Leonie gewöhnen, niemand sollte ihr nachsagen können, sie sei eine verwöhnte Zicke. Nur weil sie einen adligen Namen trug. Leonie fühlte sich als toughe Frau, und hier konnte sie das auch allen zeigen. Natürlich schlug beim Kampf niemand richtig zu. Aber ab und an gab es schon mal einen blauen Fleck. Aus Versehen. Einer ihrer Gegner machte einen ganz interessanten Eindruck. Alain hieß der junge Mann und stellte sich am schlauesten an. Er begriff die Bewegungsabläufe des Kampfes gleich beim ersten Mal. Auch sah er Leonie mit seinen attraktiven blauen Augen genau so an, wie sie es mochte.

Zweiundzwanzig

Auf den Ausritt mit Lydia von Immen freute sich Christian schon seit Tagen. Inzwischen hatte sich auch Georg Schramm gemeldet, der ihm vorgeschlagen hatte, ihn auf eine Abschusstour im *Bayrischen Hof* mitzunehmen. Dort würde sich ein Superstar einquartieren, den er gern mit seiner Geliebten ertappen wollte. Christian sagte zu. Lydia meldete sich sogar zweimal wegen des Ausritts telefonisch bei ihm. Man plauderte, und Christian gewann den Eindruck, dass auch bei Lydia ein gewisses privates Interesse für ihn aufgekeimt war.

Doch zunächst musste sich Christian mit einem anderen Fall beschäftigen. Sein Vater Ferdinand hatte ihn bereits mehrmals darum gebeten. Ein Adliger aus dem Raum Stuttgart wurde von einem Killer bezichtigt, in einen Kunstraub als Hehler verwickelt gewesen zu sein. Nun drohte nicht nur Ärger mit der russischen Mafia, was an sich schon schlimm genug war. Viel schwerer wog, dass ein Haftrichter wegen der Aussage des Kriminellen einen Haftbefehl ausgestellt hatte. Als die Hausdurchsuchung in Abwesenheit des Adligen keine Beweise erbrachte, nahm der Staatsanwalt den Haftbefehl zurück. Christian ermittelte nun für seinen

Klienten, der für seine guten Jetset-Kontakte bekannt war. Die feudale Art des Beschuldigten, der zum europäischen Hochadel gehörte, schaffte ihm viele Neider. Und da er geschäftlich ein Schlitzohr war, auch viele Gegner. Christian vermutete einen Racheakt der russischen Mafia, die ihre Geschäfte in Deutschland nicht so abwickeln konnte, wie sie das vorhatte. Dank der weit verzweigten Verwandtschaft derer von Landsburg konnte Graf Ferdinand auch einen Unternehmer in St. Petersburg und einen Juristen in Moskau um Informationen bitten. Letzterer arbeitete für ein großes Konsortium, dessen russische Partner über Beziehungen sowohl zur Regierung wie auch zur Unterwelt verfügten. Dadurch bekam Ferdinand genügend Hinweise darauf, dass es sich aller Wahrscheinlichkeit um eine Intrige gegen den Fürsten handelte. Auch Christian kam nach einem Besuch bei ihm zu dem gleichen Ergebnis. Nun galt es, nur noch den Haftrichter ins Bild zu setzen, der sich aus ganz anderen Gründen gegen den Fürsten zu engagieren schien. Aber diese Art von Aversion gegen den Adelsstand war ihm ja bereits bei Hauptkommissar Stegemann begegnet. Diese ablehnende Haltung war schon etwas verwunderlich, da der Großteil der Aristokraten normalen Berufen nachging und sich sehr viele zudem für das Gemeinwohl engagierten. In der Öffentlichkeit wurde oftmals der Adel mit dem Jetset verwechselt. Dabei fiel ihm Ludger Olbrecht ein. Mit ihm wollte er sich noch einmal wegen des Prinzen unterhalten. Er vereinbarte telefonisch gleich einen Termin.

Lydia von Immen tätschelte das frisch gesattelte Pferd. Im Reitstall unweit des Landsburg'schen Gutes hatte Christian eines der Pferde für Lydia vorbereiten lassen.

«Wie lange reiten Sie schon, Lydia?»

«Mit zehn saß ich das erste Mal auf einem Pony. Und Sie?»

«Schon ewig! Übrigens – Lydia, wollen wir uns nicht duzen?»

Lydias Gesicht hellte sich auf, und sie antwortete erfreut: «Gerne!»

Christian half Lydia aufs Pferd, schwang sich dann selber auf, und beide ritten in leichtem Galopp zum nahe gelegenen Wäldchen hinüber.

«Was gibt es Neues bei deinen Ermittlungen?»

«Nicht viel. Auf meine Nachfragen zum Thema Erpressung reagiert der Prinz immer etwas seltsam. Hast du inzwischen etwas in Erfahrung bringen können? Vielleicht einen neidischen Geschäftspartner ...?»

Lydia musste jetzt reagieren. Irgendwann würden doch noch die Fotos von Alper ans Tageslicht kommen. Vor seinem Tod hatte er den Film vom Fremdgehen Karl-Friedrichs anscheinend nicht entwickeln lassen, und das ärztliche Untersuchungsprotokoll war bislang auch verschwunden. Überhaupt kam ihr das merkwürdige Protokoll am mysteriösesten vor. Sie konnte sich nichts darunter vorstellen, ahnte aber, dass sich dahinter eine ungeheure Brisanz verbarg. Dagegen hatten ihr die Fotos mit des Prinzen Stieftochter Amelie und Ludger Olbrecht schon als Abzüge im Bootshaus vorgelegen. Die Wahrscheinlichkeit, dass die Polizei genau diese Fotos finden würde, schätzte sie am höchsten ein. Und Karl-Friedrich hatte sie zurechtgewiesen, weil sie mit Olbrecht nicht weiterkam. Immer musste sie alles ausbaden und sich dann Unfähigkeit vorwerfen lassen. Lydia entschloss sich einfach, den Verdacht auf Olbrecht zu lenken. Der hätte auch einen Grund gehabt, Alper an den Kragen zu wollen. Außerdem könnte sie dabei erfahren, ob Alper die Fotos schon an Olbrecht verkauft hatte oder ob sie noch die Chance bekam, sie diskret vom Markt zu kaufen. Doch bisher hatten ihre Nachforschungen nur ins Leere geführt.

«Manchmal nutzt man auch seine privaten Eskapaden aus, um jemandem zu schaden.»

Christian hatte es geahnt. Es gab doch noch einen Haken. «Wen hast du da im Auge?»

«Ludger Olbrecht.»

«Olbrecht?» Christian war verwundert. «Was hat denn dieser Neureiche damit zu tun?»

«Christian, was ich dir jetzt erzähle, kann mich meinen Job kosten. Du kennst doch die Tochter von Nadine?»

«Ja – Amelie, sie ist siebzehn. Der Vater ist der Herzog de Lourdin, der erste Mann von Nadine. War Amelie nicht gerade in den Schlagzeilen, weil sie mit dem schwedischen Kronprinzen auf irgendeiner Party gesichtet wurde?»

«Ja, man spricht sogar von Verlobung, und Amelie wäre auch standesgemäß. Und dazu passt natürlich überhaupt nicht, dass Amelie und Olbrecht zusammen bei einer Party in den Dünen auf Sylt gesehen wurden. Sturzbetrunken.»

Lydia gab ihrem Pferd leicht die Sporen.

«Als Vater ist man da wahrscheinlich sehr aufgebracht. Nur lebt Olbrecht noch, soweit ich weiß. Außerdem – mit siebzehn ...»

«Sie wurden von Alper fotografiert.»

«Hm. Der Mann hatte ein Näschen für peinliche Situationen. Bis zum Schluss.»

«Fühl Olbrecht doch mal auf den Zahn, ob er die Fotos besitzt, Christian.»

Sie ritten jetzt entlang des Sees, der sich in weitem Bogen in westliche Richtung spannte. Im Schilfgürtel plätscherte es, Stockenten schwammen durch das Rohrdickicht. Sie entschlossen sich, einen kleinen Stopp einzulegen, zogen die Zügel straff und stiegen ab. Die Pferde widmeten ihre Aufmerksamkeit gleich dem saftigen Grün, und Christian und Lydia suchten sich ein Plätzchen im Gras.

«Ich habe mit Olbrecht ohnehin einen Termin, bei der Gelegenheit werde ich ihn fragen. Danke für die Information – bleibt unter uns.»

Lydia warf Steinchen ins Wasser und schaute versonnen den sich bildenden Kreisen zu. Christian betrachtete sie unauffällig von der Seite und bemerkte, dass sie sehr ernst geworden war.

«Diese ganze Sache geht dir sehr nah, nicht wahr? Kann ich dir irgendwie helfen?»

«Warum solltest du? Wir kennen uns doch kaum.» Lydia sah Christian ernst an. Zum ersten Mal bemerkte

Christian, welche Traurigkeit in ihren Augen verborgen lag – ein Schmerz, der tief bis in ihre Seele zu reichen schien –, oder war es Angst? Christian war sich nicht sicher. Er fühlte sich deutlich von ihr angezogen. Der Wind hatte eine Strähne ihres langen schwarzen Haares in ihr Gesicht fallen lassen. Mit einer zärtlichen Geste strich er sie beiseite. Beide blickten sich lange an, und als hätte Lydia geahnt, dass Christian sie nun in seine Arme nehmen wollte, wandte sie sich ab und blickte aufs Wasser. Sie war einsam und hätte sich nichts sehnlicher gewünscht, als sich fallen zu lassen und einfach alles zu vergessen. Aber sie wusste, dass das nicht möglich war, und zum wiederholten Mal in kurzer Zeit wurde ihr bewusst, dass sie den Preis für ihren Ehrgeiz zahlen musste. Christian würde ihr niemals verzeihen, würde er all die Zusammenhänge dieses Falles kennen oder auch nur ahnen. Ohne ihn anzusehen, suchte sie nach seiner Hand und hielt sie fest. Fast lautlos flüsterte sie: «Gib uns – gib mir bitte etwas Zeit, aus diesem Albtraum aufzuwachen», dann erhob sie sich und ging wortlos zu ihrem Pferd. Nachdenklich folgte ihr Christian, beide saßen auf und ritten schweigend los.

Als sie am Reitstall eintrafen, setzte bereits die Abenddämmerung ein. Der aufkommende Wind kühlte etwas die verschwitzten Pferde ab, die nach dem Absatteln vom Stallknecht abgerieben wurden. Christian begleitete Lydia zu ihrem Auto.

«Wir sollten bald wieder mal ausreiten – das ist eine schöne Ablenkung vom täglichen Stress ...», versuchte

Christian bewusst wieder zur Normalität zurückzufinden, «… oder hättest du Lust, mal essen zu gehen?»

«Klingt auch nach einer sehr schönen Ablenkung … ja, gerne.» Lydia lächelte ihm zu und stieg in ihr BMW Cabrio.

«Ich melde mich bei dir, Lydia – ciao und komm gut nach Hause.»

Lydia nickte. Sie fuhr kurz an, stoppte, als hätte sie es sich noch mal überlegt. Dann drehte sie sich zu Christian um. «Übrigens, Alper hat das Foto geschossen, als es Amelie und Olbrecht miteinander trieben.»

«Oh …» Christian ahnte, was in Karl-Friedrich vorgegangen sein musste, als er davon erfuhr.

Dreiundzwanzig

Ludger Olbrecht lief auf dem Bonner Flugplatz im Hangar zwischen seinen Helicoptern umher und telefonierte. Die hohe Halle bot auch Platz für große Linienmaschinen. Durch das offene Schiebetor ging Christian direkt auf Olbrecht zu, der, als er ihn erblickte, sein Gespräch beendete und das Handy in der Jackentasche verstaute. Sie begrüßten sich, und Olbrecht zeigte Christian stolz seine Hubschrauber-Flotte.

«Alle zwölf Maschinen sind bis zum Winter ausgebucht!»

«Beneidenswert. Dann laufen Ihre Geschäfte ja bestens …»

«Kann nicht klagen, Graf. Was führt Sie zu mir.»

«In Baden-Baden hatten wir uns darüber unterhalten, ob der Prinz schon mal erpresst worden sei. Hat jemand das schon mal bei Ihnen versucht?»

Olbrecht schaute Christian überrascht an. «Wie meinen Sie das?»

«Vielleicht mit indiskreten Fotos?»

Olbrechts Miene verfinsterte sich. «Die können nur entstehen, wenn man sich in heikle Situationen begibt.»

Beide Männer verließen den Hangar und standen davor und blickten auf das lange Rollfeld.

«Nehmen wir mal an, es gäbe eine Information, nach der Karl-Friedrichs Stieftochter Amelie de Lourdin und Sie beim Sex in den Dünen fotografiert worden seien. Nun könnte man ja den Prinzen von Hamm mit genau diesem Foto erpressen. Wenn Alper wirklich ein Erpresser war, könnte er es doch auch bei Ihnen versucht haben?»

«Sex in den Dünen! Da geht die Phantasie mit Ihren Informanten aber ganz schön durch! Absurde Gerüchte, nichts weiter. Ach Graf, wissen Sie, wen ich schon alles geflogen habe? Prominente, Wirtschaftsbosse und Leute, die viel Geld haben, über die man aber besser gar nicht so viel wissen sollte. Wir sind ja auch noch mit ein paar *Cessnas* unterwegs. Da bekommt man viel mit. Ich wurde schon bedroht, einmal sogar ausgeraubt und erpresst. Das ist keine heile Welt, in der ich mein Geschäft betreibe. Einflussreiche und Prominente zu fliegen ist lukrativ – da kommt die Konkurrenz schon mal auf dumme Gedanken. Noch dazu die aus dem Ausland. Wenn Sie es genau wissen wollen, ich wurde schon etliche Male erpresst. Aber es hat nie geklappt. Weil ich grundsätzlich nie zahle. Was Amelie angeht, diese dummen Gerüchte nehmen kein Ende. Es hat doch noch niemand besagtes Foto gesehen – oder Sie etwa?»

«Nein, ich nicht.»

«Gut, dass Sie nicht bluffen. Es existiert nämlich keins. Und wenn jemals so eins auftauchen sollte, dann ist es gefälscht. Wer immer Ihnen das geflüstert hat, der wollte mich in Misskredit bringen. Diese Party hat stattgefunden, wir waren auch alle ziemlich besoffen, aber mehr war nicht. Außer diesen dummen Gerüchten. Meine Kundschaft fliegt nicht mit einem skandalträchtigen Unternehmer. Graf, ich sage Ihnen was, ich will auch auf dem Boden nicht mehr abstürzen. Schon in meiner Jugend habe ich davon geträumt, es in die besseren Kreise zu schaffen. Jetzt bin ich dort angekommen, und keiner bekommt mich hier wieder weg. Dafür musste ich verdammt hart arbeiten, und zwei Ehefrauen haben den Stress an meiner Seite nicht lange ausgehalten. Auf Protektion konnte ich nie hoffen! Dazu fehlten mir die Verbindungen. Meine Eltern wollten nie aus ihrem kleinen Nest raus. Als Filialleiter der Sparkasse hatte mein Vater seinen beruflichen Zenit schon mit fünfundvierzig erreicht. Seit damals lebt er auf die Pensionierung hin und buddelt zufrieden in seinem Garten. So wollte ich nicht enden, und wie Sie sehen, ist das auch nicht der Fall. Ich bin gern erfolgreich und würde nichts Dummes riskieren. Schon gar nicht mit einer Minderjährigen – auch wenn die Kleine die Tochter des Herzogs von Lourdin ist, eines der mächtigsten Männer Frankreichs – ich bitte Sie! Es existieren keine Fotos, die mich erpressbar machen. Auf solchen Partys geht es nun mal ein bisschen wild zu. Na und? Ob da was beim Prinzen mit Erpressung gelaufen ist, kann ich Ihnen nicht sagen. Den sieht man ja andauernd in irgendwelchen Schwierigkeiten. Aber ich glaub's nicht.»

Hier kam Christian nicht weiter. Olbrecht trickste. Er gab nur die Auskünfte, die nachweisbar waren, und Christian wurde das Gefühl nicht los, dass es doch Fotos gab. Warum sollte Lydia ihn anlügen? Hatte sie ein Eigeninteresse, dass der Fall nicht aufgeklärt wird? Insgeheim ärgerte er sich über sich selbst, dass er der Attraktivität Lydias fast erlegen war, obwohl ihn sein Verstand vor dieser Frau warnte. War es möglich, sich als Vertrauens- und Vollzugsperson von Karl-Friedrich in seinem Dunstkreis zu bewegen und trotzdem seine Integrität zu bewahren? Ein wenig bezweifelte er das.

Im ICE auf der Fahrt nach München las Christian ein Dossier über Olbrecht durch, das ihm Ferdinand zusammengestellt hatte. Ihm kamen dabei wieder Zweifel, ob es wirklich zum Skandal auf Sylt gekommen war. Der Helicopter-Unternehmer konnte sich nämlich noch aus einem ganz anderen Grund keine Skandalfotos leisten. Denn seit einiger Zeit suchte Olbrecht ernsthaft eine heiratsfähige Frau aus dem Hochadel, oder wenigstens aus dem alten Adel, um seinen Traum zu verwirklichen, endlich selbst zu diesem Stand zu gehören und von ihm akzeptiert zu werden. Seit der Heirat von Prinz Haakon und Mette-Marrit schien alles möglich zu sein. Der Hochadel konnte sich nicht immer verschließen. Seit jeher hatte Geld den Adel gesucht und umgekehrt, und frisches Blut war von Zeit zu Zeit überlebenswichtig. Da war sich Olbrecht ganz sicher, und so tat er es auch oft genug kund, auch Christian gegenüber. Einige Nachforschungen Graf Ferdinands hatten Christian einen relativ guten Überblick über Olbrechts Karriere gebracht. Schon während seines Betriebswirtschaftsstudiums spekulierte Olbrecht statt mit Schweinebäuchen mit Sanitätsartikeln wie Mullbinden, Bandagen und Operationsbesteck und hatte Glück. Kurz danach begannen die Vorbereitungen für den Irak-Krieg, und genau diese Waren stiegen in ihrem Handelswert innerhalb kürzester Zeit. Olbrecht machte sein erstes kleines Vermögen, kaufte davon Oldtimer und Luxuswagen, die er vermietete. Kurz vor dem Ende seines Studiums kam er günstig an seinen ersten Helicopter. Nachdem die Kundschaft von seinem Service begeistert war, setzte er alles auf den Flugservice. In nur wenigen Jahren machte er sich mit seinen exklusiven Diensten einen guten Namen. Immer mehr einflussreiche Passagiere verhalfen ihm auch zu einem gesellschaftlichen Auftritt. Allerdings war anscheinend auch an seinem Unternehmen die wirtschaftliche Rezession nicht spurlos vorübergegangen. Darüber lagen Ferdinand indes noch keine genaueren Informationen vor. Nur Gerüchte. Von denen hatte Christian aber erst einmal genug. Er packte die Aufzeichnungen in seinen Aktenkoffer und verließ den Zug im Münchner Hauptbahnhof, um mit dem Taxi zum Hotel *Bayerischer Hof* zu fahren.

Vor dem mitten im Zentrum gelegenen Luxushotel wartete Schramm bereits auf Christian. Er hatte seinen Range Rover in einer Seitenstraße geparkt. Christian bedankte sich bei Schramm nochmals für dessen Bereitschaft, ihm eine kleine Lehrstunde zu geben.

«Lektion eins. Die meisten Kollegen stehen vor dem Eingang. Sie warten darauf, dass der Star vorfährt. Obwohl jeder von denen wissen müsste, dass Britney Spears nicht vorfährt und sich fotografieren lässt. Unser scheuer Star wird woanders durchgelotst.»

«Aha. Und wie kommen Sie an Ihr Foto?»

«Lektion zwei. Location erkunden, noch besser: Plan vom Haus besorgen. Jedes Hotel hat seine Spezialitäten. Sie kommen an mehreren Stellen rein und raus. Die müssen Sie kennen. Fünfzig Meter vom Haupteingang entfernt befindet sich die Einfahrt zur Parkgarage. Wenn man da erst mal drin ist, stehen einem mehrere Möglichkeiten offen, um unbehelligt zu bleiben. Entweder direkt mit dem Fahrstuhl in die Lobby, oder der Gast lässt sich durch die Küche oder das Restaurant lotsen.»

Christian eilte mit Schramm zur Einfahrt der Parkgarage.

«Und wie kommen wir rein?»

«Lektion drei. Ohne Geld und Beziehungen geht gar nichts, und Informationen nützen nur wenig. Das heißt, der Job beginnt mit einer guten Pflege des Personals. So komme ich immer und überall hinein.»

Schnurstracks lief Schramm in der Parkgarage an der kleinen Kabine mit Sichtfenster vorbei. Christians stiller Gruß zum Parkwächter erwies sich als nutzlos, denn dieser schaute stur auf seinen Monitor, als gäbe es Schramm und Christian gar nicht. Schramm musste ihn zuvor ‹gepflegt› haben, vermutete er.

«Lektion vier. Diese Parkgarage hat zwei Ausfahrten – eine vorne, eine an der Rückseite. Jede Menge Spielraum für Täuschungsmanöver der Bodyguards. Lektion fünf. Nichts ist, wie es scheint. Die Bodyguards bauen sich vor der Tür am Eingang auf. Alle denken natürlich, jetzt kommt hier gleich der Star an. Tut er aber nicht. Weil er inzwischen mit einem unauffälligen zweiten Auto in die Parkgarage gebracht und von dort aus durch die Küche gelotst wurde. Als Fotograf darf man das Hotel nicht betreten. Selbst wenn man mit einer versteckten Knopfkamera ins Hotel gelangen würde, bliebe es schwierig. Ist der Star erst einmal in der Küche, blockiert ein weiterer Bodyguard einen Aufzug, der Star springt hinein und fährt unbehelligt zu seiner Suite. Natürlich ist das Betreten der Küche ebenso verboten. Und das Ganze ist nur *eine* Variante. Lektion sechs, das nächste Mal könnte alles auch ganz anders laufen.»

In der Parkgarage direkt gegenüber dem Liftzugang parkte ein schwarzer Van mit abgedunkelten Scheiben.

«Wenn Sie hier unten den Star ‹abschießen›, stürzen sich ja garantiert die Bodyguards auf Sie.»

«Gut erkannt, Graf. Hier unten würde ich nie fotografieren. Keine Zeugen, wenn die Security über einen herfällt, und anschließend ist die Ausrüstung im Eimer. Nein. Der echte Paparazzo braucht immer einen optimalen Rückzugsweg.»

«Sie werden also doch im Hotel fotografieren?»

«Nein, ich habe einen anderen Plan. Die hohe Schule des ‹Abschusses› ist es, unerkannt und unbemerkt zu bleiben. Deshalb habe ich mir dieses teure Exemplar für mehrere Tage gemietet. Es steht seit gestern hier, und mit einer speziellen Kamera schieße ich die Fotos aus dem Van heraus. Einziger Schwachpunkt sind die Videokameras in der Parkgarage. Wenn jemand wirklich rausbekommen will, wer Fotos gemacht hat, kann er über die Videobänder die Identität feststellen. Es sei denn, Sie fahren mit dem Van hinein und bleiben drin sitzen. Oder Sie kaufen das Videoband, aber das ist zu teuer und sehr riskant für den Wächter.»

«Ganz schöner Aufwand», staunte Christian.

«Für Britney Spears lohnt es sich diesmal. Meine Quellen in London haben mir versichert, dass sie einen Liebhaber dabeihat. Nach außen verkauft sie sich ja als scheue Jungfrau. Also interessiert mich diesmal nicht so sehr der Star, sondern mehr ihr Liebhaber. Die beiden zusammen sind der Hit, der Geld bringt. Immer das, was versteckt wird, ist gesucht. Deswegen spielt in diesem Fall die Bildqualität nicht die entscheidende Rolle.»

Christian zeigte sich beeindruckt. «Raffiniert. Was wollen Sie jetzt tun?»

«Ganz einfach. In meinem Van ist genügend Verpflegung für zwei. Ein paar Stunden müssen wir wohl warten. Mein Tippgeber meint, dass sie gegen vierzehn Uhr am Flughafen eintrifft. Um die Zeit braucht sie vielleicht eine Stunde, ehe sie hier ankommt. Immer vorausgesetzt, die Maschine ist pünktlich, es gibt keinen Stau, und Britney möchte nicht schnell noch shoppen gehen.»

«Verstehe, das heißt, wir machen es uns jetzt im Van gemütlich.»

Schramm schob die Tür des Wagens auf. «Bitte schön!»

Christian stieg in den Van, der im hinteren Teil mit drehbaren Sitzen ausgestattet war. Die Kamera war auf ein spezielles Stativ montiert, das bereits im Auto installiert worden war. Als die beiden es sich bequem gemacht hatten, erzählte Schramm über die Geschäftsmethoden der Paparazzi. Seiner Meinung nach gab es in diesem Gewerbe nicht so viele Profis, die sich auf Dauer halten konnten. Ab und an traten ehrgeizige Jungtalente auf, die es den alten Hasen zeigen wollten. Auf diese Konkurrenz musste man sich einstellen – warum auch nicht? Man blieb absolut fit dabei. Schramm erzählte Christian von einigen besonderen Fällen, bei denen er zu spät gekommen war oder ein Kollege einfach die besseren Fotos geschossen hatte. Jeder verfolgte in diesem Geschäft seine eigene Strategie, wenn es um die besten Verstecke ging. Um die Vermarktung brauchte sich niemand Sorgen zu machen. Magazine der Yellow Press gab es weltweit mehr als genug. Christian hatte das Gefühl, jetzt bestens über das Paparazzi-Geschäft Bescheid zu wissen. Britney ließ auf sich warten.

«Um nochmal auf unseren Prinzen zurückzukommen, an diesem Gerücht um die Erpressungsfotos könnte doch etwas Wahres sein, meine ich. Der Name Ludger Olbrecht fiel auch in diesem Zusammenhang.»

«Olbrecht? Diese Nervensäge?»

«So nervig habe ich ihn gar nicht erlebt. Er ist ganz Business-Typ.»

«Graf, dieser Olbrecht will unbedingt vor jede Kamera, sich und seine Hubschrauber dick anpreisen, wo es nur geht. Der erpresst höchstens selbst noch jemanden, als dass der erpresst wird.»

«Trauen Sie dem Olbrecht zu, dass er den Prinzen erpressen könnte, wenn er über entsprechende Fotos verfügen würde. Sagen wir von Alper?»

Schramm rutschte unruhig auf seinem Sitz hin und her. «Das ist jetzt aber ein verdammt dünnes Eis, auf dem Sie sich da bewegen. Dann hätte Olbrecht doch erst mal den Alper umbringen müssen, um damit dann den Prinzen erpressen zu können?»

«Oder er hat vorher schon versucht, ihn mit Fotos zu erpressen, die ihn selbst und jemand anderen, der dem Prinzen nahe steht, in einer heiklen Situation zeigen. Später dann brachte er vielleicht Alper um. Aus einem Grund, den wir aber noch nicht kennen ...»

«Sagen Sie es doch gleich, Graf! Sie meinen die Fotos mit der Prinzessin Amelie. Die und Olbrecht. Ein Dauerbrenner. Jeder weiß, dass es diese Fotos gibt! Nur hat sie noch niemand gesehen. Es kann aber auch ein Bluff von Bernd gewesen sein. Er hat öfter mal so ein Gerücht in die Welt gesetzt. Alper hatte ein sehr großes Geltungsbedürfnis und nicht ausreichend Gelegenheit, es zu befriedigen. Ich würde an Ihrer Stelle auf die Gerüchte nicht allzu viel geben.»

Christian schaute gedankenversunken durch die abgedunkelten Scheiben des Vans. «In diesem Fall wäre es hilfreich, überhaupt auf etwas Konkretes bauen zu können. Ginge es nach den Motiven, müssten die Verdächtigen Schlange stehen.»

Nach fast drei Stunden war es dann so weit. Alles

dauerte nur ein paar Sekunden. Zwei schwarze Vans – anscheinend der gleiche Typ, wie ihn Schramm gemietet hatte – fuhren in die Parkgarage und hielten direkt neben dem Aufzug. Zwei Bodyguards sprangen heraus, schauten sich um und öffneten die Schiebetür. Schramms Kamera ratterte fast unhörbar los. Eine zierliche Frau mit bunter Wollmütze auf dem Kopf stieg aus. Ihr Gesicht war gerade nur von den Augen bis zum Mund sichtbar. Der hochgeschlagene Kragen ihres übergroßen Sweatshirts hüllte sie bis zum Kinn ein. Gleich nach ihr sprangen noch zwei junge Männer in Jogginganzügen aus dem Wagen. Kurz darauf war das Schauspiel vorbei. Die Türen des Aufzugs schlossen sich, und der Wagen verließ mit quietschenden Reifen das Parkhaus. Es herrschte wieder absolute Ruhe.

«Scheiße!», fluchte Schramm.

«Probleme mit der Kamera?», erkundigte sich Christian.

«Nichts! Alles umsonst – Mist, verdammter! Zieht diese Tusse sich eine Wollmütze über den Kopf. Im Spätsommer.»

«Und der Lover?»

«Kein Lover – das waren zwei von den Tänzern der Bühnenshow.» Schramm wurde einsilbig. Er schraubte die Kamera vom Stativ.

«Lektion sieben. Niemals ärgern, auch wenn es total danebengeht», bemerkte Christian und schob die Tür auf, um auszusteigen.

«Falsch, Graf. Lektion sieben heißt anders. Klappt's nicht heute, klappt's das nächste Mal.»

Vierundzwanzig

Die Fotografin Lori Meckmann klingelte an der Wohnungstür ihres Kollegen Franz Kauser. Erst nach mehrmaligem Drücken des Türgongs öffnete er die Tür. Ein missmutiges und zerklüftetes Gesicht zeigte sich hinter dem Dunst einer Alkoholfahne.

«Ach du … komm rein.»

«Morgen Franz, störe ich?»

Kauser schlurfte zurück in die Küche, wo sich der Abwasch stapelte. Sein bekleckertes Hemd ermöglichte Rückschlüsse auf das soeben beendete Frühstück, dessen Reste er jetzt in den Mülleimer kippte. Kauser war bekannt für seine – zumindest in diesem Berufsstand – ungewöhnliche Langsamkeit. Lori ließ ihm Zeit, sich auf sie einzustellen.

«Sag mal, Franz, hat der Bernd noch Sachen bei dir deponiert?»

Kauser schwieg und räumte seinen Teller auf den Stapel Abwasch. Das Besteck legte er bedächtig in den kleinen Plastikkorb auf der Spüle.

«Wieso? Hat er dir was im Testament vermacht?»

«Und wenn es so wäre?»

«Würde mich sehr wundern. Von dem habe ich nicht

einmal einen ausgegeben bekommen. Der hat doch nur allein gesoffen.»

Als die beiden ins Wohnzimmer gingen, fiel Lori der stark schwankende Gang Kausers auf. *Der wird sich noch zu Tode saufen*, dachte sie.

«Mir hat Bernd erzählt, dass er bei dir seine paar Sachen abstellen konnte.»

«Er konnte ja nicht alles mit in sein Hotelzimmer schleppen. In meiner Garage steht das Zeug. Darauf ist noch nicht mal die Polizei gekommen.»

Lori nahm ein paar alte Zeitungen vom Sessel und setzte sich. Kauser fläzte sich auf die Couch und schob sich ein speckiges Kissen unter den Kopf.

Ein Chaos, diese Wohnung. Oh, Gott, wenn man sich nur an die Wand lehnt, kriegt man schon Pilz, dachte Lori. *Und die Möbel stammen noch aus den siebziger Jahren. Eigentlich könnte alles auf den Sperrmüll. So, wie es hier aussieht, säuft der sich jeden Tag die Bude schön.*

«Gemütlich hast du es hier, Franz. Clever von dir, der Polizei nichts von dem Krempel zu sagen.»

«Ist ja auch kaum der Rede wert. Die paar Habseligkeiten ...»

Kauser goss sich einen Wodka ein. Lori lehnte dankend ab.

«Sind darunter auch Filme oder CD-ROMs?»

Langsam trank Kauser sein Glas leer.

«Suchst du etwas Bestimmtes?»

«Ja, Bernd wollte mir noch eine CD zurückgeben. Meine Festplatte hatte den Geist aufgegeben, und da hat er für mich einige Fotostrecken bearbeitet und verschickt.»

Kauser steckte sich eine Zigarette an.

«Ich habe keine CD oder Ausdrucke von dir gesehen.»

«Also, Franz – gibt es welche?»

Noch einmal schenkte sich Kauser sein Glas voll. «Hältst du mich für blöd, Lori?»

«Eigentlich nicht», gab sich Lori ahnungslos.

«Du willst doch nur seine Filme, weil du denkst, dass da noch irgendetwas Verwertbares dabei ist. Vielleicht etwas mit dem Prinzen ...»

Lori Meckmann winkte ab. «Jetzt fängst du auch noch an. Bernd mag kein Heiliger gewesen sein, aber er hat niemanden erpresst. Auch den Prinzen nicht.»

«Da drüben steht der Krempel», Kauser zeigte auf eine große Kiste in der Ecke seines Zimmers neben dem Bücherregal. «Von mir aus, schau es dir durch, aber mitnehmen kannst du nichts.»

Scheinbar unschlüssig zuckte Lori Meckmann mit den Schultern. Noch zwei Schnäpse, und Kauser würde nicht mal merken, wenn sie ihm die ganze Bude leer räumte. So lange wollte sie noch warten. Franz trank schon zu lange regelmäßig. Lori wusste von Franz nicht viel. Nur dass er auch mal Fotograf bei der BILD-Zeitung gewesen war, aber das war Ende der sechziger Jahre. Zuvor hatte er elf Jahre bei einer Regionalzeitung gearbeitet. Auf jeden Fall lagen seine großen Zeiten längst hinter ihm. Inzwischen nahmen ihn die Kollegen kaum noch als Konkurrenz wahr.

Franz Kauser machte einfach die Fotos, die alle machten. Bilder von so genannten B-Promis, für die die Yellow Press nur wenig zahlte. Er fotografierte bei Hochzeiten oder Anlässen, zu denen die erste Garde der Paparazzi erst gar nicht erschien. Es dauerte nicht lange, und es schien, als sei Franz tief und fest eingeschlafen. Das schwere Atmen wurde ab und an von einem leichten Schnarcher und einem anschließenden Schmatzen unterbrochen. Sein Mund war leicht geöffnet. Mit einem plötzlichen Ruck drehte er sich zur Seite, schlief aber offensichtlich weiter. Lori wartete noch einen Moment und erhob sich dann behutsam aus ihrem Sessel. Mit angehaltenem Atem schlich sie zu der Umzugskiste, in der Alpers persönliche Dinge lagen. Nachdem sie mehrere Magazine beiseite geschoben hatte, entdeckte sie ein paar Fotoalben, mehrere Umschläge mit Negativen, zwei alte Fotoapparate und jede Menge Unterlagen, Rechnungen, Bücher und Prospekte. Es hatte den Anschein, als hätte Bernd Alper bei seinem Auszug nur seinen Arbeitstisch leer geräumt. Lori schaute sich nochmal vorsichtig nach dem schnarchenden Kauser um – er schien fest zu schlafen. Vorsichtig griff sie nach dem Umschlag mit den Negativen.

Wie die meisten Gewohnheitstrinker war es Kauser gewohnt, weiter zu funktionieren, auch wenn der Alkohol in seinem Blut alles in einem undurchsichtigen Nebel verschwinden zu lassen drohte. Jahre hatte er so gearbeitet, war so Auto gefahren, hatte so seine Umwelt getäuscht, glaubte er zumindest. Seine Kollegen wussten um seinen Zustand, und niemand nahm Franz mehr ernst. Es dauerte Jahre, bis er realisiert hatte, dass seine Zukunft hinter ihm lag, dass er nie mehr in der so genannten oberen Liga würde mitspielen dürfen. Er ahnte, dass Alper ganz nah am großen Coup gestanden hatte und dass der Schlüssel dazu vielleicht in der Umzugskiste lag. Immer wieder hatte er sie durchsucht, aber nichts gefunden. Wahrscheinlich fehlte ihm der entscheidende Hinweis, und vielleicht hatte den Lori.

Franz hatte viel getrunken, war aber immer noch Herr seiner Sinne. Er tat so, als ob er im Alkoholrausch schnarchend auf seiner Couch liegen würde. Ein Trick, mit dem er schon des Öfteren unvorsichtige Kollegen belauscht hatte und so an Informationen gelangt war. Durch die einen Spalt weit geöffneten Augenlider konnte er Lori gut beobachten. Gleichzeitig gab er weiter sein Schnarchen und Schmatzen von sich. Alper musste etwas sehr Brisantes fotografiert haben, sonst wäre er nicht so sicher gewesen, dass er bald eine größere Reise unternehmen würde, wie er Kauser erzählt hatte. Aufgefallen war ihm nur, dass Alper all seine Foto-CDs woanders deponiert haben musste, wahrscheinlich im Hotel. Und den für ihn überflüssigen Krempel hatte er hier abgestellt.

Mit spitzen Fingern durchsuchte Lori vorsichtig die restlichen Sachen. Alte Fotoalben mit Alpers vergilbten Erfolgen und ein Familienalbum, in dem sie mehrere Fotos mit ihm und einer äußerst attraktiven Frau entdeckte. Lori erinnerte sich, die Frau vor vielen Jahren in Begleitung von Alper getroffen zu haben. Es war seine Schwester Bernice. Oft hatte Lori ihn nach ihr gefragt, aber nie eine Antwort erhalten. Anscheinend hatten die beiden keinen Kontakt mehr gehabt.

«Jetzt interessierst du dich wohl doch für Bernds Haushalt?»

Erschrocken fuhr Lori herum und schaute in Kausers aufgedunsenes Gesicht. Er rekelte sich langsam aus seiner bequemen Haltung heraus.

«Nein. Ich habe nur mal so geschaut, ob ich nicht doch meine CDs finde. Aber die scheinen wirklich nicht dabei zu sein. Oder hast du vielleicht doch ...?»

Kauser stand mit einem lauten Ächzen auf.

«Liegt alles noch so drin. Wie er es abgestellt hat. Ich habe es nur aus der Garage hierher geholt, weil es dort zu feucht ist. Konnte ja nicht ahnen, dass das Zeug länger bei mir bleibt.»

Lori hielt es für besser, jetzt zu gehen. Was sie gesucht hatte, konnte sie ohnehin nicht finden. Sie überlegte, ob sie Kauser noch etwas von ihrer bevorstehenden Begegnung mit Lydia von Immen erzählen sollte, entschied sich aber im letzten Moment dagegen.

Kaum hatte Franz die Tür hinter ihr geschlossen, versuchte er sämtliche Kräfte zu sammeln, um sich noch einmal auf Alpers Hinterlassenschaften in dem Karton zu konzentrieren. Doch der Alkohol machte es ihm schwer. Er packte die Fotoalben aus und begann die Seiten schnell und heftig umzublättern. «Verdammt, es muss doch hier noch irgendwas dabei sein», sprach

Kauser mit sich selbst – was er, seit er sich von seiner letzten Beziehung getrennt hatte – und das lag immerhin schon ein halbes Jahrzehnt zurück – im Übrigen täglich tat. «Diese Immen kauft doch alles, wenn nur ihr Scheiß-Prinz drauf ist. Alper, du Drecksack, deinem alten Kumpel Kauser hättest du noch eins von deinen Mistfotos hinterlassen können. Die Immen zahlt mir die Rente, wenn ich es auftreibe. O Mann, alles nur diese Verlierer, abgetakelte Schlagerstars und abgestürzte Ex-Schauspieler ...?», lallte er. Wütend blätterte Kauser immer wieder Seite für Seite durch. Aber da war nichts. Eigentlich wusste Franz, dass er nichts finden würde, denn Alper war zu gerissen gewesen, um ein einziges seiner heißen Fotos in der Wohnung eines Kollegen zu deponieren.

Fünfundzwanzig

Christian stieg die Treppen hoch zum zweiten Stock des Polizeipräsidiums. Von hier aus hatte ihn Ludger Olbrecht angerufen. Er klopfte an die Tür, an der Hauptkommissar Stegemanns Name stand. Von innen ertönte ein unwirsches «Herein-ja-doch-Wiedersehn!». Christian öffnete verwundert die Tür und erkannte, dass nur das ‹Herein› ihm gegolten hatte. Stegemann knallte den Hörer auf die Gabel. Er stand neben seinem Schreibtisch, und Olbrecht saß auf einem ungemütlichen Freischwinger.

«Na, Gott sei Dank, dass Sie kommen», begrüßte Olbrecht Christian. «Ich brauche einen Rechtsbeistand.»

«Wie kommen Sie da auf mich?», fragte Christian und nickte beiläufig Stegemann zur Begrüßung zu.

«Es geht um den Fall Karl-Friedrich Prinz von Hamm. Mit dem sind Sie ja beschäftigt.»

«Ja schon, Herr Olbrecht.» Christian überlegte einen Moment, ob er gleich ablehnen sollte, beschloss aber, sich erst einmal anzuhören, worum es ging und wie der Stand der Ermittlungen war. «Gibt es denn eine eindeutige Beweislage?»

«Einen Anfangsverdacht», mischte sich Stegemann ein, «Bernd Alper wohnte zuletzt im Hotel *Ambassador.*

Herr Olbrecht wurde am Morgen nach dem Abend, an dem Herr Alper zu Tode kam, dort gesehen. Der Portier konnte ihn identifizieren.»

Christian nahm sich einen Stuhl und setzte sich. «Was soll das beweisen?»

«Es besteht der Verdacht, dass Herr Olbrecht in das Zimmer von Bernd Alper eingedrungen ist und dort das Notebook nach Fotodateien durchsucht hat.»

Stegemann setzte sich jetzt auch und wartete Christians Antwort ab. Olbrecht sagte nichts.

«Gibt es konkrete Hinweise auf diese Suche im Notebook, Fingerabdrücke?»

«Das Protokoll der Software weist eine Inbetriebnahme am nächsten Morgen aus. Und zu dieser Zeit kann es Alper nicht mehr gewesen sein. Fingerabdrücke gibt es keine, da reichen ja ein Paar Handschuhe.»

«Was sagen Sie dazu?», wandte sich der Graf an Olbrecht.

«Gar nichts. Weil das alles Quatsch ist. Nur weil ich zufällig im selben Hotel übernachtet habe, kann ich doch nicht automatisch verdächtigt werden, in Alpers Zimmer eingebrochen zu sein, um in seinem Notebook herumzuschnüffeln …, das ist doch ausgemachter Blö…»

Stegemann unterbrach ihn: «Fragt sich, warum Sie nicht als Gast gemeldet waren? Oder warum Sie uns nicht sagen wollen, bei wem Sie dort waren. Aber wir werden es herausfinden. Jeder gemeldete Gast wird befragt.»

«Hm», Christian musste noch etwas Zeit gewinnen, er schmunzelte, «alle Achtung, Herr Hauptkommissar, wie sind Sie drauf gekommen, das Softwareprogramm zu checken? Immerhin war ja der Prinz Ihr Hauptverdächtiger.»

Stegemann nahm einen Schluck aus seiner Kaffeetasse.

«Das ist er auch immer noch», antwortete er trotzig. «Wir haben die Videobänder aus der Parkgarage des Hotels gesichtet, und da entdeckten wir Herrn Olbrecht. Reine Routine.»

Christian erhob sich wieder. «Tja, Herr Olbrecht. Das sieht natürlich erst einmal nicht gut aus. Wenn Sie nichts sagen wollen ...»

«Was heißt hier nichts sagen wollen? Ich war nicht im Zimmer von Alper, und schon gar nicht zweimal. Ich hatte überhaupt keine Ahnung, dass er dort wohnte. Und warum ich dort übernachtet habe, geht niemanden etwas an.»

Fragend schaute Christian Stegemann an.

«Das Notebook wurde zweimal in Betrieb genommen, das erste Mal allerdings bereits gegen Mitternacht, also relativ kurz nach der Tatzeit.»

Olbrecht hob demonstrativ seine Hand, als wollte er sagen: ‹Na bitte.›

«Zu dieser Zeit habe ich mich noch im Hause Landsburg beim Charity-Event aufgehalten.»

Stegemann ließ das kalt. «Einen Aufenthalt im Hotel können wir Ihnen nachweisen. Für den anderen wird sich auch noch eine Erklärung finden. Jetzt warten wir mal das Ergebnis der Hausdurchsuchung bei Ihnen ab.»

Olbrechts Gesicht lief puterrot an, als er Christian anblaffte.

«Eine bodenlose Frechheit! Jetzt unternehmen Sie doch was, als mein Rechtsbeistand sollten ...»

«Stopp! Wenn ich Sie korrigieren darf, ich bin von Ihnen gerufen worden. Leider kann ich aber in Kenntnis der Verdachtsmomente diesen Fall nicht annehmen. Wie Sie wissen, habe ich bereits ein Mandat des Prinzen von Hamm. Der ist in dem gleichen Fall verdächtig. Wie stellen Sie sich das vor? Soll ich Sie beide vor Gericht vertreten? Wenn Sie vielleicht gegeneinander aussagen? Tut mir Leid. Aber ich empfehle Ihnen gern ...»

«Unverschämtheit!», brüllte Olbrecht. «Ich brauche keine Empfehlung! Ich habe meine eigenen Anwälte. Sie wollte ich nur, weil Sie über den Fall Bescheid wissen, den Fall kennen.»

«Beruhigen Sie sich, Herr Olbrecht!», fuhr Stegemann jetzt dazwischen. «Herr von Landsburg, Sie können jetzt gehen, es gibt ja hier nichts für Sie zu tun.»

«Zu freundlich von Ihnen», bedankte sich Christian süffisant und wünschte Olbrecht beim Hinausgehen noch «Viel Glück».

Karl-Friedrich Prinz von Hamm war Schirmherr bei den Classics Open, einem Konzertereignis, das jedes Jahr im Schlosspark von Bad Godesberg stattfand.

Ein Ereignis, das auch von Francesca von Landsburg

immer wieder gerne besucht wurde. Als Christian im Park von Bad Godesberg eintraf, hingen Gewitterwolken tief über dem Festivalgelände. Im Park, einem barocken Vorbild nachempfunden, waren Hecken und Bäume akkurat geschnitten. Wie von der Natur geplant, stand die überdachte Bühne inmitten des Geländes. Die ersten zwanzig Reihen bestanden aus Klappstühlen mit Sitzkissen, die übrigen ohne Sitzkissen. Es waren das Gefiedel der Musiker zu hören, die ihre Instrumente stimmten, und ab und an ein Knacken der Tonanlage. An mehreren Ständen wurden Speisen und Getränke angeboten.

Der Prinz, umringt von einer Traube Menschen, entschuldigte sich sofort, als er Christian sah, und schritt diesem entgegen. Er trug einen dunkelblauen Blazer und eine Flanellhose. Im Revers steckte eine blaue Kornblume, die diskret darauf hinwies, dass Karl-Friedrich in seiner Jugend Harrow, das beste Internat Englands, besucht hatte. «Tolle Nachricht, Christian!», begrüßte er den Ankommenden überschwänglich.

«Ja, ich freue mich auch. Nur wissen wir leider noch nicht, ob Olbrecht es auch wirklich war und wie er in den Fall verwickelt ist.»

«Ich hoffe es sehr, wenn ich das mal so sagen darf! Übrigens, meine Quellen sagen, dass die Ehefrau von diesem Alper leider aus dem Rennen ist. Wasserdichtes Alibi. Almhütte in Bayern. Drei Familien sind Zeugen. Ehefrau wäre gut gewesen.»

Die Fröhlichkeit und der Überschwang des Prinzen schienen ihren Ursprung nicht nur im Alkohol zu haben, der bereits reichlich geflossen sein musste. Christian dachte sich seinen Teil. «Ich halte Stegemanns Vorgehen für sehr gewagt. Eigentlich hat er noch nichts in der Hand. Auf jeden Fall kann er nun nicht mehr nur in eine Richtung, nämlich gegen dich, ermitteln.»

«Christian, ganz im Vertrauen. Ich habe da mal vorgefühlt. Sobald sich die Gelegenheit ergibt, wird die Akte geschlossen. Und dieser Stegemann darf sich über seine Karriere auch mal neue Gedanken machen. Der bekommt ordentlich Druck.»

In Momenten wie diesen überfiel Christian der massive Wunsch, einfach das Mandat niederzulegen. Stegemann war ihm nicht gerade sympathisch, aber das ging zu weit. Und für Olbrecht empfand er jetzt fast Bedauern.

«Na ja ..., hm ...»

«War nur ein Scherz, vergiss es!» Der Prinz hatte Christians Widerwillen gespürt. «Du begleitest bitte weiter den Fall, bis die Akte geschlossen wird – darauf kann ich mich verlassen?»

Christian nickte. «Bis der Täter vor Gericht steht. Schon wegen des Eigeninteresses des Hauses Landsburg.»

«Ja, genau. Ihr seid ja sozusagen in den Fall verwickelt», lachte der Prinz.

Lydia von Immen winkte plötzlich Karl-Friedrich zu.

«Ach, die Immen. Ich muss noch meine Rede lesen. Schirmherr und so – Christian, mach dir einen schönen Abend, und – danke!»

Kaum war Karl-Friedrich von Hamm mit ein paar DIN-A4-Blättern, die ihm Lydia in die Hand gedrückt hatte, verschwunden, kam Lydia auf Christian zu.

«Guten Abend! Du bist auch ein Klassik-Fan?»

«Ja sicher, Lydia. Ich wollte Karl-Friedrich mitteilen, dass man auch Olbrecht verdächtigt.»

«Karl-Friedrich erzählte es mir kurz ...»

«Guten Abend, Christian!», ertönte eine wohlvertraute Stimme. Und als sich Christian umdrehte, standen vor ihm vier ältere Damen, eine davon seine Mutter.

«Guten Abend, Mama. Darf ich vorstellen, Lydia Immen. Lydia, das ist meine Mutter, das ist Antonia Westphalen, und das ist Irene Blaschwitz.»

Die Damen gaben sich die Hand, und Francesca lächelte Lydia zu. «Setz dich doch beim Konzert zu uns, wir würden uns freuen.»

Lydia hatte immer wieder Schwierigkeiten, sich an die Gepflogenheiten des Adels zu gewöhnen, einander sofort zu duzen, sofern man aus dem gleichen «Stall» kam. Auch die Titel benutzte man nicht. Wozu auch? Man kannte sich, oder zumindest die Familie. Da sie in Internaten aufgewachsen war, hatte man ihr diese Dinge erst spät beigebracht.

«Eigentlich sind wir ja hier, um uns an Beethoven zu erfreuen, aber da wir dich gerade mal hier haben, Christian, wie kommen denn die Ermittlungen voran?», fragte Francesca.

Lydia von Immen entschuldigte sich, ihr war diese Situation zu unangenehm. Immer noch reagierte ihr

Magen sehr nervös, wenn es um den Mordfall Alper ging. Der Druck und die Angst forderten nun gesundheitlich ihren Tribut. Sie schien an ihre persönlichen Grenzen gelangt zu sein. Dabei hielt sie sich eigentlich für abgebrüht und mit nahezu allen Wassern gewaschen. Aber sie war fest entschlossen, diese Zeit durchzustehen. Vielleicht würde man den richtigen Täter fassen. Sie würde dann Karl-Friedrich sein Geld zurückgeben. Er würde es nie wagen, rechtlich gegen sie vorzugehen. Nachdem Lydia wieder in Richtung Bühne gegangen war, nahm Gräfin Francesca ihren Sohn beim Arm und sprach etwas gedämpfter mit Rücksicht auf die vorbeiflanierenden Gäste des Konzerts.

«Irene Blaschwitz hat mir da eine vertrauliche Information weitergegeben. Dieser Alper hat ja noch eine Schwester. Die ist gerade aus den USA zurückgekommen. Irene weiß das von Rechtsanwalt Vollmer, denn der verwaltet den Nachlass von Alper. Die Witwe bekommt alles und die Schwester einen Pflichtanteil.»

«Wenn die Schwester in den Staaten war, wird sie mir wenig helfen können. Aber trotzdem danke für den Hinweis, Mama. Ich werde sie aufsuchen.»

Während des Gesprächs hatte Gräfin Westphalen Champagner geordert, den eine junge Bedienung nun der Runde anbot. Christian nahm auch ein Glas. Die Damen spekulierten noch ein wenig über die noch zu erwartenden Gäste des Abends. Christians Blick schweifte über die Besucher, und er sah, wie der Fotograf Franz Kauser sich mit Lydia von Immen unterhielt. Auffallend war, dass die beiden ziemlich heftig und erregt miteinander diskutierten. Hätte Christian den Wortlaut mithören können, wäre ihm auch die Nervosität der beiden verständlich gewesen. Lydia von Immen ärgerte sich über Kausers Angebote.

«Ich sage Ihnen doch: Es gibt keine näheren Angaben von mir. Sie liefern die Fotos. Ich schaue sie mir an. Und wenn darunter Material ist, das mich interessiert, mache ich Ihnen ein Angebot.»

«Noch einmal klar und deutlich: Ich bin im Besitz eines Paketes von Fotos. Das können Sie mir abkaufen. Bei mir gibt es nur Paketkauf oder gar nichts. Das ist wie bei einem Deal mit einem Hollywood-Studio. Da kaufen Sie auch drei große Kassenknüller und ein paar Serien dazu.»

«Herr Kauser, ich habe mich doch klar ausgedrückt. Foto für Foto, sonst nichts.»

Kauser wurde jetzt richtig böse.

«Ich kann auch mal ein bisschen verbreiten, was Sie hier treiben.»

«Was soll denn das jetzt?»

«Immerhin steht der Prinz noch unter Verdacht. Und seine Anwältin versucht, peinliche oder enhüllende Fotos, die das Opfer vom Prinzen gemacht hat, vom Markt weg zu kaufen.»

«Sie kennen mein Interesse, Herr Kauser. Wenn Sie etwas Vorzeigbares haben, können Sie mich jederzeit anrufen – auch nachts. Und versuchen Sie mir nie wieder zu drohen. Wenn es darauf ankommt, werden Sie mir nicht gewachsen sein. Das können Sie mir glauben!»

Die letzten Sätze trafen Kauser bis ins Mark. Lydia

von Immen hatte soeben alle Verachtung und sämtlichen Groll, den sie bei Alper hatte unterdrücken müssen, in ihre Worte gelegt. Von diesem Moment an hasste Kauser sie. Denn sein Versuch, mit einem Mogelpaket aus eigenen und alten Fotos von Alper einen Deal zu machen, war kläglich gescheitert. Kauser hatte auf die Angst vor Enthüllung und Skandal gesetzt und – verloren. Kauser verfluchte die Überheblichkeit der Immen. Aber er hatte es schon ganz anderen gezeigt. Schon von Kind auf war er unterschätzt worden. Und alles nur, weil seine Stiefmutter ihn als Kind ablehnte und ihre eigenen Kinder bevorzugte. Aber er hatte sich durchgeboxt, bis sie ihn bewunderten, weil er bei der *Quick* eine lange Fotostrecke zum Schahbesuch untergebracht hatte. Sein Name stand deutlich darunter. Doch das war alles lange her. Geblieben war ihm nicht viel, weder beruflich noch privat. Seine Beziehungen scheiterten immer wieder. Einzig sein Instinkt funktionierte noch. Abstaubergeschäfte, darauf verstand er sich. Nur schien es von dieser Sorte Geschäft immer weniger zu geben. Für die Immen würde ihm schon noch was einfallen. So ungestraft sollte sie ihm nicht davonkommen.

«Herr Kauser, guten Abend!»

«Guten Abend, Graf Landsburg.»

«Ist Ihre Kollegin Meckmann denn heute Abend auch hier?»

«Keine Ahnung. Graf, suchen Sie eigentlich auch nach Fotos vom Prinzen, die noch nicht veröffentlicht wurden?»

«Wie meinen Sie das?»

«Fotos, die bisher noch niemand gesehen hat.»

«Besitzen Sie denn welche?»

«Kommt darauf an, wie viel sie Ihnen wert sind.»

«Ich glaube, da bin ich der falsche Geschäftspartner. Aber vielleicht kann ich etwas vermitteln.»

«Nicht nötig, Graf. Meine Kunden finden mich schon», bog Kauser das weitere Gespräch ab. Sein Instinkt sagte ihm plötzlich, dass er sich besser nicht mit dem Grafen einlassen sollte. Die Immen als neues Feindbild reichte ihm für heute.

Christian überlegte noch während des Konzertes, ob Kauser auch Lydia wegen der Fotos angesprochen hatte. Da sie beide so lange beieinander gestanden hatten, musste er annehmen, dass sie möglicherweise an Fotos interessiert war. Christian wurde bewusst, dass er in Gefahr geriet, über seine Gefühle zu Lydia den klaren Blick zu verlieren. Wie viel hatte Karl-Friedrich wirklich mit Fotos und Erpressung zu tun? Hatte er möglicherweise selber eine falsche Fährte gelegt und so Olbrecht in die prekäre Situation gebracht? Oder ging es nur um die Stieftochter Amelie? Gab es bisher noch unbekannte Fotos, die ihn kompromittierten? Morgen wollte Christian nochmal mit Lori Meckmann sprechen. Angeblich hatte sie mit Alper noch kurz vor dem Termin im Hause Landsburg gegessen. Es dürfte die letzte Mahlzeit des Opfers gewesen sein. Der Wirt von Alpers Stammlokal jedenfalls bestätigte Christian auf Nachfragen, er habe nur ein Stück Kuchen gegessen, das sich auch im Obduktionsbefund wiederfand. Lori Meckmann war dem Wirt sogar namentlich bekannt.

Für Christian beruhigend, dass ein einziges Essen mehr Erkenntnisse erbringen konnte als eine Woche mühselige Recherche.

Sechsundzwanzig

Am nächsten Vormittag traf Christian Lori Meckmann im Gerichtsgebäude, einem typischen wuchtigen Bau vom Ende des neunzehnten Jahrhunderts, mit dicken Säulen außen und innen, ausladenden breiten Treppen und langen Fluren. Diese Art von Gebäude repräsentiert schon von sich aus Macht und Gesetzlichkeit, und der Eintretende oder Betrachter kommt sich automatisch klein und ausgeliefert vor. Lori wartete hier auf den Ausgang eines Zivilprozesses, um von den Beteiligten anschließend Fotos für ihre Zeitung machen zu können.

«Man sagte mir, dass ich Sie hier finden würde, guten Tag. Mir ist da was zu Ohren gekommen, was ich Sie gern fragen würde, Frau Meckmann.»

«Geht's schon wieder um Bernd? Olbrecht soll jetzt in Verdacht stehen. Reichen nicht zwei Verdächtige?»

«Doch, aber bis einer von denen hier vor Gericht steht, ist es noch ein weiter Weg. Was mich jetzt interessiert, ist Ihr letztes Essen mit Herrn Alper.»

«Ich habe der Polizei alles darüber gesagt.»

«Na ja, vielleicht gibt es ja Dinge, die man der Polizei nicht so gern erzählt.»

«Und Sie meinen, Sie wären derjenige, dem ich das dann lieber erzählen würde?», konterte Lori.

«Ich ermittle nicht für die Polizei. Mich interessieren ganz andere Fragen in diesem Fall. Hat Bernd Alper Ihnen gegenüber jemals etwas von Fotos mit Amelie von Lourdin und Olbrecht erwähnt?»

«Nein. Auch nicht bei unserem letzten Gespräch.»

«Wollte er sich vielleicht mit jemandem demnächst oder an diesem Abend treffen?»

«Nein. Jedenfalls kam das nicht zur Sprache.»

«Fiel sonst irgendein Name oder ein …»

«Nein», unterbrach ihn Lori. «Graf, ich würde Ihnen ja gern helfen, aber ich weiß nichts. Vielleicht versuchen Sie mal Ihr Glück bei der Dame dort.»

Lori zeigte auf eine schlanke, elegant gekleidete Dame, die gerade aus Gerichtssaal 5 kam. Christian war beeindruckt. Nicht nur, weil er Alpers Schwester, die er bisher nur auf Fotos gesehen hatte, erkannte, sondern weil er sie schneller traf, als er gedacht hätte. Und außerdem strahlte sie etwas aus, das ihn sofort gefangen nahm.

«Soweit ich weiß, war sie länger in den USA», sagte Christian und ließ Bernice Alper nicht aus den Augen.

«Niemand kannte Bernd so gut wie sie. Wenn jemand Namen, Feindschaften oder Geheimnisse kennt, dann sie. Bernd hat mir mal Familienfotos gezeigt. Darauf hingen die beiden immer wie Kletten aneinander. Nicht nur als Kinder, auch später noch …»

«Danke, Frau Meckmann. Hat Alper Ihnen gegenüber eigentlich mal erwähnt, dass er mit Herrn Kauser zusammenarbeitet?»

«Die kannten sich ganz gut. Aber, dass da was Besonderes war, davon weiß ich nichts. Freundschaft würde ich es nicht gerade nennen. Vielleicht Saufkumpel. Franz trinkt sehr viel. Er ist ein guter Kerl, aber manchmal ...»

«Na ja, nicht so wichtig. Ich dachte nur, weil er mir gestern Fotos als Paketkauf angeboten hat. Nicht dass er am Ende wirklich welche besitzt.»

Lori winkte ärgerlich ab. «Franz und heiße Ware. Davon träumt der doch nur.»

Christian musste sich jetzt beeilen, denn Bernice hatte ihr kurzes Gespräch mit einem Anwalt beendet und wandte sich zum Gehen. Christian verabschiedete sich schnell von Lori und eilte Bernice hinterher. Er sah nicht mehr, dass Lori Meckmann mit tief ernstem Gesichtsausdruck nachdenklich dastand. Unzufriedenheit und Wut machten sich in ihr breit. Franz Kauser hatte es zu weit getrieben.

Im Videostudio *Spot Activ* saß der Regisseur Roman Buckner auf seinem Stuhl und las mit leicht märchenhaftem Ton das Script vor. Er war gleichzeitig auch Drehbuchautor und Agenturchef und sah sich als kommenden Shootingstar der Regiegilde. Um ihn herum standen die Darsteller und lauschten ihm mehr oder weniger atemlos, was auch an den anstrengenden Kampfszenen liegen mochte, die man gerade geprobt hatte.

«Mit einem Hechtsprung durch die Tür des Appartements fällt ein junger, durchtrainierter Mann in das phantastisch große Zimmer von Leonie von Landsburg ein. Die weiß sich aber gegen den Wüstling ebenso zu wehren wie gegen die ihm nachfolgenden drei bösen Burschen, die zu allem bereit sind. Mit einigen Körpertäuschungen, harten Tritten und Handkantenschlägen macht Leonie die Gegner nieder. Doch dann geschieht etwas Unerwartetes. Der coolste Kämpfer kommt gemessenen Schrittes in das Zimmer, sich seiner vollen Stärke und Männlichkeit bewusst. Er ist einer von ihnen, und alles ist bereit für den großen Kampf der Giganten. Und jetzt kommt der absolute Hammer! Das kennt ihr noch nicht. Plötzlich öffnet er seine Lederjacke, streift sie mit einem Ruck ab, und es strömt ein sagenhafter Duft von ihm aus – das wird dann ein special effect aus dem Computer, und ich unterlege das mit einer von mir selbst komponierten, völlig abgefahrenen Musik. Man sieht also richtig die Duftschwaden, und dieser betörende Duft strömt zu Leonie. Die weiß gar nicht, wie ihr geschieht. Sie wird ganz schwach und schutzbedürftig und sinkt in die Arme des Eindringlings. Und dann kommt der Slogan …»

Empört unterbrach Leonie den Regisseur. «So einen riesengroßen Schwachsinn habe ich schon seit meinem zweiten Lebensjahr nicht mehr gehört. Das drehe ich nie! ‹Werbung für Blöde› müsste vor dem Spot eingeblendet werden!»

Die jungen Männer schauten unschlüssig den Regisseur an, aber der blieb ganz gelassen.

«Leonie, Werbung ist keine intellektuelle Veranstaltung. Werbung spricht den Bauch an, nicht das Hirn.»

Leonie trat ganz nah an ihren angeblich preisgekrönten Regisseur heran. «In diesem Fall nicht den Bauch, sondern eher den Arsch … Wir sollten gleich noch einen Spot gegen Magenverstimmung und dessen Folgen drehen.»

«Werbung ist nicht immer große Kunst. Aber der Weg zur großen Kunst führt über die Werbung. Ihr wollt alle vor die Kamera. Ich gebe euch die Chance dazu. Einen Spot sehen mehr Menschen als einen normalen deutschen Kinofilm. Casting findet heute zum großen Teil über Werbespots statt, da schauen auch die Talentscouts hin», behauptete der Regisseur einfach.

Zumindest beruhigte und überzeugte er damit den männlichen Teil der Besetzung.

Leonie allerdings gefiel diese Perspektive überhaupt nicht. «So würde sich keine Frau der Welt benehmen.»

«Ich persönlich kenne gleich mehrere Frauen, die sich da keinen abbrechen würden. Aber wir sind hier nicht zum Diskutieren, sondern zum Drehen. Jetzt spielen wir das mal durch, und dann wirst du sehen, dass das alles nur so blöd klingt. Wenn man das sieht, gewinnt man einen ganz anderen Eindruck. Außerdem haben wir jetzt bis auf den Schluss schon alles durchgeprobt. Wäre doch schade um die Zeit.»

Murrend stimmte Leonie zu, schon weil sich ihre Partner offenbar alle auf dieses schwachsinnige Spot-Ende einlassen wollten. Sogar der blauäugige Alain druckste nur ganz kurz herum und lächelte ihr aufmunternd zu. Sie hatte einen Vertrag, und aus dem kam sie jetzt nicht mehr heraus. Wenn aber Alain als zweiter Hauptdarsteller auch auf einer Änderung bestehen würde, könnte der Regisseur und Drehbuchautor nicht viel machen, hoffte sie. Er müsste nochmal mit dem Auftraggeber, einer großen Parfümerie, sprechen. Schließlich stammte die Idee für den Spot von ihm, wie er es oft genug betont hatte. Der Regisseur stand unter Zeitdruck, und der Spot sollte schon nächsten Monat im Regionalfernsehen gezeigt werden. Die Parfümerie zahlte zwar nicht viel, aber erteilte wenigstens Aufträge. Und die konnte *Spot Activ* gut gebrauchen.

Auf der Treppe zum Gerichtsgebäude hatte Christian Bernice Alper eingeholt und sich kurz vorgestellt. Er bat sie um ein Gespräch – möglichst gleich. Doch Bernice hatte einen dringenden Termin. Sie lud Christian kurzerhand zu einer gemeinsamen Autofahrt ein, bei der sie alles besprechen konnten. Während der Fahrt verhielt sich Bernice sehr reserviert, und vom Gefühl her meinte Christian, ihr nicht sehr sympathisch zu sein, was er insgeheim bedauerte.

Bernice hatte eine ungewöhnliche Ausstrahlung, ihre ruhigen Bewegungen waren geschmeidig und fließend, sie schien sich in einer anderen Sphäre zu bewegen – aber mit deutlich erkennbarer Sicherheit und Festigkeit. Ihre kurzen Haare hatten einen kupferfarbenen Schimmer, die Lippenbögen waren sanft und ebenmäßig geschwungen. Hinter ihren selbsttönenden

Brillengläsern verbargen sich smaragdgrüne, tiefgründige Augen, die Christian jetzt spöttisch anfunkelten und ihm ein wenig den Atem raubten.

«Warum führen Sie diese Detektivarbeit durch? Das ist doch eigentlich Sache der Polizei. Hauptkommissar Stegemann genießt einen untadeligen Ruf. Er hatte keine umwerfend spektakulären Fälle bisher, soll aber stets solide Arbeit geleistet haben.»

«Mag sein. Aber er heftete sich wie eine Klette ausschließlich an meinen Mandanten, den Prinzen von Hamm. Außerdem scheint es in diesem Fall – verzeihen Sie, wenn ich das so lapidar sage – nicht nur um die Ermordung Ihres Bruders zu gehen.»

«Sondern?» Auffallend ruhig und unaufgeregt hörte Bernice sich Christians Ausführungen an. Sie bemerkte seine leichte Verunsicherung, auch wenn er sich nichts anmerken lassen wollte.

«Erpressung, unveröffentlichte Fotos, Intrigen – und Ihr Bruder scheint mit seiner Arbeit einige Unruhe gestiftet zu haben. Hätten Sie ihm auch Erpressung zugetraut?»

Bernice schwieg. Sie fuhr an eine Ampel heran und wartete, bis das grüne Signal aufleuchtete.

«Bernd war kein Heiliger. Möglich ist alles. Aber Sie werden von mir hoffentlich nicht erwarten, dass ich meinen Bruder belaste.»

«Wann haben Sie ihn das letzte Mal gesprochen?»

«Einen Tag vor seinem Tod.»

«Ist Ihnen etwas Besonderes in Erinnerung geblieben oder aufgefallen?»

«Ja, dass er sehr gut gelaunt war – was bei Bernd nicht unbedingt oft vorkam.»

«Hat er Ihnen gesagt, worüber er sich so freut?»

«Ich überlege die ganze Zeit, ob ich diese Fragen nicht besser nur der Polizei beantworten sollte. Über Sie weiß ich nichts, Sie kenne ich doch kaum …, warum sollte ich mit Ihnen über meinen Bruder sprechen.»

«Weil meine Art der Ermittlung vielleicht ein anderer Weg ist, den Mörder Ihres Bruders zu finden … wenn es denn ein Mord war.»

«Sie haben wenig Vertrauen zur Polizei, Graf Landsburg.»

«Nun, es hält sich in Grenzen. Ein paar sehr persönliche Erfahrungen haben mein Vertrauen auf Dauer doch etwas erschüttert. Sagen Sie, weshalb waren Sie heute eigentlich im Gericht, wenn ich fragen darf?»

«Ich habe einen Zivilprozess besucht», antwortete sie knapp. Sie schaute Christian von der Seite an. Bernice begann sich für den gut aussehenden Adligen zu interessieren. Was konnte ihn, den erfolgreichen Rechtsanwalt, dazu gebracht haben, als Detektiv zu arbeiten? Was mochte er wohl erlebt haben? Christian unterbrach ihren Gedankengang.

«Ich hätte großes Interesse daran, unser Gespräch bei anderer Gelegenheit recht bald fortzuführen.»

«Über meinen Bruder?»

Christian saß in der Klemme, denn eigentlich interessierte ihn inzwischen Bernd Alper weniger als dessen Schwester Bernice. Nur konnte er ihr das in einer solchen Situation, während der Fahrt zwischen zwei Terminen, unmöglich sagen.

«Zunächst einmal …, hm, ja.»

«Ich werde es mir überlegen, Graf. Ihre Karte haben Sie mir vorhin gegeben, und wenn ich Zeit finde, werde ich mich melden. Übermorgen ist die Beerdigung von Bernd.»

«Gibt es eine Trauerfeier?»

Mit einem bitteren Unterton sagte Bernice: «Alles im engsten Familienkreis. Und der besteht aus mir. Seine Frau lehnt die Teilnahme ab.»

«Das ist aber hart.»

«Sehr hart, allerdings war die Ehe schon lange zerrüttet. Wahrscheinlich spielten sich auch sehr unschöne Szenen ab. Aber, es war sein Leben. Und manchmal soll es eben so sein. Okay, da vorne lasse ich Sie raus, oder soll ich Sie noch zum Taxistand zwei Straßen weiter fahren?»

«Nein danke, ich rufe mir eins über Handy.» Christian stieg aus und beugte sich nochmal zu ihr hinunter. «Und – ich warte auf Ihren Anruf. Auf Wiedersehen, Frau Alper.»

«Auf Wiedersehen, Graf. Sie hören von mir.»

Er rief sich ein Taxi, das ihn zurück zum Gerichtsgebäude bringen sollte, wo noch sein Wagen stand. Bernice Alper machte auf ihn einen etwas unterkühlten Eindruck, beinahe so wie eine der nicht ganz zu durchschauenden Damen aus den Hitchcock-Filmen. Man weiß nie, was in ihnen vorging. Bernice reagierte absolut gefasst und zeigte auch keinerlei größere Trauer über den Tod ihres Bruders. Wenn er aber Lori Meckmanns Aussage Glauben schenken durfte, dann waren die Geschwister Alper ein Herz und eine Seele gewesen. Stand Bernice Alper vielleicht noch unter Schock? Wusste sie etwas? Hatte sie vielleicht das brisante Material, nach dem alle suchten oder in dessen Besitz alle sein wollten? Warum verhielt sie sich so? Was hatte sie zu verbergen?

Siebenundzwanzig

Graf Ferdinand saß in seinem Büro und recherchierte im Internet, als Francesca ihm ein Schälchen mit Pflaumen brachte.

«Köstliche Pflaumen, ganz frisch, mein Lieber.»

«Hmm. Mit Schlagsahne?»

«Natürlich nicht, deine Cholesterinwerte empfindet der Doktor als Besorgnis erregend.»

«Solange ich nicht das Gleiche empfinde», versuchte Ferdinand abzulenken.

«Pflaumen sind gut für die Verdauung.»

«Hoffentlich vertragen die sich mit dem Sherry. Der ist nämlich auch gut für die Verdauung.»

«Ferdinand, du bist unverbesserlich.»

Plötzlich war Lärm aus dem Vorraum zu vernehmen, es folgte ein heftiges Klopfen an der Tür, und an der resigniert dreinschauenden Marianne vorbei stürmte Ludger Olbrecht in den Kanzleiraum.

«Ist Graf Landsburg im Büro?»

«Ja …?»

Gräfin Francesca begrüßte den ungebetenen Gast offensiv.

«Herr Olbrecht, suchen Sie den Rechtsbeistand meines Gatten?»

«Nein, gnädige Frau.» Olbrecht versuchte gefasst zu bleiben. «Aber ich hätte gut Lust, Ihrem Sohn ein paar deutliche Worte unter vier Augen zu sagen.»

«Setzen Sie sich erst einmal, Herr Olbrecht. Einen Sherry?», versuchte Graf Ferdinand den wütenden Olbrecht zu beruhigen.

«Ihr feiner Herr Sohn hat mich desavouiert.»

«Lieber Herr Olbrecht, mit solchen Äußerungen sollte man sorgsam umgehen. Zumal wenn man in der Öffentlichkeit steht wie Sie», sagte Francesca in einem betont ruhigen Ton.

«Herr Olbrecht, mein Sohn ist leider unterwegs, aber vielleicht kann ich Ihnen behilflich sein.»

Olbrecht setzte sich auf den ihm angebotenen Stuhl und nahm ein Glas Sherry entgegen. Gräfin Francesca verließ gemeinsam mit der leicht verstört dreinschauenden Marianne den Raum.

«Man hatte mich unter Verdacht, etwas mit dem Tod von Alper zu tun zu haben. Nur weil ich zufällig im gleichen Hotel wie Alper übernachtet habe.»

«Man sagt ja, dass es keine Zufälle gibt ... Nun, ich hoffe für Sie, dass der Verdacht sich in nichts aufgelöst hat.»

«Ja selbstverständlich. Allerdings erst nach einer Hausdurchsuchung bei mir. Und nachdem ich, um dem ganzen Spuk ein Ende zu bereiten, eine Zeugin namentlich angegeben habe – was mir sehr peinlich war ...»

«Das freut mich für Sie – ich meine natürlich, dass Sie den Verdacht gegen sich entkräften konnten. Was aber hat jetzt mein Sohn damit zu tun?»

«Er hat mich sitzen lassen, im Präsidium. Ich hatte ihn angerufen. Er kam auch prompt, hörte sich alles an und verweigerte mir den Rechtsbeistand. Der Rechtsanwalt, mit dem ich sonst zusammenarbeite, kam erst am Nachmittag vom Gericht. Unterdessen lief die Hausdurchsuchung schon. Wenn Graf Christian sofort etwas unternommen hätte, wäre es nie zu dieser Demütigung gekommen. Haben Sie noch einen Sherry für mich?»

Ferdinand hörte sich die Schilderung Olbrechts in Ruhe an und schenkte noch einmal Sherry nach.

«Warum haben Sie nicht gleich den Namen der Dame genannt, die Sie dort im Hotel besucht haben? Sie sind doch nicht verheiratet.»

«Aber die Dame ist verheiratet, was jetzt jedoch nicht das Thema ist.»

«Verständlich», murmelte Ferdinand.

«Ich sehe nicht ein, dass man als unbescholtener Bürger nachweisen muss, was man in einem Hotel getan hat. Nur weil zufällig das Opfer eines Verbrechens sich im selben Hotel aufgehalten hat. Völlig absurde Vorwürfe. Auch, dass ich in Alpers Zimmer eingebrochen sein und in dessen Notebook herumgeschnüffelt haben soll – wegen möglicher diskreditierender Fotodateien … Graf, Gerüchte, alles Gerüchte! Und solche Gerüchte wie auch die mit angeblichen Fotos von Amelie von Lourdin und mir verfolgen einen bis ins Grab.»

Graf Ferdinand schmunzelte. «Na ja, Herr Alper hätte diese Bemerkung mit einer gewissen Berechtigung machen können. Aber Sie? Mein Sohn konnte das

Mandat wirklich nicht annehmen. Er vertritt Karl-Friedrich, da wäre es zu einem Interessenkonflikt gekommen.»

«Mein Eindruck ist eher, dass er mich vielleicht deshalb abgelehnt hat, weil ich nicht von Adel bin.»

Ferdinand öffnete die Tür zum Park, um die frische Septemberluft in den Raum zu lassen. «Lieber Herr Olbrecht, mein Sohn und ich sind vor allem Anwälte des Rechts und suchen gewiss nicht unsere Mandantschaft nach dem gesellschaftlichen Stand aus. Sicher, ein Großteil kommt aus adligen Kreisen. Aber da Sie uns sehr gut bekannt sind, hätten wir keine Probleme gehabt, Ihre Vertretung zu übernehmen.»

Langsam sank der Blutdruck von Ludger Olbrecht wieder auf ein Normalmaß. Seine Ehrgefühl schien sich wieder zu regenerieren. Die Landsburgs hätten ihn vertreten, damit konnte er gut leben. Fürsprache war alles, was er in diesen schwierigen Zeiten nötig hatte. Er hoffte nur, dass die Ergebnisse der Hausdurchsuchung nie publik würden. Und dass er die Nacht im Hotel mit einer verheirateten Frau verbracht hatte, musste ja niemand erfahren. Sein Anwalt würde Stegemann schon klar machen, welche Dienstaufsichtsbeschwerde es geben würde, wenn davon etwas an die Öffentlichkeit käme.

Es waren nur wenige Minuten vergangen, nachdem Olbrecht das Landsburg'sche Anwesen verlassen hatte, als Christian heimkehrte. Francesca berichtete ihm von dem Besuch und der sehr ungehaltenen Art, mit der

Olbrecht seine Beschwerden vorgetragen hatte. «Was bildet dieser Mensch sich ein?»

«Francesca, meine Liebe, dieser Olbrecht musste eine Hausdurchsuchung erdulden», mischte sich Ferdinand ein. «Vielleicht hat man ihm sein Schwarzgeld weggenommen oder die Auszüge der Konten in Luxemburg gefunden. Da kann man schon mal ein wenig aufgeregt sein.»

Francesca sah das anders. «Wozu braucht der Mann Schwarzgeld? Der soll das nicht verstecken, der soll das spenden.»

«Mama, ein Vorschlag, der unter Bankern in der Schweiz und in Luxemburg blanke Panik auslösen würde.»

«Gehört der Mann jetzt zu eurer Klientel?»

«Nein, meine Liebe. Er zählt weiter zu deinen Spendern.»

Darauf konnte Francesca schlecht etwas erwidern. Immerhin spendete Olbrecht tatsächlich sehr ansehnliche Beträge.

«Das ist eine angemessene Position für diesen Mann.» Francesca machte die Andeutung eines Lächelns und verließ das Büro.

«Es scheint heute der Glückstag von Herrn Olbrecht zu sein. Erst lässt ihn die Polizei wieder laufen, dann findet er auch noch Gnade vor Francesca.»

«Kein Glückstag für Karl-Friedrich. Er hatte den Fall schon als gelöst betrachtet. Ich erwarte gleich noch Besuch. Lydia Immen. Hat sich noch etwas Neues bei deinen Recherchen ergeben, Papa?»

«Nein, aber was hältst du von diesen vielen Zufällen?»

«Ich glaube, wir haben es wirklich mit mehreren Fällen zu tun, die ein Opfer gefordert haben. Mehr kann ich auch nicht sagen. Wenn die Polizei die angeblichen Fotos mit Amelie und Olbrecht nicht findet, dann ist die Erpressungsgeschichte erst einmal vom Tisch. Was noch lange nicht heißt, dass es keine gab.»

Ungewöhnlich früh kam Leonie von ihrem Studio-Termin zurück und stürmte, ohne anzuklopfen, in das Kaminzimmer. «'n Abend, Papa», überrascht sah Leonie Lydia von Immen an. «Entschuldigung, dass ich störe, aber … Papa, ich muss dich sprechen, dringend.»

«Leonie, im Moment ist es etwas unpassend, wie du siehst …»

«Es gab einen Krach! Und jetzt will man mich zwingen, einen Vertrag zu erfüllen, den ich nicht erfüllen kann.»

Christian sah seiner Tochter die Aufregung an, trotzdem konnte sie jetzt nicht einfach seine Verabredung stören.

«Bist du krank, hast du dir etwas gebrochen?»

«Neieiein, ich bin gesund, aber das Drehbuch ist krank, du kannst dir gar nicht vorstellen, wie krank.»

«Ich glaube, ich verstehe, was du meinst. Du machst Werbung, und?»

Leonie wurde ungehaltener. «Aber warum glaubt jeder, dass Werbung idiotisch sein muss?»

Christian schaute erst Lydia und dann Leonie an.

«Könnten wir das bitte morgen klären, dann stehe ich dir gern für einen längeren Meinungsaustausch zur Verfügung.»

«Ich lasse schon mal den Vertrag hier. Den habe ich heute Morgen unterschrieben, leider. Vielleicht kannst du heute Nacht schon mal reinschauen.» Leonie legte den Vertrag auf den Tisch und verzog sich endlich.

«Na, wie ich sehe, kommt selbst deine Familie nicht ohne deinen berühmten Rechtsbeistand aus», provozierte Lydia etwas schnippisch.

Christian überging die Bemerkung, konnte aber einen leichten Ärger nicht verbergen. Lydia strich sich plötzlich mit der rechten Hand über die Magengegend und verzog ganz leicht das Gesicht. «Ich fürchte, ein altes Problem holt mich ein.»

«Der Magen? Ist dir etwas nicht bekommen?»

«Nein, nein – wahrscheinlich ein Virus oder Helicobacter. Ich werde es untersuchen lassen», log Lydia, die genau wusste, woher ihre Schmerzen rührten. Man sah ihrem verzerrten Gesicht deutlich an, dass sie unter starken Schmerzen litt. Besorgt beugte sich Christian zu ihr.

«Christian, bitte – nimm es mir nicht übel, aber ich muss jetzt gehen.»

«Soll ich dich zu einem Arzt fahren?»

«Danke, es geht schon.»

Christian begleitete Lydia bis zu ihrem Auto. Die frische Luft tat ihr anscheinend gut. Vorsichtig half er ihr in den Wagen, und wortlos verabschiedeten sie sich. Die Magie ihres gemeinsamen Ausritts war verflogen, und Christian konnte es sich nicht erklären. Lydias Zustand stimmte Christian nachdenklich, fast misstrauisch, denn sie war schon in Baden-Baden ganz plötzlich unpässlich geworden. Waren ihre Magenschmerzen möglicherweise nur simuliert? Wenn ja, dann konnte das nur zwei Gründe haben …

Achtundzwanzig

Am nächsten Morgen saß Leonie sogar vor dem Frühstück schon bei Christian am Tisch. Ihr Vater sagte zunächst nichts zu ihrem Auftreten am Vorabend. Bis sie selbst damit anfing.

«Papa, sorry, wegen gestern Abend, aber ich war so wütend, wegen dieses Spots. Da konnte ich nicht anders.»

«Als unhöflich und taktlos zu sein?»

«Es war ja nur eine kurze Störung ...»

«Lang genug.»

«Wieso bist du jetzt so sauer? Ist die Immen etwa wegen mir gleich gegangen?»

«Hast du uns auch noch beobachtet?»

«Nein, so was würde ich nie tun. Ich habe nur Lydias Auto wegfahren gehört.»

«Es ging ihr nicht gut, also hab ich sie gefahren.»

«Wieso, du standest doch an der Haustü...»

«Hast du das auch nur gehört?»

«Z... Zufall. Ich stand zufällig am Fenster.»

«Ich bin ja schon froh, wenn du uns nicht noch filmst. Leonie, dieses Thema hatten wir schon so oft. Es gibt außer dir auch noch andere Frauen, die in meinem Leben eine Rolle spielen.»

«Deine Mutter zum Beispiel.»

Christian legte das Brötchenmesser beiseite und schaute seiner Tochter in die Augen.

«Ist ja gut, ich habe mich doch schon entschuldigt», lenkte Leonie ein. Und nach einer Weile: «Was sagst du zu dem Vertrag? Der Typ steht unter Zeitdruck. Übermorgen muss er drehen. Bis dahin bekommt er aber keine andere Hauptdarstellerin mehr. Schon gar keinen Profi, den könnte der nie bezahlen. Und finde erst mal ein Talent wie mich.»

«Das von einem teuren japanischen Profi trainiert wird.»

«Kann ich die Rolle schmeißen?»

«Dann schau dich am besten schon mal nach einem zweiten Job um, damit du die Schadenersatzforderungen bezahlen kannst.»

«Findest du einen Weg für mich, aus diesem Vertrag rauszukommen?»

«Im Moment kann ich keinen entdecken, vielleicht fällt mir ja noch etwas ein. Einem Klienten würde ich auf jeden Fall zur Einhaltung des Vertrages raten.»

«Juristen finden doch immer ein Detail oder einen falschen Passus.»

«Wie es aussieht, wird dein Auftraggeber aber gut beraten.»

«Und ich unterschreibe dieses Machwerk auch noch. Der hat mich überrumpelt.»

«Das wird er ganz anders sehen. Niemand kann dich zwingen zu unterschreiben. Formal ist der Vertrag in Ordnung. Dass du nicht weißt, worauf du dich einlässt, ist nicht sein Problem. Er verlangt ja nichts Unsittliches. Wegen der Trivialität des herzustellenden Produkts kannst du keinen Vertrag anfechten. Wenn ich dir einen guten Rat geben soll …»

«Schon geschehen. Ich soll diesen Mist drehen. Geld kassieren und vergessen – will ich aber nicht.»

Christian kannte diese Situationen zur Genüge. Leonie stellte sich bockig, da half dann nichts mehr, außer der Schule des Lebens. In diesem Punkt unterschied sie sich von ihrer Mutter. Marie-Luise war immer jemand gewesen, der die Harmonie und Versöhnung gesucht hatte. Es gab Momente der Auseinandersetzung, in denen Christian seine eigene Sturheit oder Dickköpfigkeit verfluchte, aber einfach nicht aus seiner Haut konnte. Und es war meistens Marie-Luise, die dann auf ihn zukam, ihn in die Arme nahm und schweigend verzieh. Sie war es auch gewesen, die immer wieder eine Brücke zu seinen Eltern schlug. Christian hatte sich anfangs vehement dagegen gewehrt, mit seinem Vater eine gemeinsame Kanzlei zu eröffnen, und dazu auch noch im Schloss. Er fühlte sich, als er als Anwalt begann, ständig von seinem erfahreneren Vater in seinen Leistungen beobachtet. All diese Spannungen hatten sich nach einiger Zeit gelegt, aber Christian war klar, dass es Marie-Luise gewesen war, die mit ihrer Sanftmut und Geduld die Familie wieder zusammenwachsen ließ. Seine Frau fehlte ihm, und an solchen Tagen wurde ihm schmerzlich bewusst, dass Marie-Luise auch bei Leonie eine Sehnsucht hinterlassen haben musste. Die Intimitäten und Albernheiten zwischen

Tochter und Mutter hatte sie nie erfahren und konnte er ihr als Vater nicht geben. Manchmal dachte Christian, dass ihm diese Hartnäckigkeit und Widerspenstigkeit bei Leonie zuzurechnen seien.

Christian nahm sich vor, den Vertrag noch einmal durchzulesen. Letztlich gab es keine wirklich absolut wasserdichten Verträge. Andererseits würde wahrscheinlich ein Gespräch mit dem Studiochef mehr bringen. Leonie neigte nicht gerade zu Kompromissen.

Völlig überraschend meldete sich im Laufe des Vormittags Bernice Alper bei Christian. Nach der Beerdigung am nächsten Tag wollte sie mit ihm sprechen. Allerdings nicht am Telefon. Wenn ihn Bernd Alper wirklich so interessiere, dann solle er zum Eichsee hinauskommen, dort wollte sie an ihrem Boot arbeiten. Bernice machte nicht unbedingt mehr den unterkühlten Eindruck auf Christian wie am Vortag. Und doch schien sie eine Mauer zwischen sich und ihm aufgebaut zu haben. Auch verstand sie es immer noch, ihre Trauer um den Bruder gut zu verstecken. Kein Wort fiel über die bevorstehende Beerdigung. Christian fragte sich wiederholt, ob es nicht ein Geheimnis um die Geschwister Alper gab. Bernice geriet ihm immer mehr zum Rätsel – freilich eins, das er lösen wollte.

Bisher konzentrierten sich alle Nachforschungen auf den Prinzen. Alles drehte sich um ihn, seine teils unberechenbare Art und die vielen Möglichkeiten, ihn erpressen zu können. Vielleicht war es aber viel sinnvoller, über die nähere Beschäftigung mit dem Mordopfer die verworrenen Motive zu entwirren. Christian glaubte immer mehr, dass es nicht nur um Fotos ging. Es musste noch etwas anderes passiert sein. Aber was? Kauser versuchte Fotos zu verkaufen, die er nicht hatte, Lydia schien zumindest interessiert an ihnen zu sein. Christian war sich nicht mehr so sicher, ob sie ihm die ganze Wahrheit gesagt hatte. Sie wusste vielleicht doch viel mehr, als sie zugab. Und dann war da noch Bernice Alper.

Neunundzwanzig

Lori Meckmann drehte die Heizung auf und betrachtete die an die Fensterscheiben klatschenden Regentropfen des unwirtlichen Septemberwetters. Sie wollte es sich ein bisschen gemütlich machen. Sie hatte Staub gesaugt, alle Einkäufe erledigt. Im Fernsehen lief nachher ein alter Film mit Ava Gardner und Humphrey Bogart, den Rotwein hatte sie auch schon geöffnet. Jetzt aber ging sie erst noch hinüber in ihr Arbeitszimmer, um in ihrem Computer nachzuschauen, ob sie E-Mails erhalten hatte. Als sie vor dem Computer saß, hörte sie plötzlich ein ungewohntes Knacken. Es regnete inzwischen so heftig, dass die Tropfen an die Fensterscheiben trommelten. Sie wollte sich gerade umdrehen, als ihr eine Decke über den Kopf geworfen und sie von einem starken Arm in den Schwitzkasten genommen wurde. Als Lori einen ersten klaren Gedanken fassen konnte, dachte sie, ihr Ende sei gekommen. Doch plötzlich ließ der Arm etwas locker, als wollte der Eindringling erst einmal warten, ob Lori sich wehren oder ob sie schreien würde. Lori verhielt sich aber ruhig. Sie zitterte. Dann gab der Arm ihren Hals frei, und in enormem Tempo wickelte der Einbrecher eine Schnur um Loris Körper und gleichzeitig um den Stuhl, auf dem sie saß. Als sie sich einen Moment bewegte, packten sie zwei Hände am Kopf und richteten diesen grob wieder nach vorne aus. Sie hätte ohnehin nichts sehen können, denn die Decke machte alles dunkel, sie war wie blind. Nachdem der Täter sie an den Stuhl gefesselt hatte, bemerkte sie, dass der Eindringling sich an ihrem Computer zu schaffen machte. Deutlich hörte sie die Geräusche der klackernden Tastatur und der Maus. Anscheinend suchte der Unbekannte etwas. Lori versuchte sich zu zwingen, klar zu denken. Was fast unmöglich war. Sie zitterte, hatte Angst und keine Ahnung, was der Einbrecher in ihrem Computer suchen könnte. Da war nichts, was einen Überfall lohnte. Es vergingen Minuten, in denen kein Wort fiel. Plötzlich hörte sie, wie der Unbekannte den Schreibtisch durchwühlte, kurz darauf das hastige Blättern in ihren Fotoalben.

Ganz leise, gerade so, als wolle sie den Einbrecher keinesfalls erschrecken, sprach Lori immer wieder den gleichen Satz.

«Was suchen Sie? Was suchen Sie?»

Als plötzlich das Geraschel aufhörte und der Einbrecher von ihren Worten Notiz zu nehmen schien, hielt sie einen Moment inne. Es wurde ganz still, und es schien Lori, als höre ihr Herz auf zu schlagen.

«Was suchen Sie? Wenn ich es weiß, sage ich Ihnen, wo Sie es finden. Aber tun Sie mir bitte nichts. Ich habe nichts Wertvolles in der Wohnung», flehte sie.

Plötzlich hörte Lori das Kratzen eines Stiftes auf Papier. Der Unbekannte schien etwas zu schreiben. Abrupt trat er hinter sie, und mit einem Ruck hob er einen

Teil der Decke von ihrem Kopf und hielt ihr ein Stück Papier vor die Nase.

Sie hatte kaum Zeit, den Text zu lesen, weil sie im ersten Moment wegen des extremen Lichtwechsels ihre Augen zusammenkneifen musste.

«Alpers Fotos, wo?» stand auf dem Zettel. Sofort zog der Unbekannte ihr wieder die Decke über den Kopf. Lori erstarrte. Es erfasste sie Todesangst. Wenn das der Mörder von Alper war, würde das sicher auch ihr Ende sein. «Ich ... ich, es gibt keine, nicht das, was Sie suchen. Bitte lassen Sie mich leben. Bernd war sehr misstrauisch, ich habe von ihm keine Fotos. Warum auch? Wir waren nur Kollegen ...»

Ein schmerzhafter Schlag traf Lori auf den Kopf. «Hilfe ...»

Ein zweiter Schlag übertraf den ersten an Schmerz. Loris Kopf dröhnte, und sie wimmerte leise. Der Unbekannte schrieb wieder etwas auf ein Blatt Papier. Kurz darauf hob er wieder einen Teil der Wolldecke und zeigte ihr den neuen Zettel. Jetzt verstand sie, warum er verärgert war.

«Cannes 1999», konnte sie jetzt lesen. *Woher weiß der das? Das ist unmöglich. Oder es hat jemand sehr gut recherchiert,* dachte Lori. «Hören Sie – ich verstehe Sie jetzt. Trotzdem – ich habe keine Fotos. Ich suche sie selbst. Bis jetzt tappen alle im Dunkeln. Keine Ahnung, das ist die Wahrheit.»

Der Unbekannte zog den Strick noch einmal richtig fest und stellte dann die anderen Zimmer auf den Kopf. Lori hatte keine Ahnung, wie viel Zeit vergangen war, als der Einbrecher plötzlich verschwand. Sie hörte nur noch die Tür zuschlagen. Es dauerte über eine Stunde, bis sie durch mühseliges Hin- und Herbewegen ihres Körpers den Strick so weit gelockert hatte, dass sie sich Stück für Stück befreien konnte. Schließlich riss sie sich die Decke vom Kopf. Sie wankte aus dem Zimmer und betrat ihr durchwühltes Wohnzimmer. Als Erstes schenkte sie sich einen Cognac ein. Sie zitterte vor Erschöpfung am ganzen Leib. Ihre Gedanken kreisten um den Einbruch. Was sollte sie jetzt tun? War es der Mörder von Alper, der sie überfallen hatte? Er suchte die Fotos, und daran konnte nur der Prinz ein Interesse haben. Hatte der Prinz jemanden angeheuert und ihr geschickt? Oder waren es Kollegen, die das große Geld witterten? Aber von den Kollegen wusste niemand etwas von Cannes 1999. So etwas konnte nur jemand herausfinden, der gezielt gesucht hatte. Sie goss sich einen zweiten Cognac ein und schüttete ihn hinunter. Umnebelt vom Cognac, der bei ihr schnell und in geringen Mengen schon wirkte, schaute sie aus dem Fenster. Es hatte aufgehört zu regnen. Als sie in ihr Arbeitszimmer kam, erinnerten nur noch die alte Decke und der Strick an den Überfall, die beiden Zettel hatte der Unbekannte mitgenommen. Als sie auf den Monitor sah, hatte sich der Bildschirmschoner eingeschaltet. Darauf waren viele kleine bunte Fische zu sehen, die in allen Richtungen schwammen und große Luftblasen von sich gaben. Langsam ging sie wieder ins Wohnzimmer zurück und verstöpselte die Flasche. Nein, heute war kein Rotweinabend mehr.

Dreissig

Bernice Alper erwartete Christian auf ihrem alten Segelboot *Newton*. Vor Jahren hatte sie das kleine Boot günstig gekauft, in diesem Sommer wegen ihres Aufenthaltes in den USA aber noch gar nicht nutzen können. Jetzt würden kaum noch sechs Wochen bleiben, um ein wenig auf dem See zu segeln. Die warme Sonne verdampfte die Spuren des Regens der letzten Tage. Christian machte sich bemerkbar.

«Schiff ahoi!»

Bernice kam unter dem Verdeck hervor.

«Mast- und Schotbruch sollten wir uns lieber wünschen, angesichts eines ungeklärten Todesfalls.»

«Schön, dass Sie sich die Zeit nehmen für mich.»

«Ich nehme sie mir für meinen Bruder.»

Schon wieder hatte Christian auf eine Freundlichkeit eine indirekte Zurückweisung erhalten. Normalerweise wäre ihm das egal gewesen. Aber bei Bernice schien es ihm nicht nur um den Fall zu gehen. «Wollen wir ein bisschen segeln?», fragte Bernice.

Christian stimmte erfreut zu. Ein frischer Wind blies das Segel auf, und schon nach wenigen Metern bekam die *Newton* richtig Fahrt. Christian empfand diesen kleinen Ausflug als sehr erholsam. «Was wollten Sie mir denn nicht am Telefon sagen?»

«Ich habe lange überlegt, ob ich mich überhaupt mit Ihnen treffen soll. Und offen gesagt, unter normalen Umständen hätte ich es nicht getan.»

«Hm. Einen Vertrauensvorschuss würde ich das nicht gerade nennen.»

«Die Umstände sprechen aber für Sie. Obwohl Sie gar nichts dafür können.» Bernice lächelte, denn sie sah Christian an, dass er keine Ahnung hatte, worauf sie hinauswollte. «Offenbar wird Stegemann massiv unter Druck gesetzt. Ihr Prinz scheint sehr gute Verbindungen nach ganz oben zu haben.»

«Und Sie scheinen gute Drähte zur Polizei zu haben.»

«Jedenfalls wird sich Stegemann bei seinen weiteren Ermittlungen jetzt voll auf meinen Bruder konzentrieren. Wissen Sie, was das heißt?»

Christian machte einen unschlüssigen Eindruck.

«Dass am Ende das Opfer der Täter ist. Oder sie finden ein armes Schwein, das ein Geständnis ablegt.»

«Ein bisschen sehr pessimistisch. Der Prinz mag eine starke Lobby haben, aber so willkürlich wie in einer Bananenrepublik geht's nun auch nicht zu.»

«Behalten Sie Ihren Optimismus. Ich bin daran interessiert, dass jemand den wirklichen Täter finden will. Unabhängig davon, ob er unter Druck steht, den Fall endlich abzuschließen oder gewisse Leute herauszuhalten.»

«Aber Sie wissen, dass ich für den Prinzen arbeite.»

«Ja. Sie gelten aber auch als absolut integer und unbestechlich. Sogar gegenüber Ihrem Auftraggeber. So etwas können sich nur unabhängige Menschen leisten. Und wer ist das schon?»

Christian fühlte sich geschmeichelt, trotzdem konnte er sich nicht erklären, warum Bernice ihn ins Vertrauen zog, ihre Beweggründe blieben ihm noch ein Rätsel. Er spürte zu ihr eine wachsende Nähe.

«Mein Bruder hat mir während unseres letzten Gesprächs angedeutet, dass er einen großen Coup gelandet hätte. Genaueres wollte er mir nicht sagen. Aber er sprach bereits von *«den Job an den Nagel hängen und nur noch Dolce Vita»*.

«Das könnte ja auch bedeuten, dass er absolut einmalige Fotos an ein Magazin verkaufen konnte.»

«War auch mein erster Gedanke. Aber als ich nach dem Titel gefragt habe, lachte er nur und meinte, dass es sich um eine Extranummer handle. Und dass er mir später alles erklären würde.»

«Also war es doch mehr als eine persönliche Fehde zwischen dem Prinzen und Ihrem Bruder.»

«Ich bin fest davon überzeugt.»

«Gab es noch einen Hinweis? Eine Person, von der Sie noch nie etwas gehört haben.»

«Über seine Frauenbekanntschaften erzählte er nur sehr ungern. Seine Ehe ist auch deshalb gescheitert. Am Tag unseres Telefonats wollte er sich am frühen Nachmittag noch mit irgendeiner Frau treffen. Wer das war, weiß ich nicht. Die Polizei hat keinen Hinweis in seinem Terminplaner gefunden. Was mich auch nicht wundert. Bernd hatte alles in seinem Kopf gespeichert, der brauchte sich keine Termine einzutragen. Schon als Kind hatte er ein Gedächtnis wie ein Elefant.»

«Diese Frau könnte uns vielleicht sagen, mit wem er sich noch am Abend treffen wollte.»

«Vielleicht war sie eine Prostituierte.»

«Dann hätte er es wohl kaum Ihnen gegenüber erwähnt.»

Bernice schwieg, denn einiges musste der Graf nicht unbedingt wissen. An Bernds Eigenheiten war sie nämlich nicht ganz unschuldig. Schon als Kind hatte sie ihn ständig kontrolliert. Sie schnüffelte in seinen Sachen herum, was dazu führte, dass er nichts mehr aufschrieb. Sie verpetzte jede Mädchenbekanntschaft bei den Eltern und vergällte ihrem Bruder das Glück einer jungen Liebe. Auch wenn sie das heute sehr bedauerte, wusste sie als Kind und Jugendliche nicht um die Folgen und späteren Wirkungen ihres eifersüchtigen Verhaltens. Rückgängig konnte sie es nicht mehr machen. Obwohl sie es viele Jahre lang versucht hatte. Trotzdem waren sie einander in geschwisterlicher Liebe eng verbunden geblieben.

«Was tun Sie sonst, wenn Sie nicht segeln?», fragte Christian.

«Raten Sie mal.» Bernice wirkte völlig entspannt. Sie lächelte und gab Christian das Gefühl, nun doch über den Fall hinaus ein gewisses Interesse bei ihr geweckt zu haben. Auch Sie empfand den Grafen eigentlich als ganz interessant. Was schon viel heißen sollte, denn sie war wählerisch. Auch deshalb trug sie noch den Familiennamen Alper. Heiraten würde sie wirklich nur, wenn der absolut Richtige käme. Und wenn der erst mit fünfzig oder gar nicht käme, dann war das eben so. Sie konnte auch alleine gut leben und in aller Ruhe testen, welcher Mann wirklich zu ihr passen würde.

«Schwer zu sagen. So sportlich, wie Sie aussehen, könnte ich mir vorstellen, dass Sie professionell etwas mit Sport zu tun haben.»

«Danke. Aber es ist nicht ganz so.»

Langsam segelte Bernice wieder den Liegeplatz an. Christian warf die Taue zum Anlegesteg hinüber und machte das Boot fest. Bernice schwang ihre Tasche über die Schulter und zurrte das Verdeck fest.

«Ich muss nochmal rüber zum Bootshaus. War schön, mit Ihnen zu segeln.»

«Hat mir auch Spaß gemacht. Aber Sie haben mir meine Frage noch nicht beantwortet, welchen Beruf üben Sie nun aus?»

«Psychologin. Um es präzise zu sagen – ich bin Polizeipsychologin. Bisher war ich in Koblenz, aber jetzt ist endlich eine Stelle in Köln frei geworden. Kann also passieren, dass wir uns öfter sehen.»

«Wäre gut gewesen, das schon von Anfang an zu wissen …»

«Dadurch ändert sich nichts in der Sache. Außerdem hätten Sie mich ja schon früher fragen können.»

«Warum trauen Sie dann Ihren eigenen Kollegen in diesem Fall so wenig?»

«Weil dummerweise Stegemann tatsächlich mal ein Kollege war. Und der Fall endete mit einer Vertuschung. Jetzt ist es fast schon tragisch, dass wir uns ausgerechnet beim Todesfall meines Bruders wieder sehen. Ich bin nicht nachtragend. Aber trauen würde ich lieber Ihnen.»

Einunddreissig

Im Café *East End* saßen Leonie, Regisseur Buckner und Alain bei einem Cappuccino zusammen. Buckner bemühte sich nach besten Kräften, so aufzutreten, als sei er die Kompetenz in Person. Er wollte Leonie doch noch überzeugen. «Leonie, dieser Spot ist wirklich gut. Schau mal, am Ende fällst du einfach in die Arme von Alain und ... – du magst Alain doch, oder?»

Alain erwartete jetzt eine klare Zustimmung von Leonie, die sie durch ein angedeutetes Lächeln auch kundtat.

«Ja, natürlich. Aber die Leute vor dem Fernseher kennen uns nicht, die sehen nur den Schwachsinn, den wir spielen.»

Jetzt hatte Buckner die Nase aber voll. «Dir wird nichts anderes übrig bleiben, Mädel. Vertrag ist Vertrag, und deine persönliche Meinung interessiert in diesem Spot niemanden. Und ich kann unmöglich noch eine andere Darstellerin auftreiben und mit der die ganze Choreographie einstudieren.»

«Ich drehe alles, nur nicht die Schlussszene.»

«Ja, wie stellst du dir das denn vor? Soll ich ein Double nehmen? Wer glaubst du denn, wer du bist?» Buckner war zwar wütend, versuchte aber ruhig zu bleiben.

«Herr Buckner, ich will keinen Krach, aber Sie haben sich den Spot ausgedacht. Sie können dem Kunden doch eine bessere Fassung mit einem anderen Schluss anbieten.»

«Das will ich aber nicht, Leonie. Kapierst du das? Die zahlen sowieso so wenig. Ich will nur den Spot abdrehen, und es ist gut.»

Jetzt griff Alain ein. «Herr Buckner, so richtig gut finde ich den Schluss auch nicht ...»

Nun verlor Roman Buckner doch langsam seine gespielte Ruhe. «Du also auch – was denn nun noch?»

Leonie schien zufrieden, Buckner hingegen machte die Sache kurz.

«Wir drehen morgen, pünktlich.»

Als Alain noch etwas erwidern wollte, bremste ihn Leonie. «Das bringt jetzt nichts, lass es.»

Buckner verließ wutentbrannt das Café.

«Danke, Alain. Buckner wird es ändern, ich bin mir ganz sicher. Außerdem will ich nochmal mit meinem Vater sprechen, ob nicht doch irgendwo eine Lücke im Vertrag ist.»

Franz Kauser schleppte einen Kasten Bier in seine Wohnung. Als er ihn ächzend abstellte, beschlich ihn das sichere Gefühl, dass etwas anders war als sonst. Als er das Wohnzimmer betrat, fiel ihm als Erstes die umgeworfene Kiste mit Alpers Sachen auf, die nun auf dem Boden verstreut lagen. Außerdem waren sämtliche Schubladen aufgezogen und durchwühlt worden. Der Computer lief auch, obwohl Kauser sicher war, ihn vor

Verlassen der Wohnung ausgeschaltet zu haben. Irgendjemand war ganz offensichtlich durch das Fenster eingestiegen. Was aber hatte dieser Jemand in seiner Wohnung gesucht? Anscheinend schienen Alpers Hinterlassenschaften in der Kiste von Interesse gewesen zu sein. Nachdem Kauser das Fenster geschlossen hatte, räumte er schlecht gelaunt das Gröbste zusammen. «Eigentlich hab ich nur Ärger mit dem Zeug», murmelte er und sammelte verschiedene Schallplatten und Musik-CDs zusammen, die auf dem Boden lagen. Plötzlich stutzte er.

Eine der CD-Hüllen war beim Herunterfallen aufgesprungen. Die silberne Scheibe war noch drinnen – aber sie war ganz und gar silbern. Weder Logo noch Bild oder eine Aufschrift zierten die Oberfläche. Kauser klappte die Hülle zu und besah sich das Cover: Pink Floyd, Atom Heart Mother.

Seltsam. Er nahm die CD heraus, legte sie in den CD-Player und lauschte. Doch statt des merkwürdigen Orchesterdurcheinanders war nur ein Durcheinander ganz anderer Art zu hören, ein Zischen und Brummen, ganz ähnlich dem Tonsalat, den man zu Ohren bekam, wenn man auf einem alten Transistorradio einen Sender suchte.

Kauser beschlich ein Verdacht. Er nahm die CD wieder heraus und setzte sich an den Schreibtisch. Mit zittrigen Fingern drückte er auf den Knopf des CD-ROM-Laufwerks an seinem Computer. Mit einem Surren fuhr der Schlitten heraus. Kauser legte die Scheibe ein, der Schlitten fuhr zurück, und mit einem Geräusch, als würde man Seide mit einem Skalpell zerschneiden, sprang das Laufwerk an.

Wie paralysiert starrte Franz Kauser auf den Bildschirm. Vor ihm lief in schnellen Schnitten eine Bildfolge ab, die wie mit Laien für eine billige Sexpostille geschossen schien. Und auch wenn die Darsteller, die sich vor Kausers Augen in den unterschiedlichsten Posen dem Liebesspiel hingaben, tatsächlich Laien waren – billig waren diese Bilder nicht. Vielmehr handelte es sich um die vielleicht teuersten Bilder, die jemals jemand von einer Sexszene geschossen hatte. Denn diese Bilder waren echt. Und die Akteure waren Topstars, wenn auch nicht aus der Schauspielerei, sondern aus der Society!

Ludger Olbricht und Amelie Lourdin in den Dünen von Sylt, das war der Stoff, aus dem die Träume eines jeden Paparazzo gemacht waren. Kausers Augen tränten, so sehr rührte ihn der Gedanke an die Hunderttausende, die er für dieses Material bekommen würde. Was sollte er machen? Sollte er Karl-Friedrich erpressen? Das Schwein konnte ruhig noch ein wenig bluten! Aber nein: Diese goldwerten Schnappschüsse waren nicht auf einen Film gebannt, sondern von einer digitalen Kamera mit hoher Auflösung und glänzenden Lichtfiltern geschossen.

Einen Film hätte er wunderbar benutzen können, um den Prinzen ein wenig zu erpressen, auch wenn Kauser Erpressung eigentlich nicht so lag. Aber elektronische Bilder waren millionenfach reproduzierbar. Und kein Mensch konnte wissen und dafür einstehen, dass es keine Kopie mehr davon gab. Damit war kein Blumentopf zu gewinnen.

Die Presse aber, Zeitungen und Magazine im ganzen Land, würden Kauser mit Geldscheinen totwerfen, wenn er das Material hübsch gestückelt an sie verkaufte. Ach was, weltweit! Weltweit ließ sich dieses wunderbare Material verwerten. Denn Amelie war ja nicht nur Karl-Friedrichs frühreife Stieftochter, sie war auch der Spross der Lourdins und mit einem echten Kronprinzen quasi liiert! Nun hatte das Glück auch Kauser eingeholt. Mit diesen Bildern hatte er den Jackpot geknackt …

Graf Ferdinand betrachtete die Umgebung des Gutes Landsburg, während Labrador Charly zwischen Sträuchern und Bäumen herumschnüffelte. Ferdinand interessierte, von wo aus man ungestört in das Anwesen hinein fotografieren konnte. Christian hatte sich unterdessen die Tontaubenschussanlage angesehen, weil er beabsichtigte, Gäste zu einem freundschaftlichen kleinen Wettbewerb einzuladen.

«Papa, suchst du etwas?»

«Nein, Christian, aber ich habe mir mal Gedanken darüber gemacht, wie man auf unserem Fest ungestört hätte fotografieren können, wenn man das gewollt hätte.»

«Warum würde das jemand wollen?»

«Überleg doch mal, Junge. Während des Benefizfestes waren jede Menge Gäste anwesend, die auch immer wieder in den bunten Illustrierten vorkommen. Die geladene Presse durfte nur anlässlich des Stehempfanges ihre Fotos machen, zur Gartenparty war sie nicht mehr zugelassen. Wie würdest du als Paparazzo reagieren?»

«Mir ein Versteck suchen?»

«Treffer. Genau so reagiert jeder Profi, der von heimlich geschossenen Fotos lebt.»

«Du meinst, jemand hat, während das Fest im Gartenbereich weiterging, trotzdem fotografiert?»

«Ich meine erst mal gar nichts. Wenn Alper wirklich Dreck am Stecken hatte, warum sollte er es dann hier nicht auch versucht haben? Die Frage ist nur, wen hat er fotografiert oder was hat er fotografiert? War es so brisant, ihn gleich umzubringen?»

«Wahrscheinlich hat er wie immer sein Lieblingsmotiv Karl-Friedrich fotografiert.»

«Wohl kaum. Der war um diese Zeit bereits im Krankenhaus bei Nadine. Also ist die Frage zu beantworten, hat Alper eventuell noch nach dem Zwischenfall jemanden bei der Garten-Party fotografiert? Immerhin hat ihn der Karl-Friedrich nur auf die Nase gehauen.»

«Laut Obduktionsbericht war sie angebrochen. Bei allem Respekt, aber bei der Party waren doch keine Skandale zu erwarten.»

«Wahrscheinlich hast du Recht – war ja nur so eine Idee.» Aber Ferdinand schien den Gedanken nicht aufgeben zu wollen.

«Papa, dieser Fall nimmt doch langsam mehr Zeit in Anspruch als vorgesehen. Könntest du vielleicht die Waffenschmuggel-Geschichte mit übernehmen? Das ist ohnehin nur noch eine Formalie. Die Beweislage bricht in sich zusammen wie ein Kartenhaus. Da steckt die Mafia dahinter, das war doch von vornherein klar.»

«Christian, dieser Karl-Friedrich beginnt mir langsam auf die Nerven zu gehen. Wir haben mit ihm nie viel zu tun gehabt. Deine Mutter stürzt er in schwerste Nöte, was ihre Gästeauswahl für den nächsten Empfang angeht, uns bringt er die Polizei ins Haus und spannt mir meinen Kompagnon aus. Und nun stellt sich auch noch heraus, dass auf unserem Grund und Boden wahrscheinlich ein Fotograf zu Tode gekommen ist. Egal, ob jetzt Mord, Totschlag oder Unfall. All das wäre ohne diese schreckliche Pressepräsenz von Karl-Friedrich nie geschehen.» Graf Ferdinand wechselte das Thema: «Übrigens, ich habe leider diesen furchtbaren Schlagersänger übernommen. Der schöne Herbie, du weißt.»

«Ist das immer noch nicht vom Tisch?»

«Nein, erst singt er nicht, weil das Playback nicht funktioniert. Dann verklagt ihn der Veranstalter, weil er nichts von einem Playback gewusst haben will. Und der schöne Herbie verklagt seinen Manager, weil er ihm diesen Vertrag gemacht hat. Der Witz ist aber, darum geht's gar nicht. Der schöne Herbie will einfach nur den Manager wechseln. Das geht aber nicht so einfach, weil er einen Vertrag mit Gewinnbeteiligung unterschrieben hat. Nun müsste er einen ungeheure Summe zahlen für bereits bestehende Verträge. Das will unser Schlagersänger natürlich nicht.»

«Warum bearbeitest du einen Fall wie den vom schönen Herbie, Papa?»

«Herbert Vordermann, genannt der schöne Herbie, verzaubert alle Damen über sechzig. Auch und oft auf Charity-Veranstaltungen, die von deiner Mutter organisiert werden. Und er ist gern gesehener Gast bei Geburtstagsfeiern von Gräfin Rudfels.»

«Ein schlagendes Argument.»

«Mir würde es schon reichen, wenn er singen könnte.»

«Manchmal reicht es auch, nur schön zu sein.»

«Gott sei Dank ist das zeitlich begrenzt. Jedenfalls gefällt mir das überhaupt nicht, wenn du jetzt weniger Zeit übrig hast. Aber mach nur, Karl-Friedrich steckt schließlich wirklich in der Klemme.»

«Also, ich werde mal Stegemann benachrichtigen und ihm unsere neuesten Erkenntnisse mitteilen, dann freut er sich, dass wir so vertrauensvoll mit der Polizei zusammenarbeiten.» Ferdinand sah dem Ergebnis mit gemischten Gefühlen entgegen. Immerhin wurde Francesca andauernd mit unangenehmen Fragen belästigt. Und nun hatte auf ihrem Besitz auch noch eine gewaltsame Auseinandersetzung mit vielleicht tödlichem Ausgang stattgefunden. Es war der Familie Landsburg bisher immer gelungen, sich aus den einschlägigen Journalen herauszuhalten und jede Art von Publicity zu vermeiden. Diesmal würde es sicher nicht gelingen. Ferdinand schauderte es bei dem Gedanken, abgesehen davon, dass er nun Francesca die ganze Sache schonend beibringen musste.

«Christian, du weißt, dass ich mich aus deinem Privatleben immer herausgehalten habe.»

«Ja, Papa?» Christian ahnte, in welche Richtung das Gespräch nun laufen würde, er hatte schon länger damit gerechnet.

«Hast du noch privaten Kontakt mit Lydia Immen? Auch wenn sie die Assistentin von Karl-Friedrich ist, so ist sie doch in diesen Fall verwickelt.» Man merkte deutlich, wie unangenehm ihm die Wendung des Gesprächs war, auch wenn Ferdinand sie selbst gewählt hatte.

«Ich befürchte, dass deine Neutralität eingeschränkt sein könnte. Ich gebe zu, sie ist eine äußerst attraktive Frau, aber ...»

«Papa, es ist gut, mach dir keine Sorgen. Ich fand Lydia sympathisch und gebe zu, dass ich einen Augenblick dachte ...» Christian zögerte kurz: «Aber ich hatte mich getäuscht. Danke, Papa.» Er lächelte seinen Vater verschmitzt an: «So, und nun überlasse ich dich deinem Schicksal, denn du wirst nicht umhinkommen, Mama zu unterrichten, dass sehr bald die Polizei hier aufkreuzen wird, um weitere Nachforschungen zu tätigen.» Er wurde wieder ernst: «Ich befürchte, dass Alper auf unserem Grund und Boden ermordet wurde.»

«Warte, Christian, ich gehe mit dir zurück zum Haus.» Suchend blickte sich Ferdinand nach dem Hund um:

«Komm, Charly! Charly, wo steckst du denn wieder?»

Der Labrador reagierte mit einem kurzen Bellen, tauchte aber dennoch nicht auf. Er musste im Schilf sein.

«Charly, hör sofort auf zu wildern!», rief Graf Ferdinand streng und marschierte stramm zum Teich hinüber, wo er Charly vermutete. Die Enten allerdings saßen unbeeindruckt im Dickicht und glitten erst bei seinem Näherkommen ins Wasser, wo sie ihre inzwischen schon ziemlich herangewachsene Brut vor sich herscheuchten. «Charly?»

«Er ist drüben beim Parkplatz, Papa!»

Die beiden Männer schlenderten hinüber, wo Charly sich an einem der Findlinge zu schaffen machte, die ein etwas übereifriger Gartenarchitekt dort peinlicherweise platziert hatte.

«Platz!», befahl Christian, ließ sich auf einem der Felsbrocken nieder und wollte den Labrador zu sich ziehen. «Du musst nicht jedem Maulwurf hinterherjagen.»

Doch Charly beruhigte sich nicht, sondern strebte weg von seinem Herrchen, erneut dem Stein zu, der ihn besonders interessierte. Offenbar hatte es der Hund nicht auf irgendein Erdloch abgesehen, sondern auf die Oberfläche des Felsens, an der nun auch Christian eine interessante Entdeckung machte.

«Papa, ich fürchte, es gibt Neuigkeiten, und keine guten!»

Graf Ferdinand schob den Hund beiseite und besah sich den Ort seines Interesses. Tatsächlich: Auf dem Stein waren eindeutig Blutspuren zu erkennen. Dunkel schimmernd und verkrustet, war die Oberfläche des Findlings auf der Größe von vielleicht zwei Handflächen mit Blut überzogen, mehr, als es von einem Maulwurf oder von einer Ente hätte sein können. Das war keine Angelegenheit zwischen zwei Tieren gewesen, diese Menge Blut an diesem Ort musste von einem Menschen stammen.

«Alper», flüsterten Ferdinand und Christian wie aus einem Mund.

Es dauerte eine Weile, ehe sich Vater und Sohn Landsburg auf diese neue Situation eingestellt hatten. Auch wenn man als Anwalt immer wieder mit Gewaltverbrechen zu tun hatte, bekam eine solche Tat doch eine ganz andere Realität, wenn sie sich auf dem eigenen Grund, wenige Meter vor der eigenen Haustüre, abgespielt hatte.

Lori Meckmann kochte gerade Gulaschsuppe, als das Telefon klingelte. Erst nach dem dritten Klingelzeichen nahm sie den Hörer ab.

«Meckmann.»

Eine verfremdete Stimme war zu hören.

«Rück die Fotos von Alper raus, sonst endest du auch in einem Kofferraum!»

Lori war nicht in der Lage, einen Ton herauszubringen.

«Wo sind die Fotos mit Prinz Hamm?»

«Ich … ich … ich habe keine Fotos.» Lori legte den Hörer auf. Sie zitterte am ganzen Leib. In der Küche stellte sie den Herd aus. Dann überprüfte sie, ob die Tür abgeschlossen war, und setzte sich ins Wohnzimmer. Den Einbruch hatte sie bei der Polizei angezeigt. Allerdings, ohne die möglichen Gründe für den Einbruch zu nennen. Niemand sollte etwas über Cannes 1999 wissen. Lori wusste ganz genau, dass auch die Polizei keinen richtigen Schutz bieten konnte, wenn es jemand auf sie abgesehen hatte. Sie war in einer brenzligen Situation. Für sie kamen nur zwei Möglichkeiten in Betracht. Entweder hatte ihr der Prinz Leute auf den Hals gehetzt, weil er etwas herausgefunden hatte, oder Franz Kauser spielte ein schmutziges Spiel. Schließlich versuchte der, der Immen Fotos zu verkaufen. Ihr gegenüber behauptete er aber, keine Fotos von Alper zu besitzen. Was sie ihm nicht glaubte, denn Kauser war nun mal im Besitz eines Teils von Bernds privaten Sachen. Lori Meckmann schossen die Gedanken wie Blitze durch den Kopf. Sie überlegte sogar, sich an Graf Landsburg zu wenden. Immerhin schien er ihr ein fairer und vertrauenswürdiger Mann zu sein. Auch wenn er für den Prinzen ermittelte. Aber genau das war vielleicht die beste Möglichkeit, an den Prinzen heranzutreten. Vielleicht sollte sie mal Kauser anrufen. Die verstellte Stimme würde sie nie wieder erkennen, aber vielleicht gab es einen verdächtigen Anhaltspunkt. Etwas, was ihr auffallen würde. Plötzlich schoss ihr noch ein Gedanke durch den Kopf. Da gab es noch jemanden, der in diese ganze schmutzige Angelegenheit verwickelt sein konnte. Es war die einzige Person, die über Cannes 1999 Bescheid wusste. Eine kalte, mörderische Wut erfasste sie.

Zweiunddreissig

Auf dem Golfplatz von Bad Godesberg erwartete Bernice Alper Christian, um mit ihm eine Runde Golf zu spielen. Während Bernice ihren Golfsack mit verschiedenen Eisen dabei hatte, kam Christian ohne jede Ausrüstung zum vereinbarten Treff im Clubhaus.

«Sagen Sie bloß, Sie haben Ihre Ausrüstung zu Hause vergessen?», begrüßte Bernice Christian.

«Was heißt vergessen? Ich besitze keine Ausrüstung.»

«Ich hatte Sie doch zum Golfspiel eingeladen. Sie können sich auch eine Ausrüstung leihen. Ich würde sogar ein Greenfee für Sie lösen.» Da Bernice auch nicht Dauermitglied im Golfclub war, hatte sie ihren Obulus für das Bespielen des fremden Platzes bereits gezahlt.

«Danke, das ist sehr nett. Aber ich spiele kein Golf.»

«Ach so …, schade.»

«Na, so tragisch ist das nun auch nicht.»

Verwundert stemmte Bernice ihre Arme in die Hüften. «Wollen Sie damit sagen, Sie spielen auch sonst kein Golf?»

«Ich spiele auch sonst keinen Fußball und keinen Baseball. Aber manchmal Schach. Dafür jogge ich jeden Tag, und ich reite, äh, ja. Ist das sportlich genug?»

«Für mich schon.»

«Damit wäre ich für heute zufrieden.»

«Was machen wir jetzt? Ich dachte, wir unterhalten uns beim Golfen.»

«Sie können doch spielen. Ich werde einfach mitlaufen, wenn es Ihre Konzentration nicht zu sehr stört», schlug Christian vor.

«Nein, stört mich nicht. Wenn Ihnen das nichts ausmacht ...»

«Solange es Ihr Handicap nicht schmälert.»

«Ich habe Handicap acht.»

«Und ich habe keins. Und ehrlich gesagt bin ich auch froh darüber.»

Beide grinsten. Und Christian bemerkte diese versteckte Freude bei Bernice über seine kleinen Wortspielereien.

«Würden Sie mir etwas mehr über sich erzählen?»

«Wenn ich dabei auch mehr über Sie erfahre, immerhin begegne ich nicht jeden Tag einem gräflichen Privatdetektiv.»

«Eigentlich Anwalt. Die Detektivarbeit erwies sich als eine Marktlücke in bestimmten Kreisen. Man legte Wert auf besonders diskrete Nachforschungen.»

«Betrogene Ehemänner können Sie beauftragen?»

«Wenn betrogene Ehemänner noch einen Detektiv beauftragen, ist ihnen ohnehin nicht zu helfen.»

Bernice lächelte. «Manche sind sich nicht sicher, ob sie betrogen werden.»

«Dann sollten sie sich ihr Geld sparen und ihre Frau fragen.»

«Ich will Ihnen nicht schmeicheln, aber diese Antwort könnte von einer Psychologin stammen.»

«Von einer Polizeipsychologin?»

«Ich betreue die schweren Fälle. Bei Opfern und Tätern.»

«Dann sind wir uns beruflich näher, als ich dachte. Genau das trifft nämlich auch auf mich zu.»

Christian und Bernice gingen gemeinsam über den in einheitlichem Grün glänzenden, frisch gemähten Rasen zum ersten Abschlag. Bernice zog ihr Holz, den Schläger für den Abschlag, um den auf einem ‹Tee› genannten kleinen Holzstift aufgelegten Ball in Richtung des ersten Loches abzuschlagen. Nach ihrem perfekten Abschlag ließ sie den Schläger in die Golftasche zurückgleiten.

«Seit wann sind Sie Polizeipsychologin?», fragte Christian.

«Ob Sie es glauben oder nicht, ich wollte schon als Kind zur Polizei. Damals noch zur Verkehrspolizei. Als Schülerin war mein größter Wunsch, den Straßenverkehr zu regeln, oder zumindest als Schülerlotse zu arbeiten.»

«Und wann haben Sie sich dann anders entschieden?»

«An einem regnerischen kalten Nachmittag.»

«Eine sehr emotionale Entscheidung.»

Beide waren am zweiten Abschlag angekommen.

«Ja, die menschliche Seele hat mich dann mehr interessiert als die Straßenverkehrsordnung. Polizeipsychologin ist sozusagen der optimale Kompromiss gewesen. Und das habe ich auch nicht bereut. Auch wenn die Arbeit oft genug hart am Limit ist.»

Christian sah Bernice zunehmend mit anderen Augen. Er hatte hinter ihrer nüchternen Art und der ständig abwägenden Abgeklärtheit einen stillen, in sich gekehrten Menschen erwartet. Doch Bernice entpuppte sich als eine ganz andere Frau. Christian mochte Frauen mit Humor, die genau wussten, was sie wollten.

«Und jetzt waren Sie bei den Profilern in den USA?»

«Ja, ja, Fortbildung in Quantico, Virginia. War ganz interessant. Aber die Jungs kochen auch nur mit Wasser, wenn die nicht von Hollywood entdeckt worden wären, dann würde die heute noch niemand kennen. Polizeipsychologen gab es schon lange vor denen.»

«Da kommt ja richtig der Stolz auf den Berufsstand durch.»

«Warum nicht? Ich gehöre zu den Leuten, die ihren Job gern machen.»

Inzwischen hatten sie den Ball erreicht, der in einer kleinen Senke, nicht weit entfernt von Loch eins, allerdings durch eine Gruppe von Bodendeckern davon getrennt war. Bernice taxierte die Entfernung und den Winkel, in dem sie zu schlagen hatte, und wählte dann mit Bedacht einen anderen Schläger.

«Vor ein paar Tagen hörte sich das noch ganz anders an.»

«Es gibt in jedem Job Phasen, in denen man alles bereut. Interessanterweise kam der Frust nicht von meinen Klienten, sondern durch meine Kollegen. Ehrlich gesagt, habe ich mir den teilweise selbst eingebrockt. Weil ich bestimmte Dinge nicht sehen wollte.»

«Ein Fall für den Psychologen.»

Bernice hielt einen Moment inne und schmunzelte. «Wir sind alle fehlbar und teilweise blind für Verhaltensweisen, die uns selbstverständlich erscheinen.»

Bernice schlug ab. Christian fühlte sich wohl und hätte sich gut vorstellen können, Bernice öfter auf den Golfplatz zu begleiten. Nur sähe das natürlich schon etwas seltsam aus, wenn er bloß mitlaufen würde. Und für Golf konnte sich Christian einfach nicht begeistern. Auch wenn seine Klientel fast durchweg diesem Sport nachging. Oft musste er sich sogar schon eingestehen, dass mancher Fall leichter zu lösen gewesen wäre, wenn er mögliche Kontakte auf dem Golfplatz hätte nutzen können. Dort traf man die viel beschäftigten Manager immer pünktlich an, vor allem die, die nie zurückriefen. Immerhin wurden viele Geschäfte dort mehr oder weniger vorbesprochen oder überhaupt erst mal in die Wege geleitet, hieß es. Er konnte einfach kein Faible dafür entwickeln. Sein Vater sah es ohnehin als Zeitvergeudung an. Während einer Jagd erfuhr er noch viel mehr, und seit Beginn des Handy-Zeitalters empfand er alle Treffen als überflüssig, die auch telefonisch erledigt werden konnten. Seine wichtigen Informanten erreichte Ferdinand fast rund um die Uhr. Mehr konnte er für die Praxis der Landsburgs nicht wollen. Den Rest trug Gräfin Francesca bei, die in ihren kleinen Teerunden und den Charity-Events mehr erfuhr als alle Klatschreporter zusammen.

«Darf ich fragen, ob Sie allein leben?»

«Ich lebe allein.»

«Aha.» Christian ließ offen, was er dazu zu sagen hatte.

«Und jetzt interessiert es Sie, warum ich allein lebe?»

«Na ja, normalerweise fragt man sich das.»

«Weil ich nun mal keinen neuen Partner gefunden habe. Bisher jedenfalls noch nicht. Wenn Sie es ganz genau wissen wollen. Noch nicht für die Ewigkeit.»

«Ein etwas weit gestecktes Ziel.»

«Kurzfristige Lösungen sind etwas für Politiker.»

«Hat Ihr Bruder ähnlich gedacht?»

Vielleicht war es diese Bemerkung, derentwegen Bernices Schlag zu aggressiv geriet. Jedenfalls schlug sie den Ball deutlich über das Putting Green hinaus.

«Ich war die ganze Zeit schon darauf gespannt, wie Sie wohl jetzt den Bogen bekommen zu meinem Bruder.»

«Jetzt wissen Sie's.»

Bernice lächelte ihn wieder an, und diesmal konnte Christian überhaupt nicht einschätzen, ob sie über seine Bemerkung lächelte oder ob es sich um Verlegenheit handelte. Den verschlagenen Ball schien sie ihm zumindest nicht übel zu nehmen.

«Mein Bruder und ich pflegten ein sehr kompliziertes Geschwisterverhältnis.»

«Auf Fotos konnten Sie das aber gut verstecken.»

«Nicht umsonst versuchen alle Menschen zu lächeln, wenn sie fotografiert werden. Mit Ausnahme Ihres Prinzen Karl-Friedrich.»

«Waren Sie die große oder die kleine Schwester?»

Die beiden machten sich wieder auf den Weg, wobei Bernice durch ihr hohes Tempo deutlich zu erkennen gab, dass sie sich die Initiative in diesem Gespräch nicht nehmen lassen wollte.

«Die große.»

«Ich war ein Einzelkind. Eine große Schwester hätte ich mir schlecht vorstellen können.»

«Seien Sie froh, dass Sie es nicht erleben mussten.»

«Hält die gegenseitige Abneigung ein Leben lang?», fragte Christian interessiert.

«Bernd und ich – wir haben uns eigentlich ganz gut verstanden. Aber es gab ein paar Kindheitsprägungen, die anscheinend nie verschwinden. Jedenfalls nicht ohne Therapie. Obwohl … ich glaube, mit Therapie auch nicht.»

«Und trägt einem der Bruder das dann ein Leben lang nach?»

«Dass man sich in einen Teil seines Lebens eingemischt hat, auch wenn es nur ein verhältnismäßig kurzer Teil war?»

«Solche Dinge kann man doch vergessen.»

«Wenn man in der Pubertät gedemütigt wird, weil einen die Schwester an die Eltern oder Freunde verpetzt hat, dann vergisst man das nie mehr. Zwischen mir und Bernd ist das nie mehr so geworden, wie es hätte sein können. Wir haben uns ab und zu gesehen. Einmal im Monat kam er vorbei für ein, zwei Stunden. Wäre er länger geblieben, hätte die alte Streiterei wieder von vorn angefangen. Dabei habe ich ihn als Bruder geliebt, dachte ich. Bernd war auch hartnäckig, nachtragend und rechthaberisch. Ich konnte die Schwächen meines Bruders durchaus sehen. Aber wie wenig familiäre oder geschwisterliche Wärme zwischen uns war, habe ich erst nach seinem Tod gemerkt. Meine Trauer verflog in Stunden zu einer merkwürdigen Ratlosigkeit. Spätestens dann weiß man ganz genau, dass in der Vergangenheit etwas ganz anders gelaufen ist, als man es in Erinnerung hatte.»

«Hm. Ich vermute, dass Ihnen das ganz schön zu schaffen gemacht hat.»

«Ehrlich gesagt, habe ich es erst jetzt richtig gemerkt. Aber was gewesen ist, ... tja, was soll ich jetzt noch tun?»

«Haben Sie nochmal darüber nachgedacht, ob Ihnen noch etwas zu Ihrem letzten Gespräch eingefallen ist?»

«Es gibt da noch etwas.» Einen Moment lang sah Bernice Christian ernst an. «Stegemann hat mir mitgeteilt, dass man in Bernds Sachen im Hotel Unterlagen gefunden hat. Unterlagen für den Kauf einer Immobilie im Ausland.»

«Das muss nicht unbedingt etwas mit seinem Tod zu tun haben. Wenn es nur Angebote waren, kann er sich auch zufällig mit dem Kauf beschäftigt haben.»

«Daran würde ich zweifeln. Bernd war kein Hausbau-Typ. Er hat immer gesagt, wenn ich mal genug Kohle beisammenhabe, dann kaufe ich mir mein Traumhaus, irgendwo, wo die Sonne scheint und mich niemand kennt.»

«Sie glauben also, er hätte vielleicht das Geld dafür wirklich gehabt?»

«Angebote über eine Ferienvilla mit großem Anwesen wären einfach zwei Nummern zu groß für Bernds Vermögensverhältnisse gewesen. Er hat nicht schlecht verdient, aber eine so große Summe wäre ihm von keiner Bank finanziert worden. Also muss irgendwo etwas da gewesen sein, oder er hat etwas erwartet, das dann nicht eingetroffen ist.»

«Und wenn er sich von seiner Frau getrennt hätte, dann wären ja auch nochmal Unterhaltsverpflichtungen auf ihn zugekommen.»

Einen Augenblick schwieg Bernice und fixierte den Ball, als ob der ihr eine Antwort geben könnte. Dann zog sie den Schläger ganz gelassen durch und versenkte die kleine weiße Kugel, als wäre es Poolbillard. «Das ist eine der Fragen, die ich mir andauernd stelle. Die Prospekte und Angebote stammten aus Vaduz. Waren alle an eine Postfachadresse mit einem anderen Namen geschickt worden.»

«Sie meinen, er hatte sich bereits einen zweiten Pass besorgt?»

«Vielleicht. Gefunden hat man ihn jedenfalls nicht bei seinen Sachen. In Vaduz kannte er sich aus. Dort mit einer falschen Identität unterzutauchen wäre für ihn kein Problem gewesen. Ein alter Schulfreund von ihm lebt dort schon seit fünfzehn Jahren. Der hat auch ziemlich gute Beziehungen.»

«Vielleicht könnte das Stegemann überprüfen.»

Bernice trat einen Schritt näher und schaute Christian direkt in die Augen.

«Das will ich aber nicht. Ich hatte nur einen Bruder,

und dieses eine Mal werde ich meiner Intuition auch entgegen jeder logischen Wahrscheinlichkeit folgen. Und meine Intuition sagt mir, Stegemann muss diese Akte so schnell wie möglich schließen, weil er Druck bekommt. Und er wird einen Dummen finden müssen, wenn es der Prinz nicht war. Und wenn er es gewesen sein sollte, bin ich nicht mehr sicher, ob er vor Gericht gestellt würde. Allerdings kommt für mich im Moment der Prinz am allerwenigsten als Täter in Frage. Es widerspricht allen Erfahrungen, auch aus der psychologischen Praxis. Und so unzurechnungsfähig kann er nicht zwischen dem Mordtag und dem Tag der Entdeckung der Leiche gewesen sein. Seine Blutprobe hat nichts dergleichen hergegeben. Deswegen interessieren mich Ihre Nachforschungen, Graf.»

Christian dachte einen Moment lang nach. Bernice schien Einblick in die Akten zu haben. Auch Lydia musste Informationen über die Ermittlungen besitzen, jedenfalls hatte Karl-Friedrich das beiläufig einmal angedeutet. Insofern konnte Christian das offenbar tief sitzende Misstrauen von Bernice verstehen. Dem Prinzen genügten ein paar Telefonate, um Informationen zu erhalten. Auch wenn er mal wegen einer Bagatelle, wie einer heftigen Beleidigung, zu einer Geldstrafe verurteilt wurde, in wirklich wichtigen Angelegenheiten halfen ihm verschworene Gemeinschaften, die auch in allen wichtigen Ämtern der Republik zu finden waren.

«Wir werden uns umhören, versuchen auch unsere Beziehungen spielen zu lassen. Nur, was ist, wenn Ihr Bruder in eine schmutzige Angelegenheit verwickelt war?» Bernice bereitete sich auf ihren nächsten Schlag vor. Christian kam nicht umhin, sie für ihre perfekte Körperbeherrschung zu bewundern. Es wurde ihm immer bewusster, dass er es nicht nur mit einer blitzgescheiten, sondern auch atemberaubend schönen Frau zu tun hatte. Es waren nicht ihre ausdrucksvollen, grünen Augen, die vollen Lippen oder die Anmut und Grazie ihres Körpers. Nein, er hatte es hier mit einer Frau zu tun, die kein leichtes Schicksal erfahren und doch ihre unschuldige Unbekümmertheit bewahrt hatte. Er genoss ihren Humor, der ihrer Ernsthaftigkeit natürliche Grenzen setzte. Er bewunderte ihren scharfen Verstand, aber auch ihre Bescheidenheit, die mit wahrer Klugheit einherging.

Als hätte sie seine Blicke und Gedanken gespürt, hielt Bernice einen Augenblick inne und sah ihn ernst an: «Schmutzige Geschichten passieren jeden Tag auf dieser Welt. Darum geht es mir nicht. Mich interessieren die Fragen, warum musste mein Bruder sterben, und wer hat ihn umgebracht? Wenn dabei sein ohnehin nicht gerade guter Ruf endgültig ruiniert wird, muss ich das in Kauf nehmen.»

«Wussten Sie von diesem Postfach?»

«Nein, von diesem wusste ich nichts.»

«Von einem anderen?»

«Ja, mein Postfach diente ab und zu als Adresse für Bernd.»

«Wozu? Er hatte doch eine Privatadresse oder hätte sich ein eigenes Postfach zulegen können.»

Sie ging auf seine Frage nicht ein und fuhr fort: «Ab

und zu hat er mir Post geschickt, aber nur, damit ich sie für ihn aufbewahre. Es gab manchmal Briefe, die seine Frau nicht sehen sollte. Dann hat er sie an mich schicken lassen und später abgeholt.» Plötzlich blieb Bernice stehen und wandte sich Christian zu. Sie blickte ihn nachdenklich an. «Kann ich Ihnen vertrauen?»

«Natürlich, Sie wissen, dass es mir um die gerechte Aufklärung dieser mysteriösen Geschichte geht und nicht um die Bewertung der Schuld einzelner Beteiligter.»

«Okay», sagte Bernice, und es klang, als wolle sie sagen: Ich füge mich in mein Schicksal. «Ich denke, diese Partie muss ich beenden.» Sie steckte ihr Holz zurück in die Tasche und nickte. «Gehen wir.» Ohne noch einmal zurückzublicken, wanderte sie schnellen Schritts auf das Clubhaus zu.

«Und der Ball?»

«Vielleicht hält ihn jemand für seinen und freut sich.»

Erst als sie am Clubhaus angekommen waren, nahm Bernice den Faden wieder auf.

«Bernd hat ein Päckchen an meine Adresse bekommen.» Ohne den Umweg über die Garderoben steuerte sie auf den Parkplatz zu, wo sie ihren Alfa Romeo abgestellt hatte. Christian sagte nichts, sondern trug lediglich eine fragende Miene zur Schau. «Das war nichts Besonderes», erläuterte Bernice. «Das heißt, er bekam gelegentlich Post an meine Adresse, wenn er zum Beispiel längere Zeit unterwegs war oder sichergehen wollte, dass die Unterlagen persönlich in Empfang genommen werden.»

«Aber?»

«Diesmal war die Post nicht nur *für* ihn, sondern auch *von* ihm.»

«Er hat sich selbst ein Päckchen geschickt?»

«Ja.»

«Aber eben nicht zu sich ins Hotel, sondern an Ihre Adresse. Ihr Bruder wollte offensichtlich Zeit gewinnen und zusätzlich sichergehen, dass das Kuvert nicht in falsche Hände gerät. Er ahnte die Gefahr.»

«Korrekt.» Bernice beugte sich in ihren Wagen, fischte einen Umschlag aus dem Handschuhfach und hielt ihn Christian unter die Nase. Er war verschlossen.

«Sie haben ihn nicht geöffnet?»

Bernice fingerte an ihrer Golftasche herum, kramte ihre Sonnenbrille hervor und setzte sie umständlich auf. Man konnte förmlich sehen, wie sehr sie im Zwiespalt war: «Es hat mir einfach der Mut gefehlt, Graf. Sehen Sie, ich bin da in einem Interessenkonflikt. An sich hätte ich den Umschlag Stegemann übergeben müssen. Immerhin ermittelt er in der Sache. Und auch ich gehöre zur Polizei! Aber ich bin eben auch die Schwester des Opfers. Zu Stegemann habe ich kein Vertrauen, von Seiten des Hauptverdächtigen ist nicht viel Gutes zu erwarten – und meinem Bruder war auch allerhand zuzutrauen …»

Christian besah sich das Kuvert. Eigenartig, wie schön Alpers Schrift gewesen war. Das hätte er ihm gar nicht zugetraut. «Ich kann das verstehen», murmelte er. «An Ihrer Stelle würde es mir vielleicht ähnlich gehen. In einer so schwierigen Situation …» Er drehte und wendete den Umschlag und fuhr mit dem Finger unter die Lasche. «Wenn das Kuvert bereits geöffnet gewesen wäre», sinnierte er laut und wandte sich ein wenig zu Seite. «Dann wäre es zumindest kein Eingriff in das Postgeheimnis.»

«Genießen Tote ein Postgeheimnis?», fragte Bernice und drehte sich intuitiv hinüber zum Clubhaus, während durch Christians Körper ein kleiner Ruck ging. «Ach, sieh da, der Umschlag ist ja sogar offen!», hörte sie ihn sagen. Mit einem leisen Lächeln hielt er ihr das Kuvert hin.

«Nein», sagte Bernice. «Sehen *Sie* nach.»

Der Umschlag enthielt eine Filmrolle, offenbar belichtet, aber noch nicht entwickelt, sowie ein etwas vergilbtes französisches Schriftstück, offenbar ein ärztliches Protokoll. «Voilà!», murmelte Christian nach einigen Augenblicken. «Das erklärt vieles ...»

Lydia von Immen lag regungslos auf ihrem Bett. Sie hatte alle Vorhänge zugezogen, aber auch die Dunkelheit vermochte ihr keinen erlösenden Schlaf zu bringen. Sie wollte nicht nachdenken und verzweifelt nach irgendwelchen Lösungen suchen, die sowieso nicht eintreffen würden. Die Angst, dass die Eigendynamik dieses Falles sie und ihre Karriere überrollen würde, lähmte sie. Es war, als würde sich eine imaginäre Schlinge um ihren Hals langsam zuziehen. Karl-Friedrich hatte sich nicht mehr bei ihr gemeldet. Ahnte er von ihrem Täuschungsmanöver? Würde er im Gegenzug jemand auf sie ansetzen, um, wie er es ausgedrückt hatte, «das Problem endgültig zu lösen»? War *sie* für Karl-Friedrich ein Problem geworden? All diese Fragen kreisten in ihrem Kopf. Ungeduldig sprang sie auf, riss die Vorhänge auf, griff nach ein paar Pillen, die auf einem Sideboard neben ihrem Bett lagen, und spülte diese mit einem Wodka hinunter. Der Alkohol brannte in ihrer Kehle, und ihre Augen begannen zu tränen. Kraftlos ließ sie sich wieder auf ihr Bett fallen und hoffte, dass das Valium bald seine Wirkung entfalten würde.

Die gedämpfte Stimmung der Bibliothek auf dem Anwesen der Landsburgs tat Bernice Alper gut. Ihre Gedanken waren bei ihrem Bruder. Sie fragte sich, wie schwer seine Schuld wohl war. Die schnelle Fahrt zum Familiensitz des Grafen hatte sie noch mehr aufgewühlt. Sogar ihr schossen nun unablässig Gedanken durch den Kopf, wie erpressbar Karl-Friedrich war und wie hoch der Wert von Bildern über die niedrigsten Dinge sein konnte. Fast schämte sie sich ein wenig, dass selbst sie, die sich immer auf der Seite des Guten gesehen hatte, von den Möglichkeiten des Gemeinen und Niederträchtigen so fasziniert sein konnte. Doch die kühle Luft und die Stille zwischen den Tausenden von Büchern kühlten auch ihre Phantasie. Christian saß an seinem Schreibtisch und hielt das Dokument aus Alpers Umschlag unter die Leselampe. Als hätte es der Arzt darauf abgesehen, unverwechselbare Originale zu liefern, hatte das Attest sogar ein Wasserzeichen, die Unterschrift war mit aufgeregtem, aber elegantem Strich gesetzt – aber das Schriftstück konnte jede Aufregung rechtfertigen. Amelie de Lourdin war nicht die leibliche Tochter des Herzogs, das hatte ein Bluttest eindeutig erwiesen. Sie war bei einem Fehltritt ihrer Mutter während der Ehe mit Lourdin gezeugt worden. «Damit würde sich die Zukunft des Hauses Lourdin entscheiden, und zwar nicht zu dessen Vorteil.»

«Ich weiß nicht, Graf. Ich habe mir das nochmal überlegt. Auf den ersten Blick ist das sicher Skandalmaterial. Aber wenn man es mal nicht unter dem Aspekt der Yellow Press bedenkt ... wenn der Herzog sie als Kind anerkannt hat, ist und bleibt Amelie juristisch seine Tochter und damit auch erbberechtigt. Das französische Rechtssystem ist genauso modern wie unseres. Uneheliche Kinder haben praktisch die gleichen Rechte wie eheliche. Klar, vielleicht würde die Hochzeit mit dem Kronprinzen platzen. Vielleicht würde Karl-Friedrich noch ein paar Paparazzi mehr verprügeln, vielleicht würde der alte Herzog, mit dem es sowieso nicht zum Besten steht, noch einen Bypass mehr brauchen. Aber mal ehrlich: Das würde nichts ändern.»

«Natürlich habe ich mir auch die juristischen Aspekte durch den Kopf gehen lassen. Aber haben Sie sich schon mal Gedanken gemacht, dass es mehrere Gründe geben könnte, weshalb man von Bürgerlichem Recht spricht?» Christian nahm seine Lesebrille ab und schaltete die Lampe aus. «Es gibt noch andere Rechtssysteme, juristische Paralleluniversen, wenn Sie so wollen. Das Kirchenrecht zum Beispiel.» Aus Bernices Blick sprach nur

Unverständnis. «Und das Recht der Dynastien», erklärte Christian. «Große Adelsgeschlechter haben ihre traditionellen Grundsätze, die sicher nach herkömmlichen Maßstäben nicht rechtsverbindlich sind. Aber ich kann Ihnen versichern: Die Mitglieder der betreffenden Familien würden im Zweifel jeden Rechtsbruch begehen, um ihre Familiengrundsätze zu wahren. Das Recht der Dynastie ist heilig.»

Bernice musste lachen. «Graf Landsburg, Sie sagen das so ernst. Dabei ist es doch eine reichlich lächerliche Angelegenheit.»

«Keineswegs, Frau Alper. – Und warum nennen Sie mich nicht Christian?»

«Bernice.»

«Keineswegs, Bernice. Auf diesem System fußt alles. Im Falle des Herzogs von Lourdin geht es immerhin um die Erbfolge. Es geht in solchen Fällen um Vermögen, die so riesig sind, dass man mit ihnen den Haushalt eines kleineren Landes bestreiten könnte.»

«Wäre es dann nicht sinnvoll, die Systeme aufzugeben und diese Werte auf mehr Menschen zu verteilen?»

«Vielleicht. Nach normalen Maßstäben haben Sie völlig Recht. Nur dass Sie das keinem Menschen erklären können, der sich in einer jahrhundertealten Tradition sieht und sich als Glied einer langen, stolzen Kette begreift. Man kann und darf einen Karl-Friedrich von Hamm nicht mit einem Bill Gates vergleichen.»

Bernice ging zum Fenster und blickte hinüber zum Teich. «Und eine Amelie de Lourdin wohl auch nicht.»

«Jetzt schon, fürchte ich», widersprach Christian

und ließ das Attest über die uneheliche Abstammung der Amelie de Lourdin, vermeintliche Tochter des Herzogs von Lourdin, wieder in den Umschlag zurückgleiten. «Deshalb können wir auch ganz sicher sein, dass der Herzog sie nicht einbenannt, sie nicht zu seiner legitimen Tochter gemacht hat. Und das bedeutet wiederum, dass Amelie auch nach unseren Gesetzen in keinster Weise erbberechtigt ist, was das Vermögen des Hauses Lourdin betrifft. Dieses Dokument ist in den falschen Händen sehr viel Geld wert.»

«Was für eine verrückte Welt», sinnierte Bernice.

Christian trat neben sie. Sein Blick wanderte unwillkürlich zu der Stelle, an der ihr Bruder gestorben sein musste. «Warten wir ab, was die Fotos bringen.»

«Wir können sie unmöglich in ein Fotostudio geben, Christian. Was immer es ist, nach dem Dokument eben müssen wir mit allem rechnen. Und wir können nicht riskieren, dass ein Dritter sie sieht.»

«Keine Sorge, Bernice. Ich werde sie einem alten Freund geben, in dessen Obhut sie so sicher sind, als würde ich sie selbst entwickeln.»

Bernice glaubte ihm.

Mit einem gewaltigen Sprung landete Alain im Set, allerdings einen halben Meter neben der Markierung. «Cut!», schrie Buckner. «Okay. Ich seh's ein. Die Variante mit dem Sprung übersteigt offenbar deine Fähigkeiten.»

Natürlich sah Buckner es ganz und gar nicht ein, dass Alain auch beim siebten Take nicht in der Lage war, endlich von A nach B zu springen. Aber er hatte nicht vor, sich von diesen Stümpern verrückt machen zu lassen. «Wir machen es doch auf die ursprüngliche Tour. Alain, zurück auf Position eins. Du kommst ganz gelassen rein. Sei cool, sei einfach lässig, stell dir vor, du wärst Antonio Banderas.»

«Simba?» Alain lächelte unsicher.

«Zorro, Mann, Zorro!»

«Okay. Zorro.» Alain schlich wie ein begossener Pudel auf Position eins. Im Vorbeigehen zwinkerte er Leonie zu.

«Fertig? Und action!», rief Buckner.

Alain drückte den Bauch durch, nahm die Schultern nach unten und watschelte auf Leonie zu.

«Cut!», rief Buckner erneut. «Alain, hast du schon mal Antonio Banderas gesehen? Du verwechselst ihn mit Donald Duck!» Der Regisseur raffte sich aus seinem Stuhl auf und begab sich selbst auf Position eins. «So musst du das machen, Junge.» Mit lauerndem Blick schlich der etwas dickliche Mann wie die schlechte Imitation eines Raubtiers auf Leonie zu, die prompt in schallendes Gelächter ausbrach.

«Klar, sieht das bei unserem Schönling besser aus», maulte Buckner. «Nur dass der zu blöd dazu ist. Nun mach mal, Alain.»

Doch auch diesmal nahm die Aktion ein abruptes Ende. Denn kaum war Alain losgetigert, fing Leonie erneut an zu kichern, als wäre ihr der Weihnachtsmann als Osterhase erschienen.

«Was ist denn jetzt schon wieder?», brüllte Buckner,

und seine Stimmung war jetzt so miserabel, dass er keine schlechte Laune mehr vorspiegeln musste, so wie er es sonst gerne tat, um wichtig zu wirken.

«Entschuldigung.» Leonie verschluckte sich an ihrem Gelächter und konnte erst nach einigem Husten, bei dem ihr alle drei anwesenden jungen Männer zart den Rücken klopfen durften, wieder sprechen. «Aber ich musste an Sie denken, als Alain so auf mich zukam.»

Buckners Gesicht hatte jetzt etwa die Farbe einer reifen Tomate angenommen. «Wenn ihr mich hier verschaukeln wollt, seid ihr an den Falschen geraten! Die Szene muss heute im Kasten sein. Ihr kommt hier nicht eher raus, bis der Take sitzt. Und wenn es Mitternacht wird!» Und leise, ganz leise, fügte er an Alain gewandt hinzu: «Zurück auf Position eins.»

Offenbar stand die Aufzeichnung dieser Sequenz unter einem ungünstigen Stern. Denn beinahe ohne Zutun von Leonie oder Alain, die sich im Übrigen immer besser verstanden, taten sich immer neue Probleme auf. Zunächst versuchte sich der Hauptdarsteller besonders lässig zu geben, indem er sich an eine Kulissenwand lehnte, bei der das nicht vorgesehen war. Es dauerte etwa eine Stunde, bis man Ersatz geschaffen hatte, denn die alte Wand hatte irreparablen Schaden genommen. Dann verschüttete Leonie versehentlich einen Becher Cola über ihren blütenweißen Dress. Aber auch hier konnte innerhalb einer Dreiviertelstunde Ersatz beschafft werden. Die nächsten Takes waren fast perfekt. Von Kleinigkeiten wie vergessenem Text oder der Tatsache, dass Leonie sich in Alains Gürtel verhedderte, abgesehen. Doch schließlich war es so weit: Alles saß perfekt, Alain war wie ein Panther auf Leonie zugeschritten. Ihre Augen hatten zu schimmern begonnen, als sei sie die Monroe persönlich. Und sie war auf seine Brust hingesunken, als plötzlich das Licht ausging und der Strom unterbrochen wurde – Alains Fuß hatte sich, wohl geplant, in einem Kabel verfangen.

Der Rest war Formsache. Buckner brüllte, er werde die beiden Hauptdarsteller schadenersatzpflichtig machen, Leonie brüllte, das werde man ja sehen, wer hier wen verklage, ihr Vater sei schließlich Anwalt, und Alain brüllte, dass es in der Geschichte des Films sowieso noch nie einen so beschissenen Spot gegeben habe. Nachdem das geklärt war, einigte man sich darauf, dass man sich besser nie gekannt habe. Buckner riss die Tür auf, Leonie und Alain packten ihre Sachen und gingen hoch erhobenen Hauptes hinaus, um sich dort um den Hals zu fallen. «Wir haben's geschafft!», rief Leonie. Und Alain lachte: «Nein. Du hast es geschafft. Und du hattest verdammt Recht, mit dem Spot wären wir nie groß rausgekommen.»

«Das müssen wir feiern.» Leonie zog ihren Freund zum Auto. «Komm doch einfach mit zu mir nach Hause. Das müssen wir Papa erzählen.»

Alain wehrte sich nicht lange. Denn eigentlich wollte er sowieso gerne wissen, wie man bei Grafens so lebte. Und Leonie war das Beste, was ihm bisher passiert war …

Dreiunddreissig

Die Entdeckung von Alpers Briefumschlag hatte etwas Licht ins Dunkel gebracht. Und doch: Es blieb eine verwirrende Anzahl von Möglichkeiten, wer als Täter in Frage kommen könnte. Christian fand es an der Zeit, sich die Kandidaten nun der Reihe nach vorzuknöpfen. Denn so viel stand für ihn fest: Auf mehr oder minder verwickelte Weise waren sie alle mit Alpers Tod in Verbindung zu bringen.

Ohne noch zu wissen, wie er ihn anpacken würde, hatte sich Christian auf den Weg zu Franz Kauser gemacht. Alper und Kauser hatten immer in engem Kontakt gestanden. Konnte Alper das Attest von Kauser bekommen haben? War Kauser zumindest informiert? Jedenfalls war nicht auszuschließen, dass die beiden unter einer Decke gesteckt hatten. In dem Fall aber war zu befürchten, dass Kauser sich eine Kopie des Gutachtens gezogen hatte. Um Karl-Friedrich oder den Herzog machte sich Christian keine Sorgen. Um Amelie aber tat es ihm Leid. Sie war noch zu jung, um von der Ungerechtigkeit eines Rechtssystems ausgebootet zu werden. Und auch wenn sie eine verzogene, frühreife Göre war, Christian mochte sie irgendwie. Sie war auf gewisse Weise Leonie nicht unähnlich, fand er.

Kausers Wagen stand nicht vor dem Haus. Auf Christians Klingeln hin meldete sich niemand. Offenbar war Kauser unterwegs. Die Frage, wie lange er warten sollte, beantwortete sich für Christian, als jemand aus dem Haus kam und er die Gelegenheit nutzte, hineinzuhuschen.

Kauser wohnte im ersten Stock. Als Christian klopfte, gab die Tür nach: Sie war nicht abgeschlossen, ja das Schloss schnappte nicht einmal – es war aufgebrochen! Christian lauschte und hielt den Atem an. Was war hier geschehen?

Draußen war bereits die Dämmerung angebrochen. In der Wohnung war es dunkel und muffig. Christian bewegte sich sehr vorsichtig hinein. Hier war zumindest ein Einbruch geschehen. Was immer er verändern würde, wäre später für die Spurensicherung der Polizei nicht mehr tauglich. Also schlich er auf Zehenspitzen durch die Wohnung. Wie vor ihm Franz Kauser entdeckte er die durchwühlten Sachen Alpers, ohne allerdings zu wissen, was es damit auf sich hatte, die verstreuten CDs und natürlich auch Kausers eigene Unordnung. Und er sah das Kontrolllämpchen von Kausers Computerbildschirm blinken …

Christian zückte seinen Kugelschreiber und drückte mit dessen Kopfseite den Startknopf. Der Computer sprang an, und auf dem Bildschirm war nach wenigen Sekunden eine Seite mit verschiedenen Icons zu sehen. Christian zog das seidene Einstecktuch aus der Seitentasche seiner Jacketts. Vorsichtig, um keine Fingerabdrücke zu hinterlassen, legte er es über die Maus und klickte auf dem Bildschirm das Fotoprogramm an. Wenige Augenblicke später fand er sich auf den Fotodateien des Paparazzo Franz Kauser wieder. Mit einer Mischung aus Faszination und Ekel ging er durch die Fotostrecken, bis eine Reihe von Bildern seine Aufmerksamkeit fesselte: Kauser hatte auch auf der Charity-Veranstaltung von Christians Mutter mit seiner digitalen Kamera fotografiert. Als er Bild für Bild betrachtete, lief wie in einem Film der Abend noch einmal vor seinem inneren Auge ab: die Versammlung, die Rede seiner Mutter, die Damen in ihren Abendkleidern, die Herren im Smoking, Karl-Friedrichs Auftritt, Zigarette in der Hand, Prinzessin Nadines gehetzter Blick, ihre Puderdose, ihr Zusammenbruch – und schließlich zwei Bilder, die zeigten, wie die Frau des Prinzen von Hamm auf der Bahre wegtransportiert wurde. Vorne dann der Krankenwagen, am Ende des Parkplatzes, im Hintergrund noch ein Stück von Karl-Friedrichs Bentley erkennbar.

An dieser Stelle plötzlich lief Christian ein Schauer über den Rücken. Die Szene hatte natürlich Nadine im Visier. Wenn man aber mehr erkennen könnte … Rasch öffnete er das Fotobearbeitungsprogramm. Mit drei schnellen Klicks konnte er einen Bildausschnitt heranzoomen, einen Ausschnitt, der ihm gleich seltsam erschienen war. Und tatsächlich: Der Kofferraum von Karl-Friedrichs Wagen stand offen!

Mehr war nicht zu erkennen, aber immerhin dies. Und das konnte nur bedeuten, dass in dem Augenblick, als alle Aufmerksamkeit auf Nadine und den Krankenwagen gerichtet war, Alper in den Kofferraum von Karl-Friedrichs Bentley verfrachtet worden war.

Christian schloss das Bild und rief nochmal Bild zwei dieser Szene auf. Und in der Tat: War auf dem ersten Bild nur der Wagen zu sehen gewesen, so war auf diesem Zufallsschuss auch eine Person deutlich erkennbar, die sich am Kofferraum des Fahrzeugs zu schaffen machte – der Mörder von Bernd Alper.

Es war eine Schande. Seit 263 Jahren stand der Familiensitz derer von Selb-Wahnburg, die Wurzeln der Familie reichten ins zwölfte Jahrhundert zurück, einst hatten den Wahnburgs riesige Ländereien gehört, und ihr Geschick bei der Anhäufung von Schürfrechten und Kunstschätzen war so legendär wie ihr Ruf als geschickte Diplomaten im Kaiserreich der Duodezfürsten oder als Mäzene im Zeitalter des Rokoko. Zum Hochadel hatten die Selb-Wahnburgs nie gehört, Geld war ihnen immer wichtiger gewesen als politische Macht. Und doch war fast der gesamte Hochadel der deutschsprachigen und auch so mancher fernerer Länder heute auf dem Schloss vertreten. Als hätte eine wohlwollende Himmelsmacht alles Gold und jeden Schnörkel des eleganten Baus besonders ausleuchten wollen, um den Glanz der Familie zu zeigen, überstrahlte ein wolkenloser Tag den Ort. Und doch: Man war sich einig darin, dass es der schwärzeste Tag in der Familie Selb-Wahnburg war. Nun hatte die Gier nach dem Mammon ihren Höhe- und die Ehre der Familie ihren Tiefpunkt erreicht. Zahllose Schätze, die die

Vorfahren in Jahrhunderten angesammelt hatten, standen zur Versteigerung an. Offiziell mit der Begründung, auf diese Weise Erbschaftssteuerschulden tilgen zu wollen. Natürlich, der Staat war schuld ... Doch tatsächlich hatte Baron von Selb-Wahnburg wohl vor, seine Aktivitäten in Fernost auszubauen und sich eine Finanzspritze zu verschaffen, indem er das Familiensilber verscherbelte.

Alle waren sie da. Die Hohenahns, die Güttlichs, die alte Gräfin Brassow, die Schwan-Bergewitz, der halbe Trautenstein-Clan – und natürlich Karl-Friedrich von Hamm, diesmal allein, offenbar war Prinzessin Nadine wieder einmal oder immer noch unpässlich.

Francesca Gräfin von Landsburg schritt am Arm ihres Gatten durch die Räumlichkeiten im Erdgeschoss des Ostflügels, wo die Lose ausgestellt waren. Sie hatte den festen Vorsatz, hier manches vor dem Pöbel zu retten, den neureichen Parvenues, die draußen ihre Porsches geparkt hatten und sogar hier ihre Handys nicht abschalten konnten. Dass die Selb-Wahnburgs dahergelaufenen Computerexperten und gerissenen Versicherungsvertretern mit dieser Auktion Gelegenheit gaben, sich unter die vornehmsten Kreise des Landes zu mischen, würde sie ihnen nicht so rasch verzeihen. «Ferdinand, hast du denn auch dein Scheckbuch dabei?»

«Das habe ich zwar, Francesca, meine Liebe», antwortete amüsiert Graf Ferdinand. «Ich denke aber kaum, dass wir es heute hier brauchen werden.»

«Ich habe fest vor, mir hier ein paar Kleinodien zu sichern.»

«Natürlich, mein Schatz. Aber ich denke nicht, dass wir hier wie Kreti und Pleti einen Scheck hinterlegen werden. Wir werden uns eine Rechnung schicken lassen und unsere Bank anweisen, den Betrag zu überweisen.»

«Da kennst du die Wahnburgs nicht», murmelte Francesca, achtete aber nicht mehr auf Graf Ferdinands Erwiderung, da sie mit einem Mal von einer eigenartigen Beobachtung gefesselt wurde. Aus einem seitwärts gelegenen Raum, der wohl abgesperrt sein sollte, eilten sichtlich aufgeregt zwei Männer: Karl-Friedrich von Hamm und Ludger Olbrecht. Ohne sich noch eines Blickes zu würdigen, strebten sie in unterschiedliche Richtungen, und Gräfin Francesca konnte das Adrenalin der beiden förmlich fühlen. Sie wusste, wann Karl-Friedrich aufgebracht war. Und er war sehr aufgebracht.

«Francesca!» Sich mit einem Programmheft frische Luft zuwedelnd, trat Antonia Gräfin Schenkenberg auf sie zu.

«Toni, wie schön, dich zu sehen. Wo hast du denn Gero gelassen?»

«Ach, er fand das hier zu traurig. Ich musste allein kommen. Ferdinand!»

«Toni, guten Tag! Wie schön, dass wenigstens du der Veranstaltung ein wenig Glanz schenkst!»

«Alter Charmeur. Dein Mann wird aber auch nicht erwachsen, Francesca.» Die beiden alten Damen kicherten wie junge Mädchen, ehe Gräfin Antonia korrigierte: «Aber besser so als anders. Wenn ich da an unseren Karl-Friedrich denke ...»

«Man macht es ihm aber auch nicht leicht», widersprach Gräfin Francesca. So wenig sie den Prinzen von Hamm leiden mochte, so ungerecht fand sie ihn doch behandelt.

«Ach, und umgekehrt, liebe Francesca. Wenn ich höre, wie er die Leute behandelt! Gerade eben zum Beispiel. Er stand da mit diesem Wirtschaftsmenschen ...»

«Olbrecht.»

«Olbrecht. Richtig. Er stand da und hat ihm sein Geld weggenommen, völlig kalt. Da ist es kein Wunder, wenn der andere die Nerven verliert.»

Gräfin Francesca nahm ihre alte Freundin beiseite und setzte sich mit ihr in einen Winkel des Raumes, wo eine hübsche Chaiselongue zum Verkauf angeboten wurde, während Ferdinand seine Runde machte. «Was meinst du denn um Himmels willen damit? Er hat doch wohl niemanden ausgeraubt! Doch nicht Karl-Friedrich!»

Belustigt über diese Idee, lachte Gräfin von Schenkenberg laut auf. «Gott bewahre! Nein, er hat ihm gesagt, dass er ihm eine Bürgschaft entziehen würde. Offenbar haben die beiden etwas Geschäftliches miteinander.»

«Also wollte Karl-Friedrich nur seine finanzielle Verpflichtung beenden.»

«Na ja, für diesen Olbrecht war das wohl eine Katastrophe. Er hat Karl-Friedrich ziemlich angeschrien. Und ich bin ziemlich sicher, dass das Wort Ruin in diesen Mauern seit Bestehen des Hauses nicht so oft gefallen ist wie in seiner Tirade.»

«Ging es denn um so viel Geld?»

«Also leg mich bitte nicht fest, Francesca, aber ich glaube, Olbrecht sprach von drei Millionen Euro. Eigentlich schrie er mehr.»

Gräfin Francesca saß kopfschüttelnd da und strich mit der Hand über den tiefroten Samtbezug des Möbels. «Weißt du, Toni, ich finde diesen Olbrecht ziemlich unangenehm und lästig. Aber er ist immerhin einer der großzügigsten Spender für meine Stiftung. Irgendwie tut er mir Leid.»

«Ich möchte mich ja nicht einmischen», erwiderte Gräfin Schenkenberg und klimperte mit ihren Armreifen. «Aber der Mann hat auch nicht eben schöne Dinge gesagt.»

«Ach?»

«Es klang, als würde er Karl-Friedrich drohen. Nun gut, zuerst hatte der Prinz gesagt, Olbrecht müsse sich eben vorher überlegen, mit wem er ein Verhältnis anfange. Aber der hat dann zurückgeschossen, dass Karl-Friedrich es gerade nötig habe. Wie sagte er: ‹Die Spatzen pfeifen ja schon von den Dächern, mit wem Sie ein Verhältnis haben.› Seltsam.»

«Ja», bestätigte Gräfin Francesca, «seltsam. Ach, Ferdinand, gut, dass du kommst. Diese Chaiselongue hätte ich gerne für meinen kleinen Wintergarten.»

Christian war in seinem Wagen auf dem Weg zu dem Fotolabor. Er hatte soeben erfahren, dass die Abzüge entwickelt seien und er sie abholen könne. Mehrmals hatte er versucht, Bernice Alper telefonisch zu erreichen. Ohne Erfolg. *Sie müsste eigentlich längst wieder zu Hause sein*, dachte er, und als er an einer roten Ampel anhalten musste, wählte er erneut ihre Nummer. Diesmal war der Anschluss besetzt, Bernice schien nach Hause gekommen zu sein.

Wie auch immer er diesen Fall betrachtete, es schienen sich immer neue Motive für Mord, Erpressung und Rache aufzutun. Der Feierabendverkehr wurde immer dichter, und er nahm sich vor, direkt zu Alpers ehemaliger Wohnung zu fahren. Dies war auch der Grund, warum er Bernice so dringend erreichen wollte. Er brauchte sie vor Ort. Nur sie kannte die persönlichen Dinge ihres Bruders. Alper konnte unmöglich all seinen Besitz in der einen Kiste, die er bei seinem Freund Kauser untergestellt hatte, untergebracht haben. Auch im *Hotel Ambassador*, in dem er in den letzten Tagen seines Lebens gewohnt hatte, war nichts gefunden worden. Die Polizei hatte alles mehrfach untersucht. Alpers Notebook war sauber. Keine kompromittierenden Dateien, nichts.

Die Ampel war auf Grün gesprungen, und mit lautem Hupen drückte der Fahrer des Wagens hinter Christian sein Missfallen darüber aus, dass dieser nicht losfuhr.

Christian war es gelungen, die von Alper getrennt lebende Frau in Bayern zu erreichen. «Klar, können Sie in die Wohnung. Die Bullen waren auch schon da und haben alles auf den Kopf gestellt! Ich will mit dem ganzen Kram nichts mehr zu tun haben, ich bin froh, dass ich diesen Versager endlich los bin. Ich habe bereits eine Firma beauftragt, die die Wohnung auflöst und alle persönlichen Gegenstände ins Lager stellt. Die Sachen von Alper sollen auf den Müll, dahin, wo er auch hingehört hätte! Den Schlüssel hat der Hausmeister, ich ruf ihn an und sage ihm, dass Sie kommen.» Damit hatte sie aufgelegt. *Ein reizendes Paar muss das gewesen sein*, dachte er und versuchte wieder Bernice zu erreichen. Dieses Mal hatte er mehr Glück. «Bernice? Christian – würden Sie mich in dreißig Minuten in der ehemaligen Wohnung Ihres Bruders treffen? Ich bringe die Fotoabzüge mit.»

«Natürlich. Haben Sie etwas entdecken können?»

«Wir besprechen das in der Wohnung, bis gleich.»

Sich in Alpers Wohnung zu begeben hatte für Christian etwas Gespenstisches. Hier hatte der Mann gelebt, der mit großer Wahrscheinlichkeit auf dem Gut der Landsburgs gestorben war. Auch Bernice wirkte befangen, als sie die Tür hinter Christian schloss. Die Wohnung war in etwa so, wie sich Christian die Wohnung der Alpers vorgestellt hätte: modern, womöglich etwas protzig, viel Schwarz, viele Fotos an den Wänden. Christian schritt die Galerie im Flur ab, die durch gute Spots perfekt ausgeleuchtet war. Alper mit Prominenz aus dem Show Biz, Alper mit Vertretern aus Wirtschaft und Politik, Alper an der Seite reichlich synthetischer junger Mädchen, Alper vor adliger Kulisse. Der Mann, der immer hinter der Kamera gestanden hatte, hatte sich offenbar nichts sehnlicher gewünscht, als selbst im Mittelpunkt der Aufmerksamkeit zu stehen.

«Interessant, nicht?», sagte Bernice.

«Ja, wirklich. Ihr Bruder hätte offenbar gerne die Rolle vor der Kamera gespielt.»

«Ich glaube, er hat da nicht wirklich unterschieden. Deshalb war er auch besser als die meisten seiner Kollegen. Er hat sich einfach in die Szene so weit hineinversetzt, als gehörte er selbst dazu. Das hat seine Bilder so unmittelbar gemacht.»

«Und ihn so aufdringlich.» Christian wollte sich auf die Zunge beißen, weil er so herablassend über Bernices Bruder gesprochen hatte. Doch die bestätigte nur: «Mit Sicherheit war das ein Grund.»

«Darf man sich setzen?»

«Natürlich. Die Spurensicherung ist hier längst durch.» Sie setzten sich auf Alpers schwarzes Ledersofa. «Ich habe in Kausers Wohnung eine Entdeckung gemacht.»

«In Kausers Wohnung?»

«Es ließ sich praktisch nicht vermeiden», lächelte Christian ein wenig verlegen, «sich dort umzusehen.» Seinem Attachékoffer entnahm er ein Kuvert und überreichte es Bernice. «Hier sind ein paar Fotos, die von Kauser an dem Abend geschossen wurden, als bei uns die Charity-Veranstaltung meiner Mutter stattfand. Karl-Friedrichs Frau Nadine wird gerade in den Krankenwagen geschoben. Achten Sie auf den Hintergrund, ich habe ihn mit einem Fotoprogramm vergrößert.»

Bernice brauchte nicht den Bruchteil einer Sekunde, um zu begreifen, was sich hier vor ihr auftat. Zu lange, zu sorgfältig hatte sie die Bilder studiert, die die Spurensicherung von Karl-Friedrichs Wagen und ihrem darin zusammengekrümmt liegenden Bruder gemacht hatte. Die Ansicht hatte sich tief in ihr Gedächtnis eingebrannt. Als Polizeipsychologin hatte sie den Tod in allen Varianten gesehen, kannte fast alle Abgründe menschlichen Denkens, aber hier ging es um ihren Bruder. Als sie nun den offen stehenden Kofferraumdeckel des Bentley von Karl-Friedrich sah, war ihr sofort klar, dass sie tatsächlich die entscheidende Szene vor Augen hatte. Mit einem leisen Zittern blätterte sie den letzten Abzug auf, der die Vergrößerung zeigte, die Christian angefertigt hatte. Wortlos nickte sie und gab Christian die Bilder zurück. Ihre Augen hatten einen merkwürdig leeren Ausdruck angenommen. Es schien, als würde sie erst jetzt von ihrem Bruder Abschied nehmen.

Christian hätte sie gerne umarmt, hätte ihren Schmerz gerne geteilt. Doch dafür war es zu früh, so nah durfte er ihr nicht kommen. Eine Weile schwiegen die beiden. Erst nachdem Bernice sich wieder gefangen hatte, nahm Christian ein zweites Kuvert heraus und reichte es ihr. «Mein Spezialist hat die Fotos entwickelt, die auf dem Film waren, den ihr Bruder an sich selbst geschickt hatte. Nicht so bedeutsam. Wenn man davon absieht, dass es dieser Film gewesen sein könnte, wegen dem ihr Bruder sterben musste. Auf einem der Bilder ist auch deutlich der Name des Hotels zu erkennen. Ich werde nachher gleich dort hinfahren. Vielleicht hat jemand etwas bemerkt.»

«Sieh an», sagte Bernice, als hätte sie ihm nicht zugehört, und schüttelte leicht den Kopf. «Der Prinz konsultiert Frau von Immen nicht nur in juristischen Angelegenheiten.»

Auch wenn Christians anfängliches persönliches Interesse für Lydia von Immen inzwischen erkaltet war, fühlte er sich doch ein wenig unwohl in seiner Haut, als er ausgerechnet Bernice die Bilder in der Hand halten sah, auf denen sehr eindeutig Karl-Friedrich und Lydia in inniger Umarmung zu erkennen waren. Und es waren keine Umarmungen des Trostes oder Küsschen unter guten Freunden, die auf dem Film eingefangen waren. Vielmehr sah die Szene eindeutig nach dem Vorspiel für eine noch weit intimere Szene aus. Gut zu erkennen waren Lydias nackter Oberkörper, wenn auch überwiegend von hinten, und Karl-Friedrich, der seine Arme nach ihr ausstreckte oder sie leidenschaftlich umarmte.

«Bernd hat wirklich immer den richtigen Standort für seine Fischzüge gefunden», bemerkte Bernice, die die Fotos eher angewidert betrachtete.

«Nur dass es in diesem Fall nicht Ihr Bruder gewesen sein kann, Bernice.»

Sie blickte ihn verwundert an. «Aber es ist doch sein Film.»

«Da bin ich nicht sicher. Bernd war wohl im Besitz des Films. Ich glaube aber nicht, dass er diese Bilder selbst geschossen hat.» Er nahm Bernice das Material aus der Hand und blätterte die Aufnahmen durch, bis er an die gesuchte Stelle kam. «Denn wie sollte er diese Bilder machen?»

«Wer ist das?» Auf den beiden Fotos, die Christian herausgesucht hatte, war eine spärlich bekleidete, junge rothaarige Frau zu erkennen, die sichtlich nicht mit einem Schnappschuss erwischt worden war, sondern für den Fotografen posiert hatte.

«Und wieso soll Bernd die Bilder nicht *auch* gemacht haben?»

«Weil das Sarah ist, die Assistentin von Georg Schramm, und weil sie offenbar in Schramms Wohnung fotografiert wurde. Ich erkenne die Wohnung an der afrikanischen Statue, die da im Hintergrund steht. Ich habe Schramm mal dort getroffen.»

«Also stammt der Film von ihm?»

«Das ist anzunehmen.»

«Aber wie kommt Bernd dann in den Besitz der Filmrolle?»

«Ich schätze, das ist eine Frage, die uns Schramm beantworten muss.»

«Schramm», sagte sie tonlos, «wer ist dieser Georg Schramm?»

«Ein Kollege Ihres Bruders. Er schien mir eigentlich sehr vernünftig zu sein, eher einer der etwas Zurückhaltenden. Was auch immer das in der Branche bedeuten mag. Aber …», Christian zögerte einen Augenblick, «… aber was weiß ich schon von der Psyche eines Menschen, mit dem ich nie näher zu tun hatte. Das ist eher Ihr Gebiet.»

Bernice blickte Christian ernst an. Nur in ihren grünen Augen war ein Hauch von Lächeln zu erahnen. Beide sahen sich einige Sekunden an, die Christian wie eine Ewigkeit erschienen. Es war, als erlaube Bernice ihm, einen Bruchteil einer Sekunde in ihr Herz zu blicken. Kurz darauf war dieser magische Augenblick vorbei.

«Wie kommt ein erfolgreicher Anwalt dazu, als Privatdetektiv durchs Leben zu schleichen?» Ihre Bemerkung war zynisch, aber nicht verletzend gemeint. «Ist es der Adel, der Ihrer Hilfe bedarf? Oder ist es das gesunde Misstrauen der Polizei gegenüber? Eine Erfahrung, die gerade Sie als Strafverteidiger sicherlich oft genug gemacht haben.»

«Das ist eine lange Geschichte, und ich weiß nicht, ob sie hierher gehört», wehrte Christian ab.

Als hätte sie ihn nicht gehört, fuhr Bernice fort: «Stegemann hat mir vom Tod Ihrer Frau erzählt und dass Sie sich seit Jahren beharrlich weigern, die Tatsache hinzunehmen, dass Ihre Frau alkoholisiert bei einem Autounfall ums Leben kam.» Fragend sah sie ihn an. Wieder trafen sich ihre Blicke. Beide hatten gewaltsam einen geliebten Menschen verloren.

«Es war nicht so! Sie ist nicht einfach so ums Leben gekommen. Niemand kannte Marie-Luise so gut wie ich», stieß er hervor, «und ich werde, solange ich lebe, versuchen, dieser Lüge von einem ganz normalen Unfall auf den Grund zu gehen!» Christian hatte sich schnell wieder gefangen.

«Du hast damit noch nicht abgeschlossen, und

manchmal raubt dir der Schmerz den Atem, nicht wahr? Ich verstehe dich, Christian», sagte Bernice leise. Er hatte sehr wohl das *Du* gehört, und ihr Mitgefühl berührte sein Herz. Er fühlte deutlich, dass der magische Augenblick, den beide vor wenigen Momenten geteilt hatten, wiederkehren würde. Sie hatten alle Zeit dieser Welt.

Vierunddreissig

Es heißt, Verbrecher zieht es stets an den Ort des Verbrechens zurück. Auch wenn sich Lori Meckmann und Georg Schramm nicht als Verbrecher betrachteten, beschlich sie doch ob des Ortes, an dem sie sich zusammengefunden hatten, ein gewisses Schuldgefühl, wenn auch aus verschiedenen Gründen. Es war Lori Meckmanns Tipp gewesen, dass hier ein großer Abschuss möglich sei – aber es war Schramm gewesen, der auf den Baum gestiegen war und Karl-Friedrich dabei ins Visier bekommen hatte, wie er seine Frau mit der hübschen Anwältin betrog. Lori Meckmann hatte schon manchen feuchtfröhlichen Abend im *Hotel zum alten Kutscher* verbracht. Hotel war wohl ein wenig übertrieben, da das romantische Haus nur über zwei Gästezimmer verfügte, aber es war bekannt für seine gute Speisekarte. Und dies wiederum verdankte es den Besitzern, der Familie Türmer. Inge Türmer war eine alte Freundin von Lori, man hatte gemeinsam die Schulbank gedrückt und sich nie aus den Augen verloren. So kam es, dass Lori manchen Abend im *Alten Kutscher* verbrachte. Es war auch Inge gewesen, die ihr von den geheimen Besuchen des Prinzen von Hamm erzählt hatte. «Das kommt eben davon, wenn man zu oft in den Magazinen erscheint. Die Leute erkennen einen, auch wenn man unter falschem Namen eincheckt. Fritz Hammer! Dass ich nicht lache, ich wusste gleich, wer es war, als er durch die Tür kam», bemerkte sie grinsend. Lori Meckmann heuchelte Desinteresse. Ihr war bewusst, dass sie soeben eine lukrative Information erhalten hatte.

20000 € ist das bestimmt wert, dachte sie, war sich aber klar, dass sie nicht selbst die Fotos schießen und verkaufen konnte, wenn sie nicht ihre Freundschaft mit Inge Türmer gefährden wollte. Und so war sie auf die Idee gekommen, Schramm einzuweihen. Danach hatte sie ihn tagelang telefonisch nicht erreichen können, was ihren Verdacht stärkte, er wolle ihr ausweichen. Als sie ihn dann bei einem Fototermin anlässlich einer Premiere traf, verabredete man sich zum Essen im *Alten Kutscher*. Das Essen war gut, die Gespräche einseitig, denn Schramm gab sich mehr als einsilbig. Nachdem man sich von den Türmers verabschiedet hatte, war Lori wild entschlossen, Schramm endlich zur Rede zu stellen.

«Wo sind die Bilder, Schramm?», fuhr die Meckmann ihn an.

«Lori, ich sage dir doch, Alper hat sie mir abgeluchst.»

«Erzähl das deiner Großmutter! Wir hatten einen Deal, du Schwein! Ohne meinen Tipp hättest du Karl-Friedrich nie erwischt. Mir steht die Hälfte von allem zu, was der Verkauf der Bilder einbringt.»

«Hör mal, Lori, denkst du, es macht mir Spaß, mich zusammenschlagen zu lassen?»

«Zusammenschlagen, ha! Wahrscheinlich hast du dich nach dem Abschuss zugesoffen und hattest deshalb einen Brummschädel.»

Es war fast dunkel auf dem Parkplatz des Gasthofs. Von drinnen waren Musik und das laute Lachen einiger Gäste zu hören. Schramm blickte sich um, aber es war niemand zu sehen, der ihr Gespräch und vor allem Lori Meckmanns Geschrei hätte hören können. Er war beruhigt, sie waren allein. Schramm zog seine Kollegin unter eine Laterne. «Dann sieh dir doch mal das hier an.» Er schob ein wenig sein Haar zur Seite und deutete auf eine fast verheilte, aber immer noch gut erkennbare Wunde. «Denkst du, ich habe mich voll gesoffen und mir anschließend selbst eine Flasche über den Schädel gezogen?»

Lori Meckmann beruhigte sich nur für einen kurzen Augenblick. Dann aber funkelten ihre Augen vor Hass, und sie stieß Schramm von sich. «Dann warst du es, der bei mir eingebrochen ist! Du hast dir die Ware von Alper abnehmen lassen, und anschließend hast du ihn aus Rache umgebracht!»

«So ein Blödsinn!», regte sich nun endgültig auch Schramm auf. «Erstens habe ich Bernd nicht auf dem Gewissen. Und zweitens wüsste ich nicht, weshalb ich dann bei dir hätte einbrechen sollen!»

«Weil du den Film nicht bei Alper gefunden hast. Du hast geglaubt, er hätte ihn vielleicht mir gegeben.»

Aus dem Gasthof kam eine Gruppe von Leuten,

die sich angeregt unterhielten und Meckmann und Schramm gar nicht beachteten.

Schramm dämpfte seine Stimme: «Lori, das ist doch blanker Unsinn. Bernd und ich, wir waren doch alte Freunde.»

Die Gesellschaft war in ihre Autos gestiegen. Motoren sprangen an, Scheinwerfer wurden aufgeblendet. Niemand kümmerte sich um die beiden.

«Und dein alter Freund zieht dir eins über den Schädel und klaut dir den Film?», stieß sie verächtlich aus. «Nein, das war keine Freundschaft. Du hast Bernd auf dem Gewissen.» Sie unterbrach sich für einen winzigen Augenblick, und es schien, als stocke ihr der Atem, ehe sie heiser hervorbrachte: «Und ich kann es beweisen.» In ihrer Wut wurde sie immer lauter. «Du bist ein Mörder, ein eiskalter Killer!»

Nun verlor Schramm die Nerven. Er packte Lori Meckmann und zerrte sie zur Seite, während er gleichzeitig versuchte, ihr den Mund zuzuhalten. Lori Meckmann war keine schwache Frau, aber der Kraft, die Schramm in seiner Panik entwickelte, hatte sie nichts entgegenzusetzen.

«Du hast mit Alper gemeinsame Sache gemacht!», herrschte Schramm sie an. «Dass Bernd ums Leben gekommen ist, war ein tragischer Unfall. Ich hätte den Film aus ihm rausgeprügelt und ihn laufen gelassen. Ich lass mich nicht einfach reinlegen, von niemandem! Dafür, dass er mich niedergeschlagen und beklaut hat, musste er bezahlen, er hatte es nicht anders verdient, und deswegen habe ich ihm die Fresse poliert!»

Georg Schramm schien nun völlig die Kontrolle über sich verloren zu haben. Seine Augen hatten sich zu Schlitzen verengt, trotzdem konnte man Hass funkeln sehen.

«Aber dann hat er doch alles ausgepackt, und das war gut so!» Lori Meckmann war so verängstigt, dass sie jede Gegenwehr aufgab. «Und das war verdammt interessant, Lori», fuhr Schramm fort. «Er hat mir von Cannes erzählt. 1999. Denkst du noch manchmal an Dr. Sparilla? An den Morgen, als Alper dich aus der Wohnung des Arztes abgeholt hat? Er hat mir erzählt, dass dein Verhältnis mit dem Doctore ein tragisches Ende genommen hat. Er habe euch beide in Sparillas Bett gefunden. Aber leider war dein Lover tot. Und neben ihm lag eine Spritze, Überdosis, oder war's der Goldene Schuss? Gut, wenn man Freunde wie Alper hat!» Er lachte zynisch auf.

«O Gott», flüsterte Lori, die wohl spürte, dass Schramms Griff lockerer geworden war. «Du weißt das alles?»

«Ich weiß auch, dass du keinen Skandal wolltest und Bernd dazu missbraucht hast, für dich die Spuren zu verwischen.»

«Ich habe ihn nicht missbraucht. Von Sparillas Drogensucht wusste ich nichts. Ich habe ihn geliebt! Aber wenn sie mich in dieser Situation gefunden hätten, wäre ich mit Sicherheit mit hineingezogen worden. Ich musste arbeiten und hätte meinen Job verloren. Vielleicht wäre ich sogar unter Mordverdacht geraten.»

«Lori, was stand in dem Attest, das Alper in der Wohnung von Sparilla gefunden hat? Es muss etwas ganz Großes gewesen sein, und ich will es wissen! Du wirst es mir jetzt sagen, wenn du nicht wie dein alter Kumpel Alper enden willst.» Höhnisch fuhr Schramm fort:

«Leider konnte er es mir nicht mehr erzählen. Ich hab ihm eins auf die Fresse gegeben, und der Schwächling fiel einfach um!» Schramm zog jetzt ein Messer aus der Tasche und ließ es aufschnappen.

«O Gott!» Lori Meckmann brach in Tränen aus. Sie fing an am ganzen Leib zu zittern. «Ich habe geahnt, dass Bernd etwas Schreckliches entdeckt hat», schluchzte sie. «Er hat gleich gesagt, dass das eine Riesenstory wäre. Es käme nur auf den richtigen Zeitpunkt an.» Ihre Stimme versagte.

«Ich wollte ihn nicht umbringen, Lori», sagte Schramm und machte eine wegwerfende Handbewegung. «Es gab keinen Grund, ihn zu töten.» Und mit beinahe zärtlichem Lächeln fügte er hinzu: «Bei dir ist das etwas anderes.» Sein Gesicht war jetzt ganz nah an ihrem. Sie konnte deutlich seinen etwas säuerlichen Atem in ihrem Gesicht spüren. Seine Augen blickten sie starr und voller Hass an.

Er setzte ihr das Messer an den Hals. Fast liebevoll fuhr er mit dem kalten Stahl über ihre Haut. «Hab keine Angst, es wird ganz schnell gehen.»

Plötzlich erfasste ihn der Scheinwerferkegel eines Wagens, der auf den Parkplatz einbog. Schramm zögerte den Bruchteil einer Sekunde, damit hatte er nicht gerechnet. Blitzschnell nahm er das Klappmesser herunter und drückte es leicht Lori in die Seite. Lori spürte deutlich die Klinge. Sie war wie gelähmt, wagte nicht einmal zu denken, dass da vielleicht Hilfe gekommen war.

Der Wagen hielt, und die Scheinwerfer blieben auf das ungleiche Paar gerichtet. Beide schlossen kurz geblendet die Augen.

Auf einmal hörte man die Stimme von Christian von Landsburg: «Machen Sie jetzt um Gottes willen keinen Fehler, Schramm. Wenn Sie Frau Meckmann etwas antun, können Sie das niemandem mehr als Unfall verkaufen. Nicht einmal mit Totschlag kämen Sie durch. Das wäre eiskalter Mord!»

«*Ein* Mord oder zwei, was macht das schon!», rief Schramm gehässig. «Sie hat's verdient.»

«Kein Mensch hat es verdient, durch die Hand eines anderen zu sterben.» Christian kam langsam auf die beiden zu und streckte die Hände ein wenig zur Seite, um zu demonstrieren, dass er keine gewaltsamen Absichten verfolge. «Wir wissen, dass Sie es waren, der Alpers Tod verursacht hat. Wir kennen auch die näheren Umstände und gehen davon aus, dass es nicht vorsätzlich geschehen ist. Warum lassen Sie Frau Meckmann nicht einfach los? Sie hat doch gar nichts damit zu tun.»

Schramm ging unwillkürlich einen Schritt zurück und zog Lori Meckmann mit sich. Er packte noch einmal stärker zu und drückte ihr das Messer so in die Seite, dass sie vor Schmerz und Panik aufschrie. «Das erzählen Sie mir jetzt, und anschließend verknacken Sie mich wegen Mordes auf lebenslänglich.»

Christian ließ die Hände wieder sinken. «Das ist schon deshalb nicht möglich, Herr Schramm, weil gegen Sie gar nicht wegen Mordes ermittelt wird. Die Anklage lautet auf Körperverletzung mit Todesfolge, vielleicht Totschlag, aber nicht Mord. Die Obduktion hat eindeutig ergeben, dass Alper gestürzt sein muss und dabei den Tod fand.» Er sah Schramms zweifelnden Blick. «Genau so war's doch, oder? Glauben Sie mir, Herr Schramm, ich erzähle Ihnen keine Märchen. Sie haben mein Wort. Aber lassen Sie Frau Meckmann los.»

«Ich habe Ihr Wort?»

«Sie haben mein Wort.»

Schramm stieß plötzlich seine Kollegin von sich, zögerte einen kurzen Moment und ließ dann das Messer fallen. «Was für eine Scheiße», stellte er fest. Und Christian von Landsburg fand, dass er die Situation damit ziemlich treffend beschrieben hatte.

Fünfunddreissig

Es war vielleicht einer der letzten schönen Tage des Jahres, als Christian von Landsburg mit dem alten Jaguar seines Vaters vor dem Stammsitz der Prinzen von Hamm vorfuhr. Die Sonne warf ihr schräges, mildes Licht auf das Gemäuer des alten Wasserschlosses, in dem die Familie derer von Hamm seit mehreren Jahrhunderten residierte. Es war Herbst, und die Blätter hatten alle Farben dieser Jahreszeit angenommen. Es wehte ein kräftiger Wind. Als Christian über die Brücke zum Innenhof fuhr, erschien es ihm, als weinten die Bäume Blätter in das dunkle Wasser, das das Schloss umgab. Kaum hatte er den Motor abgestellt und war ausgestiegen, als er vom Butler empfangen wurde. «Herr Graf, guten Tag.»

«Guten Tag, Gottfried. Ist Seine Durchlaucht zu Hause?»

«Seine Durchlaucht befindet sich im Park. Darf ich Sie dorthin führen?»

«Ja, bitte.» Er folgte dem Butler durch das Erdgeschoss und trat dann auf die von mächtigen Mauern beschattete Terrasse hinaus, die so groß war, dass manch kleineres Herrenhaus darauf Platz gefunden hätte.

«Ich *bitte* dich nicht um das Geld, ich verlange es von

dir zurück, und zwar unverzüglich!», hörte er Karl-Friedrich sagen. Sein Ton hatte etwas Bedrohliches. Der Prinz stand mit Lydia von Immen am Rande der großen Freitreppe, die in den Park hinabführte. «Wenn das Geld nicht bis morgen früh um neun in diesem Haus ist, bist du erledigt! Ich werde dafür sorgen, dass deine Karriere sich in Luft auflöst, und zwar weltweit. Du weißt, dass ich es ernst meine ...» Karl-Friedrich erblickte Christian, der betont gelassen auf die beiden zukam, die Dokumentenmappe lässig unterm Arm.

«Karl-Friedrich, was für hässliche Worte. Störe ich? Wo ist Nadine?» Dabei sah er sich suchend um.

«Halt dich da raus, Christian, das geht dich nichts an!», herrschte der Prinz ihn an.

«Ich bin da nicht so sicher», erwiderte Christian und gab der sichtlich aufgelösten Lydia mit einer leichten Verbeugung einen Handkuss.

«Was soll das?», polterte Karl-Friedrich, der zunehmend die Fassung verlor. «Steckst du in dieser Scheiße etwa auch mit drin?»

«Verzeih mir, Karl-Friedrich, wenn ich das Bild aufgreife. Ich weiß zwar nicht, von welcher Scheiße du sprichst, aber ich fürchte, dass du es bist, der in der Scheiße steckt.»

Dem Prinzen fehlten die Worte. Auch wenn man von Christian von Landsburg einiges gewöhnt war – kaum einer hatte es in den fünfzig Jahren, die Karl-Friedrich von Hamm alt war, gewagt, mit ihm derart zu sprechen. Christian, dem das wohl bewusst war, fügte hinzu: «Nennen wir das die etwas volkstümliche Feststellung eines juristischen Sachverhalts.»

Christian entnahm seiner Mappe den Umschlag mit den Fotos des Prinzen mit Lydia im *Hotel zum Alten Kutscher*. Karl-Friedrich riss ungeduldig, aber auch ein wenig verunsichert das Kuvert auf und entnahm die Fotos.

«Das kann doch nicht sein!», flüsterte er und sah sich um, ob seine Ehefrau Nadine wohl in der Nähe war. Nein! Sichtlich erleichtert schob er die Fotos wieder in den Umschlag. Leicht amüsiert bemerkte Christian Karl-Friedrichs Nervosität und zog dann das Gutachten von Dr. Sparilla aus seiner Mappe und übergab auch dies dem Prinzen. «Sieh dir die Sachen an. Was mich betrifft, ist der Fall damit für mich erledigt. All die anderen Dinge, die noch zu klären sind, werden dich nicht betreffen.»

Er wandte sich um, ohne auf eine Antwort zu warten.

«Christian!», hörte er Lydia hinter sich.

«Ja?»

«Ob du mich wohl mitnehmen könntest? Ich denke, ich sollte hier rasch weg.»

«Aber gerne.»

Karl-Friedrich versuchte nicht, sie aufzuhalten. Erst als sie im Wagen saßen, brach Lydia das Schweigen. «Danke, Christian.» Sie schloss die Augen, lehnte sich zurück und schwieg. Christian ließ den Jaguar an und fuhr langsam los.

Der Wind war stärker geworden und wehte die Blätter über den Innenhof des Schlosses. Eine Sekunde fühlte sich Christian daran erinnert, wie sein Vater vor langer Zeit einmal zu ihm gesagt hatte: «Im Herbst stirbt die Natur, und im Frühling wird sie frisch und sauber wieder geboren.» Christian bezweifelte, dass dies auch auf manche Menschen zutraf. In Gedanken verloren, hörte er plötzlich Lydia sagen: «Wer weiß, wie die Sache ausgegangen wäre, wenn du nicht gekommen wärst.» Sie holte ein Papier aus ihrer Handtasche und steckte es an das polierte Holzpaneel zwischen Lenkrad und Handschuhfach. «Bitte gib das deiner Mutter. Sag, es käme von Karl-Friedrich, quasi als Wiedergutmachung für die Umstände, die er euch bereitet hat. Er bedauert, dass der Tod dieses Paparazzo auf eurem Grund und Boden geschehen ist, und sie soll das Geld für ihre wohltätige Organisation nutzen.»

Kurz blickte Christian auf das Papier und sah, dass es ein Barscheck der Credit Suisse war.

«Ein Scheck über 200000 Euro? Was ist das für Geld?»

Lydia schwieg einige Sekunden, ehe sie entgegnete: «Sagen wir, es gibt Dinge, über die ich als Anwältin Stillschweigen wahren muss.»

«Und was ist mit Karl-Friedrich? Ich nehme an, das ist genau der Betrag, den er von dir zurückhaben wollte, als ich auf der Bildfläche erschien.»

«Ja, aber keine Sorge, er wird nie mehr danach fragen, wenn er weiß, dass ich dir das Geld gegeben habe. Er müsste zu viel erklären, und das ist nicht unbedingt eine der Tugenden des Prinzen von Hamm.»

Christian nickte. «Jedenfalls wird er die ewige Dankbarkeit meiner Mutter genießen.»

Lydia lachte auf: «Ironie des Schicksals!»

Eine Weile fuhren sie schweigend dahin. Christian spürte, dass Lydia etwas unter den Nägeln brannte. Aber erst als sie die ersten Ausläufer der Stadt erreicht hatten, rückte sie damit heraus: «Etwas würde mich interessieren, Christian.»

«Bitte.»

«Was war in dem Umschlag, den du Karl-Friedrich gegeben hast? Ich konnte sehen, dass es Fotos waren, aber nicht erkennen, von wem.»

Christian lächelte und überlegte eine Weile, ehe er entgegnete: «Sagen wir, es gibt Dinge, über die ein Gentleman Stillschweigen wahren muss.»

Verträumt blickte Franz Kauser auf das türkisfarbene Meer. Er hatte es sich in einem der großen Korbstühle auf der Terrasse des Fünf-Sterne-Hotels bequem gemacht. *SunDown*, das wohl exklusivste Hotel der Karibik, und er, Franz Kauser, hatte es sich verdient. *Ich hab euch alle angeschmiert*, dachte er und nippte an seinem Caipirinha. Das Leben konnte herrlich sein! Er würde noch den einen Anruf abwarten und sich dann in seiner Suite umziehen. Er wollte heute noch schwimmen, überhaupt ein wenig mehr auf seine Gesundheit achten, und das mit dem Alkohol war nun wirklich kein Problem. Er hatte alles im Griff.

Das Handy klingelte. Kauser setzte seine Ray Ban auf und meldete sich mit einem knappen «Ja». Dann lauschte er ein wenig, während sein Grinsen immer breiter wurde.

«Klar, das verstehe ich, Herr Chefredakteur. Ja, ja, die Zeiten sind schwierig.» Er nuckelte an seinem Drink und warf einen Blick auf seine neue Rolex. Wie lange würde es diesmal dauern?

«Sicher, wir müssen den Gürtel alle enger schnallen.» Franz Kauser unterdrückte ein Gähnen und studierte seine frisch manikürten Fingernägel. «Richtig, richtig. Wir müssen alle sparen.» *Vier Minuten, länger gebe ich ihm nicht*, dachte er.

«Nun, sehen Sie, deshalb habe ich ja auch einen sehr moderaten Preis vorgeschlagen. 100000 Euro. – Ja. – Nein, darunter sehe ich keine Möglichkeit. – Ja. – 100000 Euro. Für so aussagekräftige Bilder ist das doch eher ein sehr fairer Preis.» Kauser fächelte sich mit den Fotos, die Prinzessin Amelie und Olbrecht beim Liebesspiel zeigten, Luft zu.

«Gut, das freut mich. Sie bekommen das Material heute Abend per E-Mail. – It's a pleasure to do business with you. Auf Wiedersehen!»

Er hatte richtig geschätzt: vier Minuten. Hunderttausend Cash. Franz Kauser nahm die Ray Ban ab und legte den Kopf zurück. So machte das Leben Spaß!

Das Handy klingelte wieder. Franz Kauser warf einen kurzen Blick auf seine Uhr. Ob er es diesmal in drei Minuten schaffen würde? Das Leben steckte doch voller Herausforderungen!

«Ja, hallo.»

Dank

Ohne meinen Agenten Thomas Montasser würde ich von diesem Buch heute noch träumen. Aber es wäre auch nie geschrieben worden ohne das Zutun meines Freundes und Koautors Jörg Mehrwald. Er und Thomas Montasser bestärkten mich immer wieder, indem sie an dieses Buch und an mich glaubten. Danke Thomas, danke Jörg.